第七魔王子ジルバギアスの魔王傾国記

7th Demon Prince Jilbagias,
The Demon Kingdom Destroyer

甘木智彬 Tomoaki Amagi
イラスト：輝竜 司 Tsukasa Kiryu

じゃあ……」
で人化を解いたレイラが、おずおずと。
…飛んでみます」
声から、おどおどした色が吹き飛んだ。
と翼を広げ——軽く地を蹴った。
。力強く。
て——今までとは違う、なめらかな動きで。

「舐・め・る・ナ！」
バチンッ！と革紐が引き千切れるような音。
「ガキがァァァァァァ――ッッ！！」
ファラザギの喉奥に、光。こいつ、呪縛を強引に振りほどき――
「――ァァァァァァァァァァッッ！！！」
灼ける光の柱が、俺に降り注ぐ。
だが俺の手の中で、槍が、もぞ――と身動《みじろ》ぎした。
左手には――濃厚な闇の魔力を、まとった、
骨の、『盾』。
「えっと、
俺の背
「あの、
だがそ
バサッ
羽ばた
それで

第七魔王子ジルバギアスの魔王傾国記 II

甘木智彬

OVERLAP

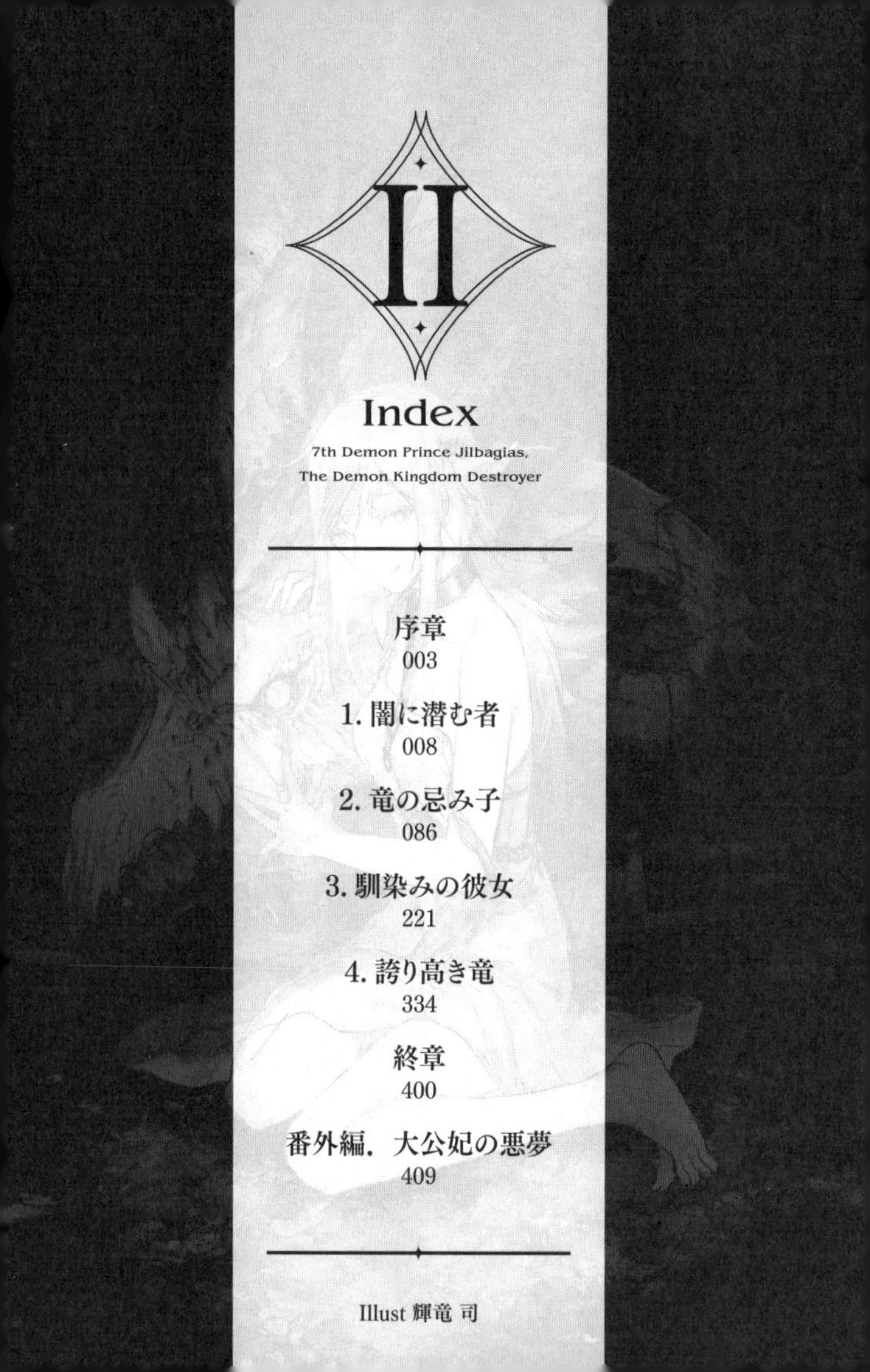

II

Index

7th Demon Prince Jilbagias,
The Demon Kingdom Destroyer

Illust 輝竜 司

序章

——魔王子の夜は早い。

空が茜色《あかねいろ》に染まる頃、まだ日も沈みきらぬ夕方に、魔王子は起床する。

「おはようございます、ジルバギアス様」

「おはようございます～ご主人さま！」

「うむ、おはよう」

いつも起こしに来るのは、お付きの執事である悪魔のソフィアと、白虎族の獣人メイドガルーニャだ。魔族は蛮族なので、どんな上流階級でも、人族の王侯貴族のようにメイドに着替えを手伝わせたりはしない。自分でさっさと身繕いしてから『目覚めの食事』——人族でいうところの朝食を摂《と》る。


「よし、腹ごなしに散歩するか。おいで、リリアナ」

「わん！」

そして朝食後は、『愛犬』を連れて魔王城内を散歩。

「わふわふ！」

「ふふ。今日もリリアナは元気だな」

四《よ》つん這《ば》いで元気に駆け回る愛犬の姿に、目を細める魔王子。『第7魔王子がペットを飼い始めたらしい』という噂《うわさ》は、ここ数日であっという間に城中に広まった。すれ違う魔王城の住民たちも、好奇や畏怖の視線を向けてくる。魔族にはペットを飼う風習がなく、珍しいということもあるが、魔王国広しといえどハイエルフを犬にしたのはジルバギアスくらいのものだろう。ハイエルフを憎む夜《ナイト》エルフたちに至っては、リリアナを支配した魔王子に崇拝に近い念すら抱いているようだった。


「それではジルバギアス様、今日は大陸中央部の地理の復習から始めましょう」

そして、散歩から帰ってくると勉学の時間だ。いつものように知識の悪魔たるソフィアが教鞭《きょうべん》をとる。魔族は蛮族なので、基本的な読み書きと簡単な計算しかできない者も多いが、魔王子のような上流階級ともなれば、最低限の教養は求められるのだ。

「大陸中央部といえば、エルフの森とか、デフテロス王国やトリトス公国あたりか」

「そうです。いずれ貴方様《あなたさま》が侵攻し、征服するかもしれない国々ですよ」

「……おう」

——特に、軍事面で必要と思われる知識は。国々の位置関係から始まり、人口や産業、簡単な歴史などを習い、軍事力や兵制、保有戦力などについてみっちりと教え込まれる。

「ロクな交流もないのに、汎人類同盟の軍事機密をよくぞここまで調べ上げたものだ」

「夜エルフの諜報網《ちょうほうもう》は優秀ですので」

「……なるほど。そうか」

地理と歴史のあとには、数学も習う。兵数あたりに必要な物資の量や、それを運搬するのにかかる日数の計算など、具体的かつ実戦的な問題を解いていく。
そして――夜食《ランチ》と休憩を挟んでからは、地獄の鍛錬の始まりだ。

「さあ、ジルバギアス。今日も手加減抜きで行くわよ」

「望むところです、母上……！」

練兵場。槍《やり》を構え、相対するは母――大公妃プラティフィア。魔王の妻に相応《ふさわ》しい力の持ち主で、卓越した槍の腕はもちろん、蛮族らしからぬ知性と教養も兼ね備えた女傑だ。氷のように冷たい美貌に、不敵さと獰猛《どうもう》さ、そしてひと欠片《かけら》の慈愛が入り混じった笑みを浮かべるプラティフィア。彼女は確かに我が子、ジルバギアスを愛しているが、その在り方は――人族とはひと味もふた味も違う。

「なかなかいい動きをするようになったわね！」

「それはどうも！」

ガツン、ガツンと槍がぶつかり合い、穂先が穂先を弾《はじ》いて火花が飛び散る。そう、それは実戦さながらの、刃引きされていない本物の武器を用いた鍛錬だった。しかも――

「ぐうゥッ！」

魔王子は苦痛のうめき声を発する。プラティフィアの槍が浅く脇腹を斬り裂いたのだ。

プラティフィアの槍捌《さば》きには容赦というものがない。この鍛錬では、即死以外のあらゆる負傷が許容されるのだ——みるみるうちに、血まみれに変わっていく魔王子。

「くッ——【転置《メ・タ・フエスバイ》!】」

魔王子からどろりとした闇の魔力が放たれる。レイジュ族の血統魔法【転置呪】。自らと対象の傷病の状態を『入れ替える』呪い。

「甘いわ」

が、魔力的に格上であるプラティフィアの魔法耐性を貫くには至らない。軽々と呪詛《じゅそ》を振り払ったプラティフィアは、魔法を行使して隙を見せた我が子へ、豪快に槍の柄を叩《たた》き込んだ。鎖骨と肩の骨が、バキバキメキィッとまとめてへし折られる。

「ぐがあああァァ……ッ!!」

あまりの激痛に目を剝《む》いて、口の端から泡を吹きながら膝をつく魔王子。力が入らなくなった手から、からんからんと槍が取り落とされる。

「魔法に気を取られすぎよ。体の動きが疎《おろそ》かになったら元も子もないわ。魔力はもっと素早く、一気に練り上げなさい。隙を可能な限り減らしていくことよ」

「はい……母上……」

母のアドバイスに、唸《うな》るように答える魔王子。赤い瞳がギラギラと闘志に滾《たぎ》っている。

「うわんうわん!」

そこへ、ガルーニャに押さえられて見守っていたリリアナが、涙を浮かべて駆け寄ってきた。魔王子の頰をぺろぺろと舐《な》めると、しゅわぁと燐光《りんこう》がその身を包み、瞬く間に傷が癒やされていく。

「便利なものね……」

感心しつつも、複雑な顔をするプラティフィア。傷を押し付ける対象、つまり身代わりが必要な転置呪に比べ、リリアナの治癒の奇跡は圧倒的に利便性が高い。魔王国で癒者《ヒーラー》としての地位を確立しているレイジュ族の魔族としては、思うところもあるのだろう。

「まあ、おかげで存分に鍛錬できるのはいいことね。さ、続きをやるわよ」

気を取り直して、槍を構えるプラティフィア。転置呪の治療を用いる場合、身代わり役の人族の奴隷が死に絶えれば、鍛錬を切り上げるしかなかったが。

ほぼ無尽蔵の回復力を誇るリリアナがいれば、気力がもつ限り続けられるのだ。

「望むところです……！」

全快した魔王子もまた、槍を手に立ち上がる——

『お主としては、人族を犠牲にせずに済むだけ、気が楽じゃろうのぅ』

——魔神の声が響く。

『我としては、稼げる【禁忌】の量が減って残念じゃが……』

うるせーやい。

というわけで、どうも、アレクサンドルあらためジルバギアスです。

今日も今日とて、クソッタレな魔王子やってます。

1．闇に潜む者

魔王国、地形を無視して真《ま》っ直《す》ぐに伸びる夜の街道を、馬車の列が風のように駆け抜けていく。そのうちの一台、上質な座席にゆったりと身を沈めた俺は、窓の外、後方へ流れ去っていく田舎の風景を眺めていた。

——リリアナを夜エルフの牢獄《ろうごく》から救い出して、しばらく経《た》ったある日。

俺はプラティの計画通り、脱走ゴブリン兵の殲滅《せんめつ》に向かうことになった。目的地は魔王城から馬車で2日ほどの、廃墟《はいきょ》化した砦《とりで》だ。

『——今回の演習の目的は、陸路の旅を経験しつつ、戦術目標を達成することよ』

いわく、プラティ。要するにちょっとした部隊行動ごっこというわけだ。

ドラゴンを飛ばせば数時間の距離ではあるものの、今回は（魔王子として）通常の部隊行動を想定し、馬車で移動する。連れていく手勢は、ソフィアやガルーニャをはじめとした従者・使用人たち、そして夜エルフの猟兵が数名。

夜エルフたちは、元監獄審問長官・シダールとの取引で、俺が治療を引き受け、数ヶ月から数年の間、私兵化する契約を結んだ者たちだ。

内訳は、腹をざっくりとやられた瀕《ひん》死《し》の若い猟兵（女）、胸を剣でひと突きされて意識不明の猟兵（男）、片足が千切れかかった工作員（男）。中でも工作員は、ちょっとした魔族に匹敵する魔力を誇る男で、相当な手練《てだれ》だとひと目でわかった。

……現場に復帰したら、間違いなく同盟に災いをもたらす男だ。この工作員は本来ならレイジュ族の治療枠を優先的に振られてもおかしくない傑物なのだが、最近前線で動きがあったせいで他にも山ほど負傷者がいるらしい。すぐにでも治療しなければ死んでしまう重傷者と、命に別条はない代わりに片足が腐れば工作員としての価値を失う男。どちらを優先すべきか夜エルフの指導層はなかなか難しい判断を迫られていたそうだ。そんなときに手を差し伸べたのが、他ならぬ第7魔王子ジルバギアスだった、と――

『ジルバギアス殿下に、心からの感謝と忠誠を』

治療を受け元気ハツラツになった夜エルフたちは、俺の前にひざまずいて頭を垂れた。

俺が転置呪で傷を引き受け、血反吐《ちへど》を吐いたり、脚がもげかけたりで、七転八倒する姿を目の当たりにしたからな。魔族の王子がわざわざ体を張ってまで助けたのは、彼らの心の琴線に触れたらしく、夜エルフらしからぬ上辺だけではない誠意ある態度だった。

『――夜エルフたちは、執念深い策謀家で油断ならないけれど、義理堅くもあるわ』

そんなプラティの声が蘇《よみがえ》る。俺は複雑な心境だった。義理堅かろうがなんだろうが、俺の前世のおふくろを殺したのは夜エルフなんだ……

ともあれ、そんな手勢を引き連れて俺は魔王城を出発した。

『ジルバギアス、あなただから言うけど、監視と警備の者は別につけてあるわ。それでも気負わず、思うようにやってみなさい』

監視下とはいえ、プラティの手から離れて、初めての遠出になる。魔王城を出るのも、ダークポータルに行って以来か……周りに夜エルフだの悪魔だのがわんさかいるせいで、肩の力が抜けないのは相変わらずだ。

「……この馬車という乗り物は、なかなか乗り心地がいいな」

ゆったりとした広めの客室。対面に座るソフィアに、俺はまるで初めて馬車に乗ったかのような口ぶりで話を振った。悔しいが、前世で乗ったどの馬車よりも快適だ。

「人族の書物で読んだ限りでは、もっと揺れが酷《ひど》い乗り物かと思っていたが」

「人族の馬車とは違う特別仕様ですからね」

したり顔でうなずくソフィア。

「客室と車輪の間に、金属製の黒い箱があったことにお気づきになられましたか?」

「あそこに何か仕掛けが?」

「はい。内部に特殊な加工を受けたスケルトンたちが入っており、衝撃を吸収・制御しているそうです」

……俺は落ち着きなく身動《みじろ》ぎした。乗り心地はいいが、一気に居心地が悪くなった。

「ちなみに死霊王《リッチ》のエンマという者の発明です」

あいつかぁ～。さらに言えば、馬車を引いているのも、生きた馬ではなく骸骨馬《スケルトンホース》だ。日光を浴びても浄化されないよう、骨部分は黒革や遮光布などで厳重に覆われている。

日中は動きが極端に鈍るという弱点があるものの、骸骨馬《スケルトンホース》は闇の魔力さえ提供すれば、疲れ知らずで動き続ける。その規格外な輸送力が魔王軍の兵站《へいたん》を支えているのだ。

「それに加え、コルヴト族の手で拓《ひら》かれた街道ですね。普通の石畳の街道と違い、継ぎ目や段差がほとんどないので、さらに揺れが少なくなっているのです」

この辺りの街道は全て、土属性に長《た》けるコルヴト族が魔法のゴリ押しで作り出したものだそうだ。土石を魔力で押し固めた道は恐ろしく滑らかで、非常に強固だ。そんな状態のいい街道を爆走する馬車でも、目的の砦までは2日かかる――けっこう遠い。

「くぅーん」

ぽふっ、と俺の膝に軽い感触。可愛《かわい》らしいワンピースを着たリリアナが、すりすりと頬ずりしながら甘えてきている。回復要員として彼女も今回の演習にも連れてきたのだ。

「よしよし」

俺が尖《とが》った耳の裏あたりをくすぐってやると、心地よさそうに喉を鳴らすリリアナ。

ただ、その手足は短いままだ。傷口が金具で焼き固められている都合上、彼女の手足を再生させるには外科的な処置が必要で、つまり、刃物でぶった切る必要がある。

そして今のリリアナは、そういった刃物を見せると怯《おび》えてしまうのだ。また、夜エルフたちから、手足を再生させてしまうと、万が一自我を取り戻した際、魔法で甚大な被害が出るとの懸念も寄せられた。森《フォレスト》エルフは高度な魔法を編むからな。

というわけで――リリアナには申し訳ないが、当分、手足はこのままだ。

『いいか、お前たち。彼女は丁重に扱うように。何かの間違いで、俺と彼女の関係が悪化すれば、奇跡の恩恵に与《あずか》れなくなる可能性があるからな』

と、俺が念押ししたこともあり、使用人たちがリリアナに辛《つら》く当たることはない。夜エルフたちでさえ、ちょっとイヤそうな顔をする程度に抑えている。

——おかげで、ここしばらくの鍛錬では、人族を犠牲にせずに済んだ。

ただ、それで人族の奴隷が『助かった』のかと問われると——違う。別件の治療で消費されるだけだ。せいぜい数日、余分に生きながらえただけだろう。

『自分が犠牲にしなくなったぶん、禁忌の力が得られなくなって損じゃのう』

などとアンテは言い出す始末だった。しかし、俺が日に何十人も消費しなくなった影響で、身代わりの奴隷たちの出番がちょっとずつズレて——いつか魔王国が滅んだときには助かる命もあるかもしれない。

俺が禁忌の力を損しているのも、事実ではある。だけどそれは、よしとしよう。どうせ、力を得る機会なんて、これから嫌というほどやってくるだろうから——そんなことを考えつつ、リリアナの頭を撫《な》でる。

……ふと、視線を感じた。

見れば対面、ソフィアの隣に腰掛けるガルーニャが、じっとリリアナを見ていた。というか、凝視していた。真顔。背中側にはみ出した尻尾が、ゆらゆらと揺れている。メイド服のスカートをぎゅっと握りしめて。

「……あっ」

俺と視線がぶつかって、ガルーニャが慌てて目を逸《そ》らした。

「ガルーニャ、お前もこっちに来い」

俺が手招きすると、おずおずと移動してくるガルーニャ。その喉に手を伸ばして、くすぐるように撫でると、すぐに目を閉じてゴロゴロと喉を鳴らし始めた。

『なかなか様になっておるではないか』

アンテがからかってくる。

『左手にはハイエルフの犬、右手には真っ白モフモフな美猫。両手に花じゃな』

――さらに言えば、俺の対面のソフィアが非常に冷ややかな目を向けてきていた。

「……女を侍《はべ》らせて、まるで王子様みたいだろ？」

「知りません」

俺がおどけて笑ってみせると、ふン、と鼻を鳴らしたソフィアは、胸元からクソ分厚い本をずるりと取り出してそのまま読み始めた。

道中は暇だから何か呪文でも習おうかと思っていたが、こういう時間も悪くはない。俺は、先ほどの居心地の悪さは一旦忘れることにして、背もたれに身を預けながら、両手の感触を楽しむのだった。

†　†　†

部隊行動の予行演習とはいえ、それほど強行軍で移動する必要はない。空が白み始める前に、俺たちは野営の準備に取り掛かった。

もちろん俺は王子様なので何もしない。皆にお任せで楽ちんだぜ……いい気分だ。馬車が複数台あるので、野営地はちょっとした陣地のような様相を呈していた。

「なあ、ちょっといいか」

使用人たちが食事の用意をしている間に、例の工作員に話を聞いてみることにした。

「何なりと、殿下」

黙礼する夜エルフの男。腕組みして馬車に寄りかかり、周囲を警戒していた。

こいつの名は『ヴィロッサ』。夜エルフとしては中年の130歳ほどで、一族の間でも名うての工作員のようだ。他の夜エルフたちからも尊敬の眼差《まなざ》しを向けられている。

美形揃《ぞろ》いのエルフ族の例に漏れず、渋みのあるイケメンだ。音を立てない艶消しの黒い鎧《よろい》を身に着け、弓と細身の剣で武装している。短剣やナイフではなく、剣だ。夜エルフにしては珍しい。一挙手一投足に無駄な力が一切入っておらず、少し気を抜けば、見失ってしまいそうなほど存在感が薄い。

「それは、どうやっているんだ？　隠蔽の魔法とは違うようだが」

治療時は魔族並みに強い魔力を感じたのに、この存在感の希薄さは何だ。これが隠蔽の魔法なら、ぽっかりと不自然な魔力の空白が生まれてしまうものだが――

「魔力を周囲に散らしているのですよ」

わずかにヴィロッサが微笑《ほほえ》むと、その気配がシュッとまとまって、途端に存在感を取り戻した。まるで、今まで濁った水晶ガラス越しにぼやけて見えていたのに、それを取り払われて輪郭がはっきりしたかのようだった。

「……すごいな」

俺は思わず自らの角を撫でる。優れた感覚器を持つ魔族に対してさえ、こうも容易《たやす》く、気配を欺いてみせるとは。

「修練の末に身に付けた技にございますれば」

「ということは、俺にもできるんだろうか」

俺のつぶやきに、ヴィロッサは目を瞬いた。

「……ご興味がおありで？　これは、不意打ちのためや追っ手の目を撒《ま》く技にございますゆえ……魔族の方々には、その、あまり」

評判が良くないと。

「俺は、常々考えているんだが――最終的に相手を殺すのが目的なら、どんな手段を使ってでも殺せた者の勝ちではないか？」

魔王を毒殺できるなら俺はやるぜ。魔法の指輪とかに感知されるからやらないだけで。

「……殿下は実に進歩的な考えをしておいでだ」

ヴィロッサが薄く笑う。全く同感と言わんばかりの顔だった。

「俺が使うかどうかはさておき。そして俺が使うのを許されるかどうかもさておき。お前たちの技には興味がある。一朝一夕で身につけられるものとも思わないが、時間が許せば手ほどきしてくれまいか。どこで何が役に立つかわからんからな」

「もちろんにございます、殿下。自分でよければ喜んで」

というわけで、ヴィロッサと少し打ち解けてから、俺は興味津々な若き魔王子を装い、夜エルフの工作員のやり口や、諜報網《ちょうほうもう》の実態などを聞き出していく。

特に、後者はめちゃくちゃ重要だ。魔王国がどのように同盟諸国の情報を得ているか、その流れを摑《つか》みたいとは常々思っていた。

「自分は主に、前線より後方の同盟支援国に潜入していました――」

――どのように国境を突破するのか。

「迂闊《うかつ》に森や山に踏み込むと、忌々しい草食み《エルフ》どもに捕捉されかねません。ゴブリンに掘らせた地下道を通ったり、海路を大回りして大陸南方の海岸に直接上陸したことも――」

――現地協力者はどのように作るのか。

「一番は、カネですね。……殿下は、『経済』という言葉はご存じですか？　おお、それならば話が早い。同盟圏は貨幣経済が非常に発達しておりまして、我々が傀儡《かいらい》化した商会がいくつもあるのですが、基本的には賄賂や裏金を――」

――具体的にはどのような工作を仕掛けるのか。

「糧食の調達に一枚嚙《か》みたがっている商会を装って、聖教会の関係者に賄賂を送り、軍事計画を事前に入手したことがあります。大規模反攻作戦の準備が進んでいたため、兵糧を蓄えた倉庫に火をかけたり、進軍経路の橋が倒壊しやすいように細工したり――」

……聞きながら、俺は心胆を寒からしめる思いだった。

魔族は蛮族だ。大部分は貨幣の意味すらロクに理解できているか怪しい。だがその手下たる夜エルフたちの、人類社会に対する理解の深さといったら！　まさか、聖教会にまで諜報の手が伸びていたとは。しかも現地協力者たちは、自分が魔王軍に手を貸しているなどとは思ってもいないのだ！　俺は必死で、今世の優秀な脳みそにヴィロッサが語る商会や街の名を刻みつけていく。どうにかして同盟圏に流したいが、今の俺では厳しい……。

「そういえば――俺が生まれる前に、勇者たちが魔王城へ奇襲を仕掛けてきたらしいな。それについての情報はあったのか？」

俺がふと思いついて尋ねると、ヴィロッサは苦い顔をした。

「……それは我々も事前には予測できませんでした。ホワイトドラゴンが離反したこと、同盟圏を飛行する姿を目撃されたこと、聖教国に勇者部隊がいくつか招集されたこと、聖教国と各国のやり取りが活発化していることなどは摑んでいましたが――」

おいおいおい、ふざけんなよ。ほとんど筒抜けじゃねーか。

「まさか魔王城に片道で特攻を仕掛けてくるとまでは――」

……情報のピースは割と揃《そろ》っていたが、そこまでは想定できなかった、と。確かに強襲作戦は、国の指導者クラスしか知らない極秘作戦だったからな。部隊員も俺のように天涯孤独な、家族に別れを告げる必要がない連中にのみ打診がされていたようだ。

裏を返せば、各国の指導者層の側近レベルくらいまでは、まだ防諜《ぼうちょう》がしっかりしてるってことか……それより下が筒抜けと考えると慰めにもならないが。

「それにしても、よく同盟圏で正体がバレずに活動できるものだな」

俺はさも感心したふうを装って言った。

「――どういう変装をしているんだ？」

「肌の色を化粧で変えるのは基本ですが、問題は瞳の色ですね」

ヴィロッサは夜エルフ特有の、暗い赤色の瞳を指差した。

「魔法で変える手もありますが、魔力の関係で、誰もが使えるわけではありません。そこで、とある地底湖に住む透明なカニの柔らかい殻《から》と、特殊な色素を分泌するトウモロコシの一種を加工し、目に貼り付けるレンズを作っています。我々はこれを原材料からとって『カラコーン』と呼んでいます」

「ほほう……」

「ただし、元の色が赤ですので、青系統の目の色には変えられません。黒や茶に偽装することが多いですね。あとは肌を日光から守るため、特殊な軟膏《なんこう》を塗っています」

これは俺も知っている。原料の薬草が割と独特な匂いがするから、犬系獣人が夜エルフの拠点をあぶり出したりもしていたな。

「ただ、最近は、この軟膏の匂いを犬どもに嗅ぎつけられるようになりましたので、別の種類の薬草を使い始めました。以前の軟膏は、もっぱら陽動に使うことが多くなりましたね。似たような効能で、臭いが異なる軟膏は何種類か用意してありますので、対策されるたびに順次更新していく予定です」

なん……だと……!? 愕然《がくぜん》としたが、我に返って、その薬草についても聞いておく。

ヴィロッサは快く教えてくれたが、あんまり根掘り葉掘り聞きすぎると、訝《いぶか》しまれそうで難しいな。相手は諜報のプロだ。俺が魔族の王子で、しかも怪我《けが》を治した恩人だからこそ警戒されずに済んでいるが、ひょんなことで怪しまれたらヤベーぞ。

「……と、一般的な工作員は小道具で変装しますが、魔力が強い者は、【人化の魔法】で人族になりすまします」

説明を聞いていると、不意に、ヴィロッサが聞き捨てならないことを言った。

「【人化の魔法】？」

「はい。もともとはドラゴン族の魔法です。彼らは人族の姿を取れますからね」

ドラゴン族の魔法も、聞き及んではいる。俺は直接見てないが、ホワイトドラゴンたちも交渉の場には人化した姿で現れたとか。えっでもあれって他種族にもできるの？

「その魔法、ドラゴン族以外でも使えるものなのか？」

有史以来、人族とドラゴン族は割と敵対的なので、その生態や魔法については全く研究が進んでいないんだ。

「はい。ただし、術を習得するには竜の血を口にする必要があり、術者本人もそれなりの魔力の持ち主であることが求められます。ドラゴン族に血を飲ませてもらうのにも相応の対価が必要ですし、誰もが使えるわけではありません」

「ほほう……で、もちろんヴィロッサ、お前は使えるんだろう？」

俺が眉を上げてわざとらしく尋ねると、ヴィロッサはにやりと笑う。

ぐにゃり、とその姿が歪《ゆが》んだ。

次の瞬間、そこには人族のオッサンが座っていた。老年まで若さを保つ夜エルフとは違い、相応に年を食った中年の男。よくよく観察すればヴィロッサの面影があるが、肌は日焼けしたような褐色だし、無精髭《ひげ》も生えているしで、人族にしか見えない。耳も丸く、髪や目の色も茶色に変わっている。

「す、すごいな……」

俺は絶句するとともに震撼《しんかん》した。これは……あまりにも人族と見分けがつかない！

「日光や、聖属性への耐性はどうなんだ？」

「日光は概《おおむ》ね平気になります。少し日焼けしやすいくらいでしょうか。ただし、日焼けしたまま元の姿に戻ると地獄を見ますので、日中はなるべく活動しないのが吉です。そして聖属性ですが、残念ながらこちらは欺けません」

良かった。聖属性によるあぶり出しは有効か……

「そして殿下もお気づきかもしれませんが、この姿になると、感覚や魔力も人族並に弱体化します」

確かに。さっきまでの気配を散らしていた状態と違い、なんというかすごく――

「──弱々しく見えるでしょう？」

俺の内心を見透かしたように、ニヤリと笑うおっさん《ヴィロッサ》。

「ああ、まあ、そうだな」

「ところが、こんな人族でも、なかなか油断ならないのですよ。少し面白いものをご覧に入れましょうか」

やおら立ち上がったヴィロッサが、腰の鞘《さや》から細身の剣を抜いた。

──随分と業物だ。わずかに白み始めた空の下で、ぬらりと剣呑《けんのん》な光を放つ刃。

ヴィロッサは気負うことなく、ごく自然な動作で、近くの立木を切り払う。

すっ、と音もなく──刃が幹をすり抜けた。

そして恐ろしいほど滑らかな断面を見せて、そのまま傾き、倒れる。

俺は、背筋が粟立《あわだ》った。物の理《ことわり》を無視するかのような、剣の冴《さ》え。

ありえない。こいつは夜エルフだぞ……！

「お前──エルフでありながら」

自然、俺の声は震えていた。

「『剣聖』、なのか」

剣聖──剣の道を極め、魔力なくして超常の絶技を振るう者たち。

【聖属性】に並ぶ人族の切り札であり、魔王軍との戦いにおける最終兵器。……の、はずだったのだが。

「この境地に至るまで、人族の姿で修行して50年以上かかりました」

剣を鞘に収めながら、ヴィロッサは薄く、しかしどこか誇らしげに笑う。

そう。どんな剣の天才でも、剣聖として目覚めるには30年はかかるという。凡人なら何年かかるかわからない、一生かけてもたどり着けないかもしれない境地。

ヴィロッサも血の滲《にじ》むような鍛錬を積んだのだろう。それでも俺は『ズルい』と思わずにはいられなかった。人間だったら、極める頃には最盛期が終わりかけていてあとは衰えていく一方だってのに。こいつは剣を極めておきながら、あと100年は生きられる。

「――すごい、な。まさか、初めて相まみえる剣聖が……夜エルフになろうとは」

今世では。俺は動揺を飲み込んで、そう口にするのがやっとだった。

「一族の中にも自分しかおりません」

人化の魔法を解き、夜エルフの姿に戻りながらヴィロッサは肩をすくめる。

「自分も夜エルフらしく、極めるならば弓がよかったのですが……残念ながら、弓に関してはあまり才がなく」

ぽりぽりと頬をかいて、バツが悪そうに口の端を歪めるヴィロッサ。

「それで、剣を極めることにしたのか」

「はい。どうせ潜入している間は、人族のふりをして剣を扱いますからね。なんとも中途半端な武器ですよ。ナイフほどの取り回しの良さもなく、槍《やり》ほどの間合いもなく――」

なんだァ？　てめェ……。剣を愚弄する気か……？

「――ですが、使い込んでいるうちに、愛着が湧いてきました。情けない話ですが」

ポンポンと鞘を叩《たた》きながら、自虐的に笑う。

ぬぅー。俺は口元をへの字に曲げた。嫌々使ってる奴《やつ》が極められるわけもないか……

「しかし……魔法使いが物の理に愛されるなど、聞いたこともなかったぞ」

種族の違いもさることながら、魔族並みに魔力が強いくせによく剣聖になれたな。

魔法使いは剣聖になれないとされている。なぜなら物の理に嫌われているからだ。

『物の理』というやつは非常に厳格で、石を投げれば地面に落ちていくし、水は必ず高いところから低いところへ流れる。

そういう風に、世界は出来ている。世界を支配する自然の法則こそが、物の理だ。

だが魔力が強い者、すなわち魔法使いは、意志や言葉の力で現実を望むがままに改変してしまう。従って魔法使いが剣を握ると、ほぼ無意識のうちに、己の肉体を強化したり、刃に魔力を通して切れ味を上げたりしてしまうのだ。

これをやると、物の理はへそを曲げる。

物の理からすれば、魔法使いとは己の存在を軽視する無法者なのだ。……そんな連中、好きか嫌いかで言えば、嫌いに決まってるよな。

逆に、そんな物の理に寄り添い、法則を歪めることなく、真摯に鍛錬に打ち込む者には――ごくごく稀《まれ》に、物の理が微笑むことがある。

それが、絶技だ。木刀で岩を切り裂いたり、数十歩の間合いを一瞬で詰めたり、敵の攻撃をすり抜けたりと、魔法みたいな『奇跡』を引き起こせるようになる。

物の理に愛された者たち――すなわち『剣聖』だ。

ちなみに、魔力に恵まれない夜エルフにも弓を極めた『弓聖』がいるし、獣人にも己の肉体と格闘技術を極限まで鍛え上げた『拳聖』がいる。剣聖と同じく、魔力を使わずに『奇跡』を起こす奴らだ。まとめて『武聖』と呼ばれることが多い。確か、獣人族の王は拳聖じゃないとなれないんじゃなかったっけ。

何はともあれ、物の理を軽んじる魔法使いは、どうあがいても魔力で現実を歪めることでしか望む結果を引き起こせず、物の理が微笑《ほほえ》んでくれることはない。

ゆえに魔力が強く、魔法を使うのが日常と化している魔族は――どんなに槍の腕を磨こうとも、決して『槍聖《そうせい》』にはなれないのだ。


「――自分は、人の姿でいる間、魔力が著しく弱体化するため、人化の魔法の解除以外は一切の魔法を使えません。一般人として溶け込むには、むしろ好都合ではあるのですが」

剣の鞘を撫《な》でながら、どこか遠くを見ながらヴィロッサは語る。

「潜入している間は、己の身体《からだ》と武技だけが頼りです。なので剣の修行にも打ち込みました――人族の達人に師事し、技を盗み、覚えました。ですがその段階までは、まさか剣聖になれるとまでは思っていませんでした」

そんな中、転機が訪れたのは20年前。潜入中に、ひょんなことから聖属性に身を焼かれて正体が露見し、白昼堂々勇者と戦う羽目になったらしい。

「昼間だったので、人化の魔法を解いて逃げるわけにもいきませんでした。あれは流石《さすが》に死を覚悟しましたよ。持っていた魔除《まよ》けは勇者の魔法を防ぎきれず、聖属性の炎に身を焼かれる一方。投げ矢や毒針も全て防がれ、残されたのは剣だけでした」

その勇者は用心深かった。聖属性で自らを強化し、決して防御を疎《おろそ》かにせず、じわじわとヴィロッサを追い詰めていったという。

「打ち合いでは力で押し負け、懐に潜り込もうとしても、距離を取りながら魔法を放ってきました。自分は苦し紛れに剣の鞘を投げつけ、どうにか隙を生み出しましたが――勇者の喉元まであと一歩、あと一歩が届かない」

それでも、無我夢中で剣を突き出した、その瞬間。

「何か、不思議な感覚があったのです。時の流れが遅くなったような、自分の背中が誰かに押されるような――」

そして気づけば、届くはずのなかった刃先が、勇者の喉を抉《えぐ》っていた。

「あの瞬間は今でも時々、夢に見ます。死にながら、勇者も驚愕《きょうがく》していましたよ。きっと自分も似たような顔をしていたはずです」

――俺は、どこかで犠牲になったであろう、先輩勇者の冥福を祈った。

「そしてあれ以来、自分は――剣聖になった、と言えるのでしょう。人族の姿でいる間に限りますが」

「本来の姿で剣を振るったらどうなるんだ？」

「わかりません。試すのが恐ろしく感じます」

ヴィロッサは真剣な顔で答えた。恐ろしい、という弱気な言葉は、凄腕《すごうで》の工作員に酷《ひど》く不似合いな気がした。

「本来の姿でも素振りくらいはしていたのですが、剣聖に目覚めてからは、必ず、人化の魔法を使ってから剣を抜くようにしています。うっかり剣を振るいながら物の理を歪めてしまったら――もう二度と微笑んではくれない気がしますので」

「まあ、そうかもしれんな」

物の理ってのは偏屈な奴なんだ。むしろ人化の魔法で現実を歪めているヴィロッサが、どうして気に入られたのかわからないくらいだ。

死にそうになっても魔法に頼らず、己の剣の腕だけで食い下がったからか？　そういえば前世の知り合いの剣聖たちも、死闘の果てに目覚めたみたいなこと言ってたな……。

「ともあれ、殿下。人族は弱々しく見えても恐るべき技の使い手であることもあります。獣人の拳聖についても同様。戦場ではゆめゆめ油断なさりませぬよう」

「そうだな。剣聖に討ち取られた魔族の戦士も多いと聞く」

……だがそれ以上に『剣聖を討ち取った』という事例も多い。俺はソフィアとのお勉強で報告書の類をよく読んでいるから、詳しいんだ。

素晴らしい才能の持ち主が、一生を費やす覚悟と信念でようやく到《いた》れる境地。それでも全盛期は長くて十数年で、しかもそんな一握りの剣聖たちすら戦争ですり潰されていく。平和な世であれば尊敬の念を一身に集めていたであろう達人たちも、乱世では歴史の闇に消えていく――

「――今のうちに、お前のサインでももらっておくべきかもしれんな」

様々な思いを巡らせながら、俺はふとそんなことを口走った。

「……サイン、ですか」

「ああ。魔法使いでありながら、別種族の武器を極めて、物の理にまで愛された男。歴史に名を残してもおかしくない偉業じゃないか。お前の署名が入ったものなら、紙切れ1枚でも家宝になりそうだ」

そう言うと、ヴィロッサは愉快そうにくつくつと喉を鳴らして笑った。

「殿下。己は諜報員《ちょうほういん》、歴史の影に身を潜める者にございます。表舞台で語り継がれるようでは、むしろ一族の名折れ」

それもそうか、と俺は苦笑した。だがヴィロッサ。お前は本当に大したもんだよ。

前世の勇者としての俺なんか、足元にも及ばないくらいの大物だ。

俺は確信している。

こいつから学ぶべきことは多い。一度は、同盟に災いをもたらす凄腕の工作員を、この手で治療する運命を嘆いたものだが――なんてことはない。その災い以上の成果を、俺が得てしまえばいいのだ……！

「ご主人さまー！　ご飯ができましたよー！」

と、元気なガルーニャの声が聞こえてくる。

「とりあえず飯にするか。食べ終わったら、また何か話を聞かせてくれ」

「喜んで、殿下」

吸収できるものは、全て身につけておかなければ。

……こいつが俺の部下でいるうちに。

†　†　†

リリアナの頭を撫でながら本を読んでいると、俺は馬車が緩やかに減速していることに気づいた。

「着いたようですね」

ぱたん、と本を閉じてソフィア。馬車の窓から顔を出すと、コルヴト族の舗装が途切れて、土がむき出しになった道の先に、山がちな寒村が見えた。どうやら、脱走ゴブリンが目撃されたという、砦《とりで》の近くまでやってきたようだ。

――これまでの旅路はのんびりしたものだった。

馬車の中では読書したり、ソフィアに呪文を習ったりしていた。ほとんど揺れないから文字を目で追っても酔わずに済み、ソフィアのレッスンのおかげで、念願の防音の結界も使えるようになった。

『これで内緒話も、いかがわしいことも、やり放題じゃな』

いかがわしい言うな。――だが防音の結界はこれからも重宝するはずだ。

そして野営時はガルーニャと組手したり、ヴィロッサに稽古をつけてもらったりして、体が鈍るのを防いだ。やたら蒸し暑かった日は湖で泳ぎもしたし、猟兵に森歩きの技を習ったり剣を振ってみたりと、有意義な時間を過ごせたと思う。

『――殿下は筋が良い。初めて剣を握ったとは思えません』

戯れに剣を握ってみた俺を、ヴィロッサは褒めながらも、ひどく口惜しそうだった。

『もしも殿下が、今のご身分でなければ、ぜひとも剣術を学んでいただきたかった』

俺としてはかなり手抜きをして剣を扱ったのだが、ヴィロッサクラスの達人ともなればひと目で力量を見抜いたらしい。流石に、教えてもいない剣術をすでに身に付けている、とまでは想像できなかったようで、俺の剣の腕を『天賦の才』と解釈したようだ。

俺も立場上、本格的に剣術を習うわけにはいかなかったので、俺は槍で、ヴィロッサは剣で、かなり実戦に近い立ち稽古をやった。

やっぱヴィロッサ強えよ。魔法抜きだったら、今の俺じゃとても敵《かな》わねえ。純粋な槍の技量だけでも五分に戦えるようになりたいもんだ――何年かかるかわからないけど。

「――ようこそお越しくださいました、王子様」

皆を引き連れて村を訪ねると、村長と思《おぼ》しき年老いた獣人が俺たちを出迎えた。

ブチ模様の猫っぽい顔の獣人だ。こうしてみると真っ白モフモフなガルーニャって由緒正しい一族の出身なんだな、と思う。なんというかこの村の住民は……雑種っぽい。

住民たちの衣服は質素で、同盟圏の田舎村より、数百年は文明が遅れていそうな印象を受けた。だが皆、健康そうで毛並みも悪くない。周囲は豊かな森に囲まれ、申し訳程度に畑もある。聞けば耕作よりも狩猟がメインらしく、食うには困っていなかったそうだ。

ところが最近、廃墟《はいきょ》化した砦でゴブリンが目撃されるようになり、獲物の数もめっきり減って、森が踏み荒らされるようになった。

「十中八九ゴブリンの仕業だろうと、男衆を砦へ送ったのですが――」

村長は悲痛な表情で俯《うつむ》いた。屈強な村の男たちが10名、ゴブリン討伐に出向いたのだが――誰ひとりとして帰ってこなかったらしい。

しびれを切らして様子を見に行った者も戻らず。結局、次の日に村長が手勢を引き連れて臨戦態勢で偵察に向かったが――戦場勘というべきか。いくつもの戦場を生き延びてきた村長は、老兵として、砦に踏み込む寸前に何か異様な胸騒ぎを覚え、村長の一存で皆を押し留《とど》め、そのまま引き返したのだという。

「臆病風に吹かれた、と取られても致し方ない、惰弱極まる体たらく。しかし全てはこのわたくしめの責任にございます。どうか、村の者たちには平にご容赦願いたく、伏してお願い申し上げます……！」

村長は地面に額を擦《こす》り付けんばかりに平伏している。

……村人たちの顔がどことなく暗いのはそのせいか。ってか気楽な脱走ゴブリン狩りかと思ったら、なんか思ったより深刻そうな雰囲気じゃない？　大丈夫かプラティ？

「報告書で読んだ話と食い違うのですが……」

ソフィアが不機嫌そうに目の下をピクピクさせている。おいおい、あまり脅かしてやるなよ。村長ビビってんじゃねーか。

「結局、森に異変が起きてから、砦に入って帰ってきた者はいないということか？」

「恥ずかしながら、その通りにございます……」

ふむ。それなりに鍛えた獣人の男が10名、全滅ってのはおかしいんだよなぁ。男たちが逃げ延びることもできないほどゴブリンが増えていたなら、今頃この村も何かしら被害を受けているはずだ。

「妙な感じがするな。それともこれも織り込み済みだと思うか？」

俺はソフィアに意見を求めた。軍事行動には『予定外』がつきものだ。この演習で俺を鍛えるため、プラティがサプライズを用意していた可能性もゼロではない。

「あまり……奥方様らしくないやり方かとは、思います」

ソフィアも違和感を覚えているようだ。俺も同感だった。

「俺が予定外の事態にどう対処するかを見ようとしていた……？」

「しかし奥方様が、この状況を狙って演出するのは難しいかと」

そこなんだよ。本当に、演習ですらない不測の事態の可能性が出てきた。村長が俺たちを不安そうな面持ちで見ている……

「単純に書類の不備だったりしないか？　来る場所を間違えたとか」

「腐れホブゴブリン役人どもの仕事ですからね……ないとも言い切れません」

ぐぬぬと唸《うな》ったソフィアが胸元からずるりと書類を引っ張り出し、目を皿のようにしてチェックし直す。文面を完全に記憶してる彼女には、意味のない行為だと思うが……

「村長。この村の名前は」

「カコー村にございます」

「むぅ。同名の村は魔王国内には存在しないはず……念のため、この村が開墾されたのはいつ？　去年の段階での人口は？」

「え、ええと、お待ちくだされ……」

何やら村長を尋問し始めたソフィアを見守っていると、「殿下」とヴィロッサが小声でささやきかけてきた。

「魔下《きか》3名、行動可能にございます」

ヴィロッサ他、夜エルフ猟兵2名。たとえ脱走ゴブリン狩りであろうと、万全の体制を期していた彼らは、完全武装でいつでも動けるようにしていた。

「周辺と、森の偵察を。砦は軽く見てくる程度でいい」

俺はニヤッと笑ってみせた。

「何かいたとしたら、それは俺の獲物だからな」

「仰せのままに」

一礼したヴィロッサが、猟兵とともに、スッと夜の闇に消えていった。気配も息遣いもなく、足音はおろか、衣擦《きぬず》れの音さえ立てない――悔しいが、夜エルフはこういう状況だとクッソ頼りになるな。

「さて……」

俺は街道を振り返る。プラティいわく監視と護衛の者もついているらしいが、レイジュ族の戦士とかだろうか？　いざとなったら使用人の誰か――ヴィーネあたりかな、火魔法が使えたはず――に火の玉を空中に放たせて、護衛の者たちと連絡を取ってもいいが。

もしかしたらこれも試練の一環かもしれないし、初めての演習で早々に助けを求めるのもみっともない気がする。護衛の者、すなわちレイジュ族の戦士に、王子としての資質を疑われるようでは、それはそれでマズいんだよな。

『おっ、とうとう本格的に魔王を目指す気になったかの？』

アンテがからかうように言う。そうじゃねーよ。母方の一族に侮られたら、面倒なことになるって話だよ。俺がレイジュ族を利用する分には構わないが、レイジュ族が俺を甘く見て、利用してやろうなんて干渉し始めたら鬱陶しいだろ。

――村から森を抜けた小高い山の上、おどろおどろしい石造りの廃墟が、夜空を背景に佇《たたず》んでいる。何にせよあの砦には、屈強な獣人の男たちを、ひとりたりとも逃さない程度の脅威があるのは確かなんだ。魔獣か、それとも野良のアンデッドか……

『何がいようと、あのヴィロッサとかいう男ひとりで片付きそうな気もするがの』

……ぶっちゃけ俺もそう思う。


――30分ほどで偵察を終えて、ヴィロッサたちが戻ってきた。

「森や砦周辺にうろついていたゴブリンを、何体か無力化しました。どの個体も、洗脳か魅了を受けている形跡がありました」

何やら不穏なことを告げたヴィロッサは、ここで口をつぐんだ。

「そして砦についてなのですが……はっきりしたことは言えませんが」

彼にしては珍しい、迷うような口ぶり。

「何か、人族が潜んでいるような気配を感じ取りました」

……は？　人族の気配といっても、ここ魔王国領のど真ん中なんですけど？

「どういう理由で人族だと判断したんだ？」

「微弱な魔力を感じ取ったこともありますが、決め手は足跡です、殿下」

ヴィロッサが律儀に答える。

「砦の周辺にゴブリンと違う足跡がありました。裸足《はだし》で、足跡を隠すことに無頓着な印象を受けました。足幅や指の形、サイズなどから、人族である可能性が最も高いかと」

エルフ族は足幅が細い。ドワーフは逆に太い。獣人族は一般的に接地面が少ない。人族と魔族は、角の有無以外の身体構造はほぼ同じであり、平均的。

足跡はその『平均的なもの』だった。靴も履かずに出歩いている点、砦の外から感じ取れる気配や魔力の質などから、魔族ではなさそうだと判断。

「消去法的に人族の可能性が一番高い、というわけか」

とりあえず、使用人を含めた手勢と、現場責任者として獣人の村長を連れて、砦の近くまで移動する。近づいてみるとデカイな……500人は収容できそうな山岳要塞だ。

かつての激しい攻城戦を物語るように、石壁の至るところに傷やひび割れが走り、壁の一面が砕かれて半ば倒壊している。

「匂いと漏れ出る熱から、内部には多数のゴブリンもいると思われます。しかし、非常に静かで、物音ひとつ立てずに待機しているようです」

俺の背後で、ヴィロッサが囁《ささや》くように解説。

「軍事行動中でさえ黙っていられないゴブリンどもが、これほど静かなのは普通ではありえません。森をうろついていたゴブリンにも不自然な点があり、洗脳や魅了など精神干渉を受けている可能性が高いと判断しました」

「で、砦の中にいるやつが術者だと？」

「おそらくは。魔族の方々に比べると弱い魔力ですが、人族にしては、それなりの力量の持ち主のようです。具体的には、これくらいでしょうか」

ヴィロッサが自分の魔力を適度に散らして、感じ取った強さを再現してみせた。

「器用だな……」

魔力の強さって感覚的なものだから、口頭じゃ伝えづらいんだよな。でもこれなら一発でわかる。感心を通り越して呆《あき》れちまった。夜エルフの平均よりは上で、木っ端の悪魔とはどっこいどっこいってとこか。人族としては確かに、それなりの魔力の強さだな。

「……逃亡奴隷だろうか？」

俺はつぶやきながら、考えを巡らせた。

——もし中にいるのが、本当に人族なら。

魔王国内で活動するガッツのある奴《やつ》だ、全力で応援したいし、見逃したい。

だが、俺の身の回りには頼りにならないお供が多すぎて、迂闊《うかつ》な行動が取れねえ。

『流石《さすが》に逃がす口実が見つからんの』

だよなぁ……魔王子としては、ここで引き下がるわけにもいかないし。

「脱走奴隷にしても不可解です。魔法使いの可能性がある場合、厳重に管理されますし、それをかいくぐって逃げたにしては、足跡を隠すのに無頓着な点がおかしいです」

と、ソフィアの指摘。

「それに、逃亡中の身なら、獣人たちに対処したのち、追手を警戒して速やかに移動するはずです。未《いま》だ砦《とりで》に留まっている理由が解せません」

「確かに。……ガルーニャは何か気づいたことないか？」

気まぐれに話を振ってみる。

「……えっ。……申し訳ございません、特には……」

なんで自分なんだよ！　他にもっと頼りになるヒトがいるでしょ！　と言わんばかりのわかりやすい顔をするガルーニャ。ちなみに彼女はリリアナを背負っている。リリアナは怪我人《けがにん》が出たときの保険だが、手足がないので移動が遅い。

なので、こういう形になった。ガルーニャはかなり力持ちだからな、リリアナひとりを運ぶくらいわけない。そしてガルーニャがどう思っているかはさておき、リリアナはガルーニャに懐いてる。

「リリアナはどう思う？」

「……わう？」

俺たちが小声で喋《しゃべ》ってるから、音を立ててはいけないと理解しているのだろう。小声で首をかしげるリリアナ。獣人の村長が「他はわかるがこいつはいったい何なんだ……？」とめっちゃ不可解そうな顔でリリアナを見ていた。……何にせよ、仕方ねえ。

「相手の正体も、目的も何もかも不明だが、とりあえずひと当てするしかないな」

俺の結論に、全員が当然とばかりに頷《うなず》いた。皆、落ち着いていて緊張の色もない。ゴブリンの群れに、そこそこ程度の人族の魔法使いなら、脅威ではないと思っているようだ。『胸騒ぎがして引き返した』と主張していた村長も、今となってはちょっと肩身が狭そうにしている。魔力弱者の獣人としては、その判断は間違ってなかったとも思うが。

「用意はいいか？」

人族の兵士たちの骨に、黒曜石のナイフの穂先をつけて、槍《やり》に変形させながら問う。

リリアナを背負っているガルーニャ以外は、思い思いに武具を構えていた。俺の使用人たちは全員戦闘訓練を受けてるから、そんじょそこらの兵士よりは強い。

「自分はこちらの姿で参ります」

ヴィロッサも人化して、剣を抜いた。剣聖モードだな。もう何が出てきても負ける気がしねえ……砦の中のやつが助からないことが確定して憂鬱だ。

「して、どのように攻略されますか、殿下？」

「二手に分かれよう」

砦の門を眺めながら、俺は答える。

「俺と、近接戦闘が得意な者たちで砦の正門をぶち破って突入。術者と思《おぼ》しき人族を討ち取る。飛び道具が得意な者は、猟兵とともにあの崩れた壁の外で待機。魅了が解けたら、ゴブリンたちが逃げ出そうと殺到するだろうから、これを逃さず討ち取れ」

ホントに万全を期すなら――火魔法が使える部下に攻撃させて、炙《あぶ》り出してもよかったんだが。たかがゴブリンと術者ひとり相手に、弱気過ぎるからな。

俺の無難な作戦に反対意見もなく、猟兵組が弓を担いで速やかに移動していった。

「行くぞ」

突入組も、真正面から砦の正門へ肉薄する。重厚な金属扉だな。かつては強力な護《まも》りの魔法が込められていたんだろうが、錆《さ》びついて風化している。今ではただの頑丈な金属の塊に過ぎない――

そしてそんなものじゃ、『剣聖』は防げない。

「ヴィロッサ」

「御意に」

ぐんっ、と踏み込みで不自然な加速を見せたヴィロッサが、手の刃を閃《ひらめ》かせた。

キンッと短く澄んだ音が響き渡る。注意深い者ならば気づけたはずだ、それが何重にも折り重なった斬撃の音であると。


正門が、ばらばらに崩壊する。


断面は恐ろしく滑らかだ。鏡のように自分の顔が映り込んでいるような気さえした。

無防備に口を開く砦の中から、むっとするような臭気が押し寄せてくる。獣臭さをさらに酸っぱく発酵させたような、何とも不快な匂い――ああ、戦場で何度も嗅いだヤツだ。

ゴブリンの体臭。暗闇にぎょろりと、いくつもの黄色い瞳が光る。

砦内部の広間に、小柄な人影がズラッと並んでいた。血管が浮き出た緑色の肌、ずんぐりむっくりとした体型、口の端から飛び出た黄ばんだ牙。

ゴブリンどもが、こんなにお行儀よく整列してるのは初めて見た。そして俺たちの姿を認めるや否や、鳴き声のひとつも上げずに、一斉に襲いかかってくる。

「なるほど、これは異常だ」

飛びかかってきた1匹を槍のひと突きで仕留めながらつぶやく。常にギャーギャーうるさいのがゴブリンという生き物だ。なのに黙ったままで、ゴブリンたちはまるでぼんやりと白昼夢でも見ているかのような顔をしていた。

「わたしも槍を持ってきて正解でした」

俺の隣、プラティのような携帯型の魔法の槍を繰り出しながら、ソフィアが危なげなく立ち回っている。間合いを一定に保てる槍は、こういうとき便利だ。返り血も浴びにくいし。夜エルフや獣人のメイドたちは、ナイフやナックルなどリーチが短い武器がメインなので、かなりイヤそうにしている。リリアナを背負って待機しているガルーニャが、ホッとしたような、同僚に申し訳ないような、情けない顔をしていて笑ってしまった。


そしてそんな中でも、やはりヴィロッサは別格だ。


夜エルフの歩法と、人族の剣術が見事に融合し、完成されていた。ゴブリンたちの間を縫うように、音もなく走り抜け、一拍置いて哀れな獲物たちが、ずるりと鋭利な断面を晒《さら》して倒れ伏す。

俺とソフィアが数匹仕留める間に、10匹以上が血溜《ちだ》まりに沈んでいた。ほぼひとりで広間のゴブリンを殲滅《せんめつ》し、周囲を警戒して佇むヴィロッサは、返り血はおろか剣に血糊《ちのり》すら付けていない。

「……妙ですね」

ゴブリンの死体に目を留めて、ソフィアが言う。

「異常なほど痩せ細ってます。ほとんど餓死寸前ですよ」

ヴィロッサに切り裂かれたゴブリンをよくよく観察してみれば、確かに体の中がカッスカスになっていた。

もともとゴブリンは体内の構造が人よりも単純で——だから転置呪の身代わりには使えない、臓器の場所が一致しないと傷を押し付けられないからだ——内臓の類が少ないことを考慮しても、あまりに干からびているような、異様な印象を受けた。

まるで——何かに、栄養でも吸い取られたかのような——

「……騒がしイと思ったラ」

不意に、金属が軋《きし》むような声が響いた。

「随分ト活《い》きのイイ客が来タ」

広場の奥の、螺旋《らせん》階段からだ。ぺた、ぺたと足音。上から誰かが降りてきている。

ザッと俺の周囲に皆が集まった。剣を構えるヴィロッサを先頭に、ソフィアやヴィーネが盾になるように立ち、リリアナを背負ったガルーニャが背後に控える。

やがて、声の主が姿を現した。

人族、のように見える。透き通るように真っ白な肌に、申し訳程度に布切れをまとっただけの格好。その瞳は金色で、爛々《らんらん》と光り輝いている。

そして人族と決定的に異なる点があった。


──角が生えている。


魔族のような禍々《まがまが》しく反り返る角とも、悪魔のような額の角とも違う。こめかみから、後方へ流れるような2本の角。あの角度とフォルム……あれは、まさか……

「……いかん」

ヴィロッサがつぶやいた。

「お前タチは食いでがありそうダ。いい魔力をしていル、ちょうどよかっタ」

べろりと舌なめずりした、その白い人影は。

「我が糧となレ」

口を大開きにした。ゆらりと、その姿が揺れ──膨れ上がる。

魔力が、爆発した。人の姿の擬態が解かれ、本来の力を取り戻す。

そこには、白銀の鱗《うろこ》に覆われた巨大な生物が──鎌首をもたげていた。

ドラゴン。

それもただのドラゴンではない、この鱗の色は、光属性の──

「──ホワイトドラゴン!?」

嘘《うそ》だろ、なんでこんな――人化の魔法を――いや、それにしてもなぜ……!?

なぜ、魔王国領に!?

「――ガァァァァァァ!」

俺の疑問を押し流すように、凄《すさ》まじい咆哮《ほうこう》とともに、白銀の光が溢《あふ》れ出す。

ドラゴン族の切り札、竜の吐息《ブレス》。

光の奔流が、真正面から俺たちに叩《たた》きつけられた。

†　†　†

『――これは極秘作戦だ』

直属の上司であり、かつては教導院の教官でもあった枢機卿《すうききょう》ミラルダが告げた。

聖教国本土の大聖堂、とある地下壕《ちかごう》の一室。揺れるランプの灯《あか》りに照らされ、ミラルダのしわが刻まれた顔は、いつにも増して険しく見えた。

『ホワイトドラゴンたちが魔王に反旗を翻した。彼らの協力を得て、各種族および聖教会の精鋭で、空より魔王城を強襲。魔王討伐を試みる』

『――正気ですか?』

思わず俺の口から本音が飛び出る。ミラルダがまたぞろタチの悪い冗談でも言い出したのかと思った。しかし彼女は、にこりともしない。眉間のシワがまたひとつ増える。

『このままでは同盟はジリ貧だ。大規模反攻作戦は尻すぼみに終わり、前線を少し押し上げただけで、また押し返されつつある。同盟各国はこの期に及んで内輪揉《うちわも》め。魔王をどうにかしないことには――人類に未来はない』

それはわかる。痛いほどにわかるが……

『この作戦、成功率はさておき、投入された連中は生きて帰れませんよ』

『………………』

『……決死隊、ですか』

机の上で、ミラルダがギリッと手を握りしめた。

『あと20年……いや、15年若ければ、私も志願していた。だが今のこの年老いた体では、高高度の飛行に耐えられん……足手まといにしか……』

教導院時代、ひと睨《にら》みで悪魔さえ殺す、と言われていた恐ろしい形相を見せるミラルダだったが――今この場においては、ただただ悲痛なだけだった。

『それで俺、ですか』

『万が一にでも、情報を漏らすわけにはいかん。……家族に最期の別れを告げることさえ叶《かな》わんとなれば……』

『最初から身寄りがない奴《やつ》が適任。そういうことですね』

ミラルダはきつく唇を噛《か》み締めて、無言で頷《うなず》いた。

『なら、行きましょっか』

俺は敢《あ》えて、散歩にでも出かけるような気楽さで答えた。

このまま戦い続けても、いつか前線ですり潰されるだけ。

それなら、イチかバチかでも賭けに出た方がいい。

そっちの方が――命の燃やし甲斐《がい》があるってもんだ。

『あ、でも参加者が俺だけってのはカンベンですよ？』

『……すでに何人か、受諾済みだ』

『そいつぁ頼もしいや。死んでも魔王に一矢報いてやる、って気概の奴、俺以外にもけっこういるもんなんですねぇ』

『……すまない』

『そんな顔しないでくださいよ！　魔王の顔面を一発ぶん殴って、目にもの見せてやりますから！』

『……すまない……アレク……』

『ヤだなぁ、教導院の鬼婆《おにばば》の名が廃りますよ。葬式にゃまだ早いですって！』

うつむいて肩を震わせるミラルダの背中を、ぽんぽんと叩く。すっかり小さくなってしまった背中を――

『……それにしても何で、今さらホワイトドラゴンたちが離反を？』

話題を変えようと、ふと疑問に思ったことを尋ねる。

『ホワイトドラゴンの長、『夜明け』のファラヴギいわく』

鼻をすすりながら、ミラルダは答えた。

『――弔い合戦だ、と』

†††

――一瞬、気を失っていた。そして全身の焼けるような痛みに、意識を取り戻す。

「……ッツ」

声は上げない。クソみたいに痛えが、呻《うめ》き声《ごえ》は噛み殺す。まだトドメを刺されていないなら、迂闊《うかつ》に動かない方がいい。下手に目立つと相手の気が変わる可能性があるから。

地面に転がったまま目を薄く開けて、周囲の様子を窺《うかが》った。

俺を庇《かば》うようにして前に出ていたヴィーネ、ソフィア、そしてヴィロッサの3名が、黒焦げになってブスブスと煙を上げ、倒れ伏しているのが見えた。

どうやら皆、辛うじて生きているらしい。ソフィアはまだ爆発してないし、ヴィーネはカヒューコヒューと掠《かす》れた呼気を漏らしている。ホワイトドラゴンは夜エルフの天敵だ。ただでさえ回避不能な灼熱《しやくねつ》の光線なのに、光属性がさらに身を焼くんだから。

……ソフィアはともかく、ヴィーネはあと数分と持たなそうだ。そして人の姿のヴィロッサは――不気味なほど動かず、音も立てない。

「――ふはははハ！　闇の輩《ともがら》どもメ、いい気味ダ！　よく焦げておルわ！」

その向こうでは、白銀の竜が哄笑《こうしょう》している。闇の輩をボロボロにして、笑いたくなる気持ちはすっっっごく共感できるだけに、何とも言えない。

――アンテ、俺の後ろの連中はどうなってる？

『前3名ほど酷《ひど》くはないが、大なり小なり黒焦げよ。ただし――』

俺の傍らに、カチカチと蹄《ひづめ》のような足音が近づいてくる。

「くぅーん！　わうっ、わうっ！」

ぺろぺろと舌が俺を舐《な》め回し、全身の痛みが速やかに引いていった。

『――そやつだけは、無事じゃ』

チラッと顔を傾けて見ると、リリアナ《リリアナ》が泣きそうな顔で俺を見下ろしていた。その体には傷ひとつついていない。光の神々の寵愛《ちょうあい》を受けたハイエルフだもんな。光のブレスなんてぬるま湯のシャワーみたいなもんだ。

「――ややッ！　そこにいるノはハイエルフではないカ!?」

そしてそれに、白竜も気づいた。

「我ガ名は『ファラヴギ』！　ホワイトドラゴンの長――だっタ、者ダ……！」

ずしん、ずしんと足音が近づいてくる。

「なんトいう、芳醇《ほうじゅん》ナ光の魔力！　相当に高位のハイエルフと見受けル！　お前ならバ、浄化の奇跡を扱えるであろウ!? 我ガ翼を癒やしテはくれまいカ!?」

薄目でよくよく見れば、白竜――ファラヴギの翼は、萎《しお》れたように捻《ね》じれていた。

「忌々しイ闇竜ドモの【翼萎え】の呪いを受けたのダ! 長い時間をかけ、ようやくここまで癒やしたガ……魔力が足りヌ! だガハイエルフの浄化ならば、あるいハ……!」

「くぅ～ん……」

怯《おび》えたように後ずさるリリアナ。何か様子がおかしいことに気づき、ファラヴギがはたと立ち止まる。

「お前……精神支配を受けテいるのカ?」

ゴルゴルゴル、と石臼が回るような低い音が響いた。

ファラヴギは、笑っていた。

「何ト、好都合ナ……よイ、ならば我が上書きしテくれよウ……! さあ、この瞳の光を見るのダ……!」

ゆっくりと歩み寄りながら、赤子をあやすように穏やかな声で。

「夢見心地にしテやるぞ……さア……我が傀儡《かいらい》となレ……!!」

魅了の魔法。虹色の怪しい光が、リリアナに降り注ぐが――

「うわんっ!」

ぺちっ、と魔力の干渉が跳ね除《の》けられた。自分を犬と思い込んでいても、ハイエルフはハイエルフ。その魔法抵抗の高さは折り紙付きで、心を開いている俺以外の干渉はほとんど受け付けない。

「……猪口才《ちょこざい》ナ！　自我を失った草食《くさは》みの分際で、この我に逆らうカ！　負け犬は負け犬らしく、従えばよいのダ!!」

雷のような大声で罵り、無理やり干渉しようとにじり寄るファラヴギだが——


その足元で、ヴィロッサが跳ね起きた。


もちろんその手には、業物の剣が握られている。

「——【転置《メ・タ・フェスィ》】」

俺は咄嗟《とっさ》に魔力の手を伸ばし、ヴィロッサの傷を引き受けた。

がぁぁぁせっかく治ったのにクソ痛え！　驚いたように一瞬、こちらに意識を飛ばしたヴィロッサだったが、全快した体で白竜の首に斬りかかった。

「ツギャァァ！」

白銀の鱗が切り裂かれ、その太い首にビシュッと赤い線が走る。ファラヴギが巨体からは想像もつかない俊敏さで身を引いた。一撃で仕留めることは叶わなかったか！

「ジルバギアス！　ここは俺が引き受ける！　お前は逃げろ!!」

追撃の手を止めずに斬りかかりながら、ヴィロッサはまるで己が目上であるかのように叫んだ。ここでバカ正直に「殿下」とか言ったらどうなるか、目に見えてるからな！

そして、再びリリアナが俺をぺろぺろしてくれている。さっさと傷を癒やして、この場から逃げ出したいところだが――

『このトカゲと敵対するつもりか？』

協力しようがねーだろ、この状況で。ここにいる俺の手下たちを皆殺しにしても、外には猟兵組に加え、俺の護衛役の戦士たちもいるはず。

そいつらも全員口封じする前に、俺が殺される可能性が高い。説得するには時間も足りない、しかもそこまでして向こう《ファラヴギ》が応じるとも限らない。さらに協力させたところで――

俺は、周囲に転がる皆――ガルーニャやヴィーネたちを見やる。

――この犠牲と労力に見合うとは思えない。ホワイトドラゴンという駒は、扱いが難しすぎる。ここで、こんな形で出会っちまったのが運の尽きだよ、お互いに。

クソッ早く動けるようにならないと！　ヴィロッサはよくこの傷で立ち上がれたな、体の前面とか炭化しかかってるじゃねーか！　リリアナでさえ治すのに手間取ってる――

そして当の本人、万全の状態になったヴィロッサは、ひらりひらりとファラヴギの爪をかわし、カウンターで腕を切り刻み、的確に痛撃を与えていた。

しかし。

「舐めるナァ地虫ごときガァ!!」

ファラヴギが叫び、その瞳がギラリと妖しく輝いた。

「【動クナ】！」

凄《すさ》まじい魔力が込められた光に、ビクンッと体を痙攣《けいれん》させるヴィロッサ。

あっ、やべ。

その一瞬の隙を逃さず、鞭《むち》のようにしなったファラヴギの尻尾が叩《たた》きつけられる。

ドチュンッと水気のある重い衝撃音とともに、ヴィロッサが吹き飛ばされた。石壁に叩きつけられ、バシャッと赤い色が飛び散る。

「申し、訳……ござい……」

ずるずると血の跡を引きながら、力なく倒れ伏す『剣聖』――その体が揺らぎ、色白な夜エルフの姿に戻る。

「何ト！　人化の術ヲ!?　そしてエルフでアリながら剣ヲ!?」

思わず怒りも忘れて、ファラヴギも唖然《あぜん》としていた。そりゃそうなるわ。

よし、やっと足が動くようになったぞ。今のうちにおさらば――

「小僧。余計なことヲしてくれたナ……!!」

再び怒りの火を灯《とも》した金色の瞳が、俺に向けられる。いや、そうなるよね……

「――殿下！　ご無事ですか!?」

「何だアレは!?　ドラゴン!?」

「殿下をお守りしろーッ！」

と、背後から声。外で待機していた猟兵組が駆けつけてきたようだ。

ヒュン、カカヒュンッと風切り音を立てて矢が射掛けられ、投げナイフや投げ矢がひらめき、火の魔法や闇の呪いがファラヴギに殺到する。

だが、白銀にきらめく鱗《うろこ》が、その全てを弾《はじ》き返した。

「――ガァッ！」

お返しとばかりに放たれた吐息《ブレス》が、猟兵組を薙《な》ぎ払う。一瞬の悲鳴のあと、ブスブスと何かが焦げる音と、かすかな呻き声しか聞こえなくなった。

「……殿下、だト？」

ファラヴギが、舐めるように俺を見る。

「初めまして、というべきか？　ホワイトドラゴンの長ファラヴギよ」

俺は立ち上がりながら、その目を見返した。

「用があるなら手短に頼む。俺も忙しい身でな」

「……殿下、と言われテ、いたナ？　お前は、何者ダ」

一言一言を噛みしめるように、ファラヴギは重ねて問う。

「――【我が名は、ジルバギアス。魔王が息子、第７魔王子ジルバギアスなり】」

槍《やり》を拾いながら、俺は宣言した。

「……ふははははハッ、これはよイ！　傑作ダ！　あの、憎キ魔王の子が、ノコノコと姿ヲ現したカ!!」

ぎらりとその金色の瞳が、剣呑《けんのん》な光を放つ。

「ファラヴギよ。何をそこまで怒っているのだ。お前はなぜ魔王を憎む？」

「――知れタこと!!　闇竜どもと手を組み、我が娘を奪い、我が妻を殺しタ！」

切り傷から血を噴き出しながら、白竜は猛《たけ》る。

「あまつさえ我ガ一族を迫害シ、年若い竜たちヲも傷つけ、苦しめタ！　この恨みを晴らさでおくべきカ……!!」

ぎらぎらと俺の身を焼き焦がさんばかりの怒りが降り注ぐ。家族を奪われた怒り、か。

「お前の気持ちは痛いほどわかる」

「ほざケ！　ぬくぬくと育てられた王子ごときが、何を抜かス！　地虫に憐憫《れんびん》ノ目を向けられるなド、これ以上の屈辱はなイ!!」

全身の筋肉を盛り上げさせて、ファラヴギがにじり寄る。

「貴様ヲ！　魔王の子ヲ！　なぶり殺しにしてくれル！　そしてそのハイエルフを我ガ物とシ、翼を癒やした暁にハ、貴様の血肉ヲ魔王城に撒《ま》き散らしてくれル!!」

「……この期に及んで、魔王城に行くつもりか？」

「当然！　魔王城を焼き尽くさねバ、そして、闇竜どもの首ヲ噛《か》み千切らねバ、我ガ怒りは収まらヌ！」

「そうか。だが悪いな」

俺は槍を構える。

「お前の、その程度の復讐《ふくしゅう》にくれてやるほど——俺の命は、安くはないんだ」

魔王城を焼いて終わり？　話にならねえ。城が焼けても魔王は生き残るぞ。お前の気持ちはわかるけど、協力はできねえよ。その程度では……その程度では、俺たちが手を結ぶことは……できない！

「驕《おご》り高ぶった魔族メ！　苦しみ抜いテ死ねェ！」

翼を奪われた白竜の長が、爪を閃《ひらめ》かせた。

大ぶりのナイフのような爪が、俺に襲いかかる。ひと思いにブレスを使えばいいようなものを——宣言通り、俺を嬲《なぶ》り殺《ごろ》しにするつもりらしい。

……まあ、俺が背中を向けて逃げ出したら、容赦なくブレスが飛んでくるんだろうけど。

白竜の長、『夜明け』のファラヴギ。俺にとっては、全ての始まりでもある。

お前が魔王城強襲作戦を持ちかけてこなければ、俺は今、この場にいなかった。そして復讐に衝《つ》き動かされた者同士、何の因果か、ここで激突することとなった。

やってられないよなぁ、全く。何もかも魔王軍が悪い。

「だが、邪魔立てするなら」

――容赦はしない。

アンテ。お前に預けていた魔力、今こそ引き出させてもらうぞ。

『――よかろう』

俺の中で、何かが弾けた。

体の奥底――物理的ではない、神秘的な根源から、間欠泉のように力が溢《あふ》れ出す。

何十という人族を犠牲に、勇者として積み上げた禁忌の力。

それを槍にまとわせ、眼前に迫るファラヴギの腕へと突き込んだ。

光の魔力をまとう白銀の鱗と、闇の魔力が染み込んだ黒曜石の穂先が、銀色の火花を散らしてぶつかり合い――拮抗《きっこう》する。

そして白銀の鱗が、砕けた。

「何ダとッ!?」

魔族の少年が、己の数十倍はあろうかという体格のドラゴン族に、力で抗してみせた。

あまつさえその鱗を砕いた。

愕然《がくぜん》としたファラヴギが思わず飛び退《すさ》る。トカゲというよりも、猫科の肉食獣みたいな俊敏さ、しなやかさだ。ドラゴンは飛ばずとも強い、その証左だな――

だが、俺も強いぞ。

ああ……すごい全能感だ。

世界を作り変えられるような、意志ひとつで事物を捻《ね》じ曲げられるような、陶然とした心地。だが同時に、俺の中に――少しだけ失望感もあった。

こうなったら、もう戻れない。アンテから受け取った力を、戻すことはできない。

今の俺にとって、世界の物の理《ことわり》は、あまりに儚《はかな》く脆弱《ぜいじゃく》なものだった。

もはや、その気がなくても俺の都合のいいように捻じ曲げてしまう。

物の理は、決して俺を愛さない――俺は、絶対に、剣聖にはなれない。昔、剣聖に憧れていた時期もあったんだ。それがヴィロッサのせいでちょっと再燃していた。

だけど、まあ、詮無きこと。もともと俺は剣聖じゃなくて、勇者だから。

「貴様――その力は何ダッ!?」

じり、じりと俺を中心に弧を描くように動きながら、ファラヴギが問う。奴《やつ》からすれば俺が突然、巨人に変身したようなものだろう。

「俺は魔族だぞ」

笑いながら、俺は告げた。我ながらあまりに皮肉じみた響きだった。

「……悪魔どもノ邪法――ッ！」

ファラヴギの目に浮かぶのは、ある種の羨望だろうか。

わかるぜ。力、欲しいよな。お前たちドラゴン族がダークポータルへの立ち入りを許されて、悪魔と契約するようになったらどうなるか――空恐ろしくて想像もしたくない。

「逃げるなら今のうちだぞ？　互いに無駄な消耗は避けたかろう」

逆効果だろうな、とは思いながら一応言っておく。

「ほざケッ、魔族のガキがァァァァッッ！」

激昂《げきこう》するファラヴギ。その喉奥にポッと光が灯る。嬲り殺しはどうした、沸騰して湯気が吹き出るヤカンかよ。

「――ガァァァァ！」

ドラゴンの吐息《ブレス》が、来る。


だが。


「【――我が名はジルバギアス】」

ぐんっ、と我が身がさらに、ひと回りもふた回りも膨れ上がるような感覚。

「【――魔王子ジルバギアスの名において――】」

周囲の皆も巻き添えは喰《く》らうが、ちょっとの間だから辛抱してくれ。

「【――呼吸を禁忌とす】」


制定。

「──かハッ」

ファラヴギが目を剝《む》いた。ぽフッ、と灼熱《しやくねつ》の光になりそこねた魔力が、喉から煙となって立ち昇る。俺も息はできないが、あらかじめ深呼吸しておいた。目を白黒させるファラヴギに肉薄、ヴィロッサが切り裂いていた傷口に、さらに槍をねじ込む。

狙うは心の臓。とっとと終わらせて、俺は手下どもを治療せねばならんのだ。憎くてたまらないはずの闇の輩《ともがら》をなァ！

「……ガァアッ！」

痛みに呻《うめ》いたファラヴギが、腕を振るう。ビビュッと背筋が凍るような風切り音とともに、横薙《よこな》ぎの爪。咄嗟《とつさ》に転がって避けるが、防護の呪文がほとんど削り取られた。そしてこっちの槍の一撃は浅い！　致命打には程遠い──

「舐《な》・め・る・ナ！」

バチンッ！　と革紐《かわひも》が引き千切れるような音。

「ガキがァァァァァ──ッッ!!」

ファラヴギの喉奥に、光。こいつ、呪縛を強引に振りほどき──

「──アアアァアァアァアアッッ！！！」

灼《や》ける光の柱が、俺に降り注ぐ。

だが俺の手の中で、槍が、もぞ──と身動《みじろ》ぎした。

……ああ、思い出すな。おとぎ話でさ。

勇者が悪いドラゴンに立ち向かう物語があったんだ。

村長の家に絵本があったっけ。ドラゴンにブレスを吐きかけられて、勇者は――


白銀の光の奔流が、砦《とりで》を揺らす。


純粋な熱のエネルギーに、石のタイルが割れ砕け、壁が赤熱する。

「――はハハッ！　ははハハハッ！」

魔法の呪縛がもはや消え失せ《う》たことに気づいて、ファラヴギは笑った。

眼前にはもうもうと舞い上がる粉塵《ふんじん》、石が焼ける煙――

「嬲り殺スつもりダったが、消し炭ニ――……ッ!?」

なったか、と言おうとして。ぶわりと押し寄せた魔力の風が、煙を吹き散らす。

「……ひでえ話だ。光のドラゴンに闇の魔族。まるで構図が逆じゃねえか」

焼けた石のタイルの上で、身をかがめた状態から、俺はゆっくりと立ち上がった。

左手には――濃厚な闇の魔力を、まとった、

骨の、『盾』。

「【――赤熱を禁忌とす】」

速やかに、周囲の空間が冷却されていく。

ファラヴギの口内の熱さえ、燃える闘志を道連れに消えちまったみたいだ。

「ひでえ話だ。お前もそう思うだろ？」

全力のブレスに、真正面から耐えきった俺は、右手に黒曜石のナイフを、左手に骨の盾を構え――不敵に笑ってみせる。

「…………」

ドラゴン族の切り札・ブレスが防がれたのは、ファラヴギも想定外だったらしい。当初の勢いも鳴りを潜めて、今はただ警戒するようにこちらを見ている。

「……忌々しイ」

ファラヴギは吐き捨てるように言った。

「この力……闇竜どもヲ屠《ほふ》るため、蓄えていタというのニ……！」

その瞳が妖しい虹色の光を放ち始める。おいおい。何をするつもりか知らんが、待ってやるほど優しくねえぞ俺は。盾を掲げながら接近、ナイフで傷口をさらに抉《えぐ》ってやる！

しかしファラヴギの瞳の輝きは、速やかに全身へ広がっていく。

「【我こそは《パラディソス》　光の化身《コズモス》　しかと目に《エゴケントウリ》　焼き付けよ《インペリファス》！】」

白銀の鱗《うろこ》が光り輝く。まるで真夏の太陽のように――

「グルル……ウウオオオ——ッッ！」

咆哮《ほうこう》。視界が白く塗り潰される。

眩《まぶ》しい！　目が焼けそうだ！　というか肌が熱い、全身から熱線を放ってる!?

威力低めとはいえ全方位ブレスみたいなもんじゃねえか、ふざけんなよ！

防護の呪文を唱え直し、全身に闇の魔力を漲《みなぎ》らせた。痛みが少しはマシになる。だが、このままではソフィアや獣人はともかく、転がってる夜エルフたちがこんがり焼き上がっちまう。ああっ、クソ！　なんで俺が闇の輩の心配なんかしなくちゃいけねえんだ！

「グルルアアァ——ッッ！」

一方、猛《たけ》り狂うファラヴギは素早く身を翻し、尻尾を薙《な》ぎ払う。

跳躍して回避。びっしりと鱗が生えた尻尾に空気が削り取られてボヒュッと渦を巻く。ナイフで斬りつけたが、容易《たやす》く弾《はじ》かれた。光り輝く鱗は先ほどよりも遥《はる》かに強固な存在になっている。

しかもよくよく見れば、ヴィロッサが切り刻んだ傷の出血が止まり、徐々に塞がりつつあった。自己強化系の魔法か!?　ただでさえタフなのに厄介な！

「【——発光を禁忌とす！】」

制定。しかし直後にバチンッと干渉が弾かれた。

「グウオオオ——ッ！」

涎《よだれ》を垂らしながら、ファラヴギが突進。噛《か》みつきは間一髪でかわす、しかし追加で振るわれた爪が俺を捉える。

「ぐッ――」

盾で防いだが、勢いまでは殺しきれずに吹き飛ばされた。ゴロゴロと転がって体勢を立て直したが、一撃で防護の呪文が持っていかれちまったぞ……！

それより、禁忌の魔法が全然効いてねえ！

『おそらく、自らに魅了の魔法をかけておる』

アンテが告げた。

『明らかに正気を失っておるが、その代償に魔力の循環が早まり、その他の魔法への耐性も得たと見えるのぅ』

そんな、冷静に、解説されてもなッ！

爪、尻尾、噛みつき、目にも留まらぬ連撃をかわし、盾で防ぎ、あえて吹き飛ばされて距離を取り、どうにか凌《しの》いでいるが――このままじゃ俺の体が持たねえ！

格闘を禁忌、噛みつきを禁忌、色々試したが効果なし。

あと転がってる手下どもが踏み潰されそうだ！　畜生め！

爪の薙ぎ払いに合わせて、黒曜石のナイフを叩《たた》き込んだが――光の魔力と竜の鱗の堅牢《けんろう》さに、とうとう刃が悲鳴を上げた。

「あっ」

パキンッ、と嫌な音。いかに強い魔力が込められていて、下手な金属製より頑丈といっても――耐えきれなかった。

黒曜石の刃が半ばからへし折れる。

「グルアァァッ!」

ファラヴギの腕が、すかさず叩き込まれた。咄嗟の防御、盾を持つ俺の左手も折れちまいそうだ。後方に跳んで勢いは殺したが、やべえ追撃が来る――どうにか体勢を――

「――ご主人さまにィ!」

その瞬間、ちょっと煤《すす》けた白い影が、横から飛び込んできた。

「手を出すにゃ――ッッッ!!」

ガルーニャだ! 意識を取り戻したのか!?

無謀にも、突進するファラヴギの頭に飛びかかり、その手の爪を――一閃《いっせん》。

「グッ――ガァアアァァァッ!」

ファラヴギが苦痛の叫びを発した。ガルーニャの爪が片目を切り裂いたのだ。妖しげな光を放っていた瞳が血にまみれ、突進の足を止めたファラヴギが尻尾を薙ぎ払う。

「ギにゃッ」

「ガルーニャ!」

ボールのように吹っ飛ばされてきた彼女をどうにか抱きとめた。フワフワの白毛がすっかり焼け焦げてしまった獣人メイド。いや、それだけじゃない……尻尾の直撃を受けて腕が妙な方向に捻《ね》じ曲がっていて、あばらの感触もおかしい。肋骨《ろっこつ》が砕けている……

「ご主人……さま、……お逃げくだ、さい……わたしが、時間を稼……」

それでもどうにか俺の前に立とうとしたガルーニャは、フラフラと膝を突いて、昏倒《こんとう》してしまった。俺なんかのために……ここまで……

「グゴォォオッッッ!!」

咆哮。ファラヴギが再び突っ込んでくる。まるで壁ごと俺とガルーニャを粉砕してやると言わんばかりの勢いだ。出血していた片目は、早くも虹色の光を取り戻している。クソッもう治ったのかよ――！

がむしゃらな突進なだけに、ガルーニャを抱えながらでも避けられるが、このまま壁がふっ飛ばされたら――ただでさえボロボロな砦が崩壊しかねない。

ちら、と見やれば、ヴィロッサをはじめ手下たちは全員ダウンしており、ピクリとも動かない。このまま怪我人《けがにん》どもが下敷きになったら、それがとどめになるだろう。

『こいつらなんてほっとけよ――』そんな心の声がする。『――別に闇の輩なんていくら死んでも構わねえだろ？』

まあな。だけどこいつらは、俺の手下、手駒でもあるんだよ。別に情にほだされたってワケじゃねえぞ。暴走したトカゲのせいで全滅なんて、割に合わねえんだ。

そう、割に合わない。これは情ではなく、合理的判断だ！

……畜生。よりによって今世、この名で初めて守るのが、闇の輩どもかよ……!!

「**【我が名は――アレクサンドル】**」

全員気絶してるし、ファラヴギも正気を失っている。

「【魔神アンテンデイクシスの契約者なり！】」

ここで聞いてるのは俺とアンテとリリアナだけだ！

自らを強化する【名乗りの魔法】の二重がけ。前世と今世で真名がふたつある俺にのみ可能な芸当。アンテに預けていた魔力を全て引き出し、ただでさえ強化されていた俺の格が、さらに数段、無理やり押し上げられるのを感じる。

――光の神々よ、ご照覧あれ。

「【聖なる輝きよ《ヒ・イエリ・ランプスイ》　この手に来たれ！《スト・ヒエリ・モ》】」

左手の盾が輝き、俺を包む闇の魔力が銀色に燃え上がった。

俺はガルーニャを庇《かば》うように、前に進み出る。

銀色の輝きは、俺に凄《すさ》まじい活力をもたらしながらも、俺の身を焼き焦がす。誰がなんと言おうと俺は勇者だ。だがこの肉体は、どうあがいても魔族のそれで――

「ぐうううぅッ！」

体中の神経が燃え上がるような激痛。しかし、不意にそれが和らいだ。

「わう!!」

いつの間にか傍らに駆けつけていたリリアナが、俺の背中を支えている。彼女の癒やしの力が、聖属性を中和してくれている――ありがたい！　俺はファラヴギを睨《にら》んだ。

「……来いよ、トカゲ野郎ッ!!」

真正面から、突進を受け止めてやる。背後にはリリアナとガルーニャがいるんだ。

俺は、退《ひ》かない。一歩たりとも！　その信念を確信に変えて――!!


骨の盾に、ファラヴギの頭が激突する。


聖属性がバチバチと弾け、白銀の竜の鱗を焼き焦がしていく。俺の足が石のタイルにめり込み、全身がバラバラになりそうな衝撃も、銀色に輝く闇の魔力が丸ごと包み込んで無理やり押し留《とど》めた。

地響きとともに、竜の巨体が――止まる。

互いに息がかかる距離で、虹色の光をともしたファラヴギの瞳と睨み合う。

「よくやった」

その瞬間、アンテが俺から飛び出した。

「にゃんころ《ガルーニャ》の一撃でよくわかった。こやつの魔法は、瞳が起点になっておる」

ひょいとファラヴギの頭に飛び乗って。

「我は運動が苦手じゃが、この距離ならば流石《さすが》に届くのぅ」

手を伸ばし――

「いないいない――ばぁ♪」

ずりゅっ、と無造作に、ファラヴギの両目を手で抉った。

声にならない悲鳴を上げたファラヴギが、むちゃくちゃに頭を振り回す。あえなく吹っ飛ばされたアンテが、天井に叩きつけられ「ぎえっ！」と悲鳴を上げ、続いてビタンと床に落下し「ぐえっ！」と呻《うめ》いた。

「――――ッッ！」

だが、見事だ。瞳を潰されたファラヴギの輝きが、明らかに弱まっている……！

「――ま、だ、ダ。まだ――ここデ、倒れル――ワケには……！」

涙のように血を流しながらも、正気を取り戻したファラヴギが悲痛な声を上げる。萎《しお》れかけていた魔力が再び循環しだし、怒りの火が灯《とも》ろうとしている。

……なんて奴《やつ》だ。不屈の精神、絶対に復讐《ふくしゅう》を遂げるという執念。

他人事《ひとごと》とは思えない、味方であればどれほど頼もしかったか。

しかしこれ以上、暴れられるわけにはいかない。

何か。何か武器を。周囲を見回した俺は――

血溜《ちだ》まりに沈むヴィロッサの傍らに、ぎらりと凶悪な輝きを見出《みいだ》す。

業物の、剣。

この場にあれ以上の凶器はない。

「グゥ――ルルルオオオ――ッ！」

ファラヴギの野郎、また何かしようとしてやがる！　時間がない！　剣を拾う数秒さえ惜しい――その瞬間、盾を形作っていた遺骨が、もぞっと身じろぎした。

伸びる。俺の望みを叶《かな》えるように。

鞭《むち》のようにしなって剣の柄《つか》を握り、遺骨が再び巻き戻る。

そして槍《やり》の柄に似た棒状に変形。俺の手に――剣とも槍ともつかぬ、新たな武器が生まれていた。

背中を押された気がして、俺は駆け出した。

この武器――実に手に馴染《なじ》む。兵士の遺骨に業物の刃という組み合わせ。俺の身に染み付いた人族の剣術と、新たに叩き込まれた魔族の槍術《そうじゅつ》が、ここに――

結実する。

「【聖なる輝きよ《ヒ・イエリ・ランプスイ》　この手に来たれ《スト・ヒエリ・モ》!!】」

銀色に輝く刃。

突進と、遠心力を加えて――ファラヴギの首に叩きつける。

驚くほど、手応えを感じなかった。

スッ、と薄暗い砦《とりで》の闇に、銀の光が弧を描いて。

ぴたりと動きを止める白銀の竜。

その首が——ずれて、落ちる。

どうっ、と床に転がる竜の首。

ほとんど治っていた、血塗《ちまみ》れの金色の瞳が——俺を恨めしげに見上げていた。

だが、かすかに残されていた、意志の光もすぐに消え失《う》せて。

頭を失った巨体が、地響きとともに倒れ伏す。


——怨念に駆られた光の竜は、魔族の勇者によって、ここに討ち果たされたのだ。

†　†　†

「ぐがぁぁぁ痛ええええッ！」

ってなわけで、俺は今、死ぬほど苦しんでいる。この『死ぬほど』ってのは比喩でもなんでもない。俺の眼前——床に寝かされたヴィロッサ。全身バッキボキで、体の各所から折れた骨が飛び出しているような酷《ひど》い有様だったが、転置呪で傷ひとつないキレイな体に変わっていく。

わかるだろ？　つまり全てを引き受けた俺が、代わりにバッキボキになるってことだ。

「が……はっ……!!」

あまりの痛みに、ひっくり返って血を吐くことしかできない。上半身の至るところが、ヤスリでもかけられてるみたいに痛むのに下半身の感覚が不気味なほどない。ヴィロッサの野郎、腰の骨が砕けてやがったな……！

「くぅーん！　くぅーん!!」

リリアナが悲痛な声を上げながら俺をぺろぺろして癒やしてくれる。「さっきからずっと治してあげてるのに、なんでまたすぐにボロボロになるの！　わけわかんないよ！」と言わんばかりの様子だった。ごめんよリリアナ……心配かけて。

あと10人くらい怪我人がいるから、この調子で頼むぜ……

そんなこんなで俺は手下たちを回復させている。全身まっ黒焦げだったヴィーネなんかは、ほとんど息を引き取りかけていた。手当てが遅れていたら死んでいただろうな。

まあその傷を引き受けた俺も死にかけたがなァ!!

今はメイド服が焼け焦げてボロボロになっている以外は、全快した姿で床に寝かされている。まだ意識は戻っていないようだ。いくら憎き夜エルフとはいえ、俺を庇って光のブレスを全身に浴びたわけだからな。これで死なれちゃ寝覚めが悪い――

『そこは、俺のために命を投げ出すとは愚かなり！　冥府で俺の裏切りを知って、歯噛《はが》みするがよいグワハハハハハ！　と高笑《たか》いするところではないのか？』

……………アンテ、お前も無駄口叩く暇があったら手伝えよな。怪我人並べたり、目が覚めた奴に状況説明したり。

『我はもう充分仕事したし〜。魂の器《ここ》でお主の惨状でも眺めながら、ゴロゴロしておこうかのぅ。あっ、応援ならしてやらんこともないぞ』

ご丁寧にも、幻影となって傍らに姿を現したアンテが、うつ伏せに寝転がって俺をニヤニヤ眺めながら、『ほーれ、がんばれ♪　がんばれ♪』などとのたまう。

これなら見えない方がマシだよ、ぐうたら魔神がよォ……ところでソフィアが黒焦げのまま動かないんだが、どうしよう？　悪魔は生物扱いじゃないのか転置呪も効かないし。

『あー、たぶん深手を負って休眠状態に入っとるんじゃろ。現世において、我らの体は魂と表裏一体じゃからの』

アンテいわく。物理的衝撃で手足が千切れたくらいの軽傷なら、悪魔の体はすぐ治る。しかし魔法や魔力の干渉で深手を負った場合は、休眠状態に入って回復に努めるそうだ。

『勇者として、何度も悪魔と戦ったことがあるんじゃろ？　知らんかったのか？』

悪魔が倒れたら、即座にとどめを刺すのが基本だったんで……

『ああ……悠長に気絶させたまま放置することがなかった、と』

――そんな話をしていると。

「殿下！　ジルバギアス様!!」

「坊っちゃん、無事ですか!!」

「うわっなんだアレ、ドラゴン!?」

砦の外から、ドタドタと慌ただしい足音が。見れば、崩壊寸前な砦の入り口で、魔族の戦士たちが呆然《ぼうぜん》と立ち尽くしているではないか。

その数5名。地味な色合いの革鎧《かわよろい》に、携帯性に優れた魔法の槍、黒い塗料を用いた顔面の戦化粧。全力ダッシュしてきたのか、額に汗を浮かべて息を荒らげている。

「殿下……だよな？」

「なんて魔力だ……」

「出発前と別人じゃないか……」

コソコソささやきあっているが。こいつらプラティが言ってた俺の護衛兼監視役か。

「おせーよ。もう終わったぞ」

リリアナのぺろぺろで回復し、よっこらせと身を起こしながら白竜の死体を示す。

「一応確認するが、母上が言っていた監視役ということで間違いないか？」

『護衛役』と呼ばなかったのは、俺なりの気遣いだ。

「……はっ、その通りです……」

一番年長っぽい――人族でいえば40歳くらいの外見――の魔族の男が、苦虫を噛《か》み潰したような顔で、姿勢を正しながら答える。ファラヴギの死体を見ながら、今までとちょっと違うタイプの汗をダラダラと流していた。

護衛なのに遅参した上、護衛対象はドラゴンに襲われていて、しかも現場に到着したらすでに討伐済みだった――俺が連中の立場だったらどんな心境か、想像したくもないな。

「部下たちが手傷を負った。治療中だから、怪我人《けがにん》を並べるのを手伝ってくれ」

「はっ」

これ以上の失態は避けたい、とばかりにレイジュ族の戦士たちは指示に従った。

「――ぬがあぁぁぁ！」

「殿下が傷を引き受けられるのですか!?」

俺が、焼け焦げた夜エルフの猟兵の傷を引き受けると、レイジュ族の若い戦士が素っ頓狂な声を上げる。

「そうだ……負傷したのが俺なら、聖女《リリアナ》が治してくれるからな……身代わりの奴隷いらずで便利だろ？」

「しかし……わざわざ下等種ごときのために、殿下が――」

王子様が、下々の者のために体を張る必要はないってか？

「……俺の部下をどう扱うかは俺の裁量だ。それに、少なくともこの者たちは、身を挺《てい》して俺を守ったぞ」

「あっ……はっ、いえ……出過ぎたことを……」

顔を青くして口を閉ざす若い戦士だったが、ドスッゴスッと音がして「ぐえっ」と呻いた。俺から見えない角度で他の護衛たちに殴られたらしい。

「それで……お前たちはどこで何をしていたんだ？」

「はっ……いえ、それが……」

年長戦士が、さらに苦虫を百匹くらい噛み潰したような顔で答える。

——いわく、彼らはプラティからこんな指示を受けていたらしい。
・息子のプレッシャーにならぬよう、遠巻きに護衛する
・他王子派閥の干渉を避けるため、周辺の監視を徹底する
・非常時以外は極力姿を見せない
まあ……できるだけ俺の自由にさせよう、というプラティの心遣いだったようだ。

ただ、問題があるとすれば、魔族の戦士は夜エルフほど隠密《おんみつ》行動が得意ではないということ。だから距離を置く必要があった。一応、目がめちゃくちゃ良かったり魔力の探知に長《た》けていたり、そういう人選がなされていたみたいだが。

俺に姿を見せないようにしつつ、他派閥の干渉を警戒し、砦の周辺に散開してゆるりと見守っていたらしい。するとゴブリンしかいないはずの廃墟《はいきょ》から、灼熱《しゃくねつ》の極太光線が何発も放たれて、何事かと大慌てで駆けつけてきたというわけだ。

せめてまだ戦闘中だったら面目も保たれたんだろうが、俺が自ら返り討ちにしちまったからな……というか、俺が普通の魔族だったら死んでた可能性もあるわけで。

「…………」

レイジュ族の戦士たち、沈痛の面持ちだ。一般に魔族の文化圏では、言い訳は死ぬほどみっともないものとされている。彼らがプラティに対してどれだけ申し開きを許されるかは未知数だ。怒ったら怖いもんな、プラティ。つくづく同情するぜ……

「ぐ……」

手下たちの治療をほとんど終えたあたりで、ヴィロッサが意識を取り戻した。

「……殿下ッ!?」

ガバッと飛び起きて、周りを手で探っている。武器を探しているらしい。

「これなら借りたぞ」

俺が鞘《さや》に収めた業物の剣を突き返すと、くわっとした顔でこちらを見つめ、周囲を見回し、状況を把握し――そのまま、しおしおと打ちひしがれた表情で平伏した。レイジュ族の戦士たちの5倍くらい、『沈痛』な顔だった。

「此度《こたび》の失態……誠に申し開きのしようもなく……」

いやー、言い出すと思った。

「ヴィロッサ。今回の件、何が悪かったと思う?」

「……偵察に不備がございました、殿下。気配のみで人族の術者と断定してしまい、その他の可能性を検討しなかった我が身の至らなさこそ、全ての原因……」

ぎり、と歯ぎしりの音が聞こえてくる。

「他の者ならいざしらず、自分は人化の術を使えるというのに……!」

それは――そうかもしれない。人族がこんなところにいるのは変だ、という意見まで出ていたのに、他種族が化けている可能性には誰も思い至らなかったんだよなぁ。

「確かに、それはあるかもしれん。ではヴィロッサ、思いつき以外では、どうすれば此度の事態を避けられた？」

「……砦の内部までも偵察し、術者を目視していれば――」

「そうだ。そして、『砦を外から、ちょっとだけ見てこい』と指示したのは俺だ」

俺が溜息《ためいき》まじりに告げると、ヴィロッサの肩がピクッと震える。

「お前にも至らぬところがあったのかもしれないが、そもそもの敗因は、俺がお前の能力を充分に活《い》かしきれなかった点にある」

「…………」

「だから、お前が頭を下げ続けるなら、俺はもっと低く頭を下げなければならん」

「そんな！　しかし殿下――」

「次はないぞ」

俺は改めて、ヴィロッサに剣を突き返しながら、ニヤッと笑ってみせた。

「次に、俺の指示に至らぬ点があれば、どんなに些細《ささい》なことでも指摘せよ。俺は同じ過ちを繰り返す愚か者にはなりたくないからな。……これからもお前の剣、頼りにしている」

「…………はっ。全力を尽くします」

ヴィロッサが深く頭を下げ、俺の手から剣を受け取った。

背後から「……本当に5歳か？　15歳の間違いじゃ？」「それにしたって若すぎるぞ」などとささやきが聞こえたが、知らんぷりをする。俺もそろそろ年齢詐称を考えるか。

「それにしてもヴィロッサ、お前の剣が業物で助かったぞ」

肩の力を抜いて、俺はファラヴギの首を示した。

「それがなければ、とどめを刺せなかったかもしれん」

「……見事な切り口にございます。本当に、殿下には……」

剣を学んでいただきたい、と言いかけたところで、レイジュ族の者たちを気にして口をつぐむヴィロッサ。うん、俺もまた剣をやりたかったよ……ただ、槍《やり》と剣の合体という、新たな境地が見えたのは幸いだった。

あれならば魔族に対して「これはちょっと変わった槍だ」と強弁できるかもしれない。穂先に使ってたナイフも折れちゃったし、新しい武器を調達してもいいか……？

「――！　何か接近してきます!!」

不意に、レイジュ族の戦士のひとりが叫んだ。背後、砦《とりで》の外を振り返りながら。

「今の殿下と、同等以上の魔力！　上空からです！」

全員に緊張が走る。今の俺くらい魔力が強くて――しかも空からとなれば。

そんなもの、ドラゴン以外に考えられない。

「……迎え撃つぞ。この砦はいつ崩れるかわからん、動ける者は外へ！」

レイジュ族の戦士たちを先頭に、外に出る。

バサッ、バサッという重量感のある翼の音が聞こえてきた。

見上げれば確かにドラゴンの飛影。しかも3頭、こちらに向かって降下してくる。

全員が臨戦態勢に入り、ヴィロッサも人化して剣を抜く。次こそは仕留める、と言わんばかりの鬼気迫る顔だった。レイジュ族の戦士たちがヴィロッサを二度見する。

「……待て、誰か乗ってるぞ」

「騎竜か？」

「強い魔力の持ち主は、ドラゴンではなく騎手のようです！」

砦の前に、ズ、ズンと着陸するドラゴンたち。それぞれ赤銅色や緑色の鱗《うろこ》を持ち、鞍《くら》がついている。騎竜だ。

そして、鞍からひらりと身を躍らせて降り立つは、魔族の戦士。

強い魔力の持ち主で髪は緑色、性悪そうな目つきの――

「……なんで、お前がここに？」


第4魔王子エメルギアスだった。


「それはこっちのセリフだ。なんで僕ちゃんがこんなところにいやがる。迷子か？」

俺の問いに、エメルギアスは心外とばかりに眉をひそめた。斜に構えているが声に滲《にじ》む当惑は本物だ。

エメルギアスに続いて、他2頭のドラゴンからも魔族が飛び降りてきた。エメルギアスほど鮮やかな色合ではないが、緑っぽい髪の男と女。上質な魔法の鎖帷子《くさりかたびら》と、無骨な槍で武装している。一族の者だろうか。

「若。この者たちは？」

「真ん中の生意気そうな顔したガキは、第7魔王子ジルバギアスくん5歳だ」

「あれが……」

姉御肌な雰囲気の女の戦士が、俺に警戒の目を向ける。「5歳……？」と男の方が困惑気味に呟《つぶや》いた。俺の周りの連中も似たような顔をしていたし、意識を取り戻して一味の中に紛れていたブチ猫獣人の村長も「聞き間違いか？」とばかりに猫耳をほじっていた。

「………………」

しばし、互いに相手の出方を窺《うかが》うような気まずい沈黙が続く。エメルギアスが口を開きかけて、自分から話を進めるのは気に食わないとばかりに、唇を歪《ゆが》めて沈黙を保った。

――ここで殺《や》っちまおうか？

「……おい」

だが、俺がいつまで経《た》っても口を利かないので、しびれを切らしたように苛立《いらだ》ちの声を上げた。

「オレにはその砦の掃討任務がある」

「掃討任務？」

「そーだ。麓の獣人の村から救援要請が出ていたらしい」

胸元からピラッと書類を取り出すエメルギアス。

「ゴブリンが繁殖中の恐れがある廃墟。ただし、討伐に向かった獣人の戦士10名以上が行方不明。中級以上の魔獣が潜んでいる可能性あり。まあシケた任務だ――」

チラッと俺たちの背後の砦を見やる。

「――そして飛んでくる途中、遠目に確認したが、妙な光の柱が何本も見えた。で、現場に着いたらお前がいた。……お前には、任務中のオレ様に状況を報告する義務があるわけだ、ジルバギアス従騎士」

エメルギアスの言葉に、手下の2名がフッと鼻で笑った。俺ってば魔王国の階級で一番下っ端の従騎士なんだよな。ここでマウントを取ってきたか。

「――俺も似たような状況で、この砦に演習に来ていました」

仕方ないので素直に答える。にしても俺も掃討任務で来てるんだが、二重発注か？

「カコー村付近の砦において、ゴブリンが繁殖しつつある恐れあり、と……ただし、魔獣が潜んでいる可能性については、こっちの書類では言及されていませんでした、エメルギアス……えーと……」

俺は言い淀《よど》んだ。

「……爵位なんでしたっけ」

「伯爵、だ！」

エメルギアスは噛《か》みつくようにして言う。魔王→大公→公爵→侯爵→伯爵だから、後継者としての資格はまだまだか。シケた任務に身をやつしているあたり、ちょっとでも功績を積もうとしているのかな。

「まあ兄上でいいですよね、俺たちの仲ですし」

俺は笑顔でそう言ってやった。エメルギアスは不機嫌そうに舌打ちしたが、不意に空を見上げて「……そういうことか、クソッ」と毒づいた。

「ホブゴブリンの無能どもめ！……オレとお前で手違いが発生していたらしい」

「といいますと？」

「オレがこの任務を受けたのは3日前だ。しかし書類に記してあった村に着いてみれば、チンケな崩れかけの廃墟《はいきょ》に、人族の女奴隷を拐《さら》ったゴブリンどもが10匹ばかし住み着いていただけだった」

俺はにわかに、体温が下がるのを感じた。

「もちろん魔獣なんて影も形もなかった上に、村人どもは行方不明者なんて出てないと抜かしやがる」

苛立たしげにペシペシと書類を叩《たた》くエメルギアス。

「で、城に報告に戻ったら、全く関係ない村に向かわせられていたことがわかったってワケだ！　クソ役人が、似たような状況の村と、名前を取り違えてたんだよ！」

「……では、本来、俺が向かうべきだったのは」

その、人族の奴隷を拐ったゴブリンたちが立てこもっていた廃墟で——

「そーだ。そしてこっちの砦が、オレ様の本来の目的地だったたっつーわけだ」

ハァ、とエメルギアスが大袈裟《おおげさ》に溜息をつく。

「……ちなみに、その人族の女奴隷とやらはどうしました？」

「ああ？　まとめてぶっ殺したに決まってるだろうが。どのみちもう使い物にはならなさそうだったしな」

「……そう、ですか」

俺はこの感情をどう形容したらいいかわからない。無念、というのが一番近いかもしれないが、だとすればこの煮えたぎるような熱情は何だ？

「お前こそ、この砦には入ったのか？　あの光の柱は何だったんだ？」

「……砦にはゴブリンの他、魔王城襲撃を落ち延びたと思《おぼ》しき、ホワイトドラゴンの長・ファラヴギが潜伏していました。ので、これを討ち取りました。以上」

「……ホワイトドラゴンの長、だと？」

エメルギアスと手下たちが目を見開く。さらに背後で黙って待機していたドラゴンたちまで、「おい聞いたか」「マジかよ」とばかりに顔を見合わせていた。

「……お前が、それを、討ち取ったというのか？」

「はい。一足遅かったようで」

ピクピクと目の下を痙攣《けいれん》させたエメルギアスが、俺たちを無視してズカズカと砦に入っていく。慌てて手下たちがそれを追った。

「……何と申しますか」

剣を鞘《さや》に収めたヴィロッサが、小さく溜息《ためいき》をついた。

「書類の不備ごときで、散々な目に遭わされましたね、殿下」

「違いない。……一応、俺たちも砦に戻るぞ。兄上を見張っておく」

ファラヴギの死体は、ホワイトドラゴンの素材の塊でもある。ちょろまかされたらかなわんからな。まだ意識が戻ってない連中も転がされてるし。

「……なあ、ファラヴギの血を飲めば人化の魔法を使えるようになるか？」

歩きながら、小声でヴィロッサに尋ねる。

「……いえ。生き血を分け与える『儀式』ですので、向こうに人化の魔法を伝える気がなければいけません。死体の血を飲んでも無意味です」

少々、意表を突かれた様子でヴィロッサは答えた。

「しかし、殿下……学ばれたいので？」

「いかなる魔法であれ、使えるに越したことはないと思うが？　いざというときに気配を隠すのにも使えそうだしな」

「殿下であれば、人化してもそれなりの魔力になられるかと……ファラヴギのように」

……あー、弱体化はするけど、人化したファラヴギのように『人族としてそこそこ』な強さになっちゃうわけか。結局、ヴィロッサの『魔力を散らす』技能を習得するか、隠蔽の魔法でも使わなければ、気配を隠すのは難しそうだな……

「――クソがっ！」

砦に入ると同時、エメルギアスの罵声が聞こえてきた。

見れば苛立たしげに、緑クソ野郎がファラヴギの首を蹴り飛ばすところだった。

「人の獲物を足蹴にするのはやめていただきたい」

自分でもびっくりするほど冷ややかな声が出た。何してくれてんだこの野郎。

「元はと言えば、オレの獲物になるべきだったものだ！」

怒りに血走った目で、エメルギアスが俺を睨《にら》む。

「重ねて言いますが、一足遅かったようで……」

「…………。クソが！」

ペッ、とファラヴギの死体にツバを吐きかけて、エメルギアスは踵《きびす》を返す。

「運のいい奴め……！」

すれ違いざま、忌々しげに俺を見下ろしながら――そのまま手下たちを引き連れ、ドラゴンに乗って飛び去っていった。俺は、やるせない気持ちになった。ホワイトドラゴンを討伐した手柄なんて、どうでもよかったのに。

叶《かな》うことなら、ゴブリンたちに囚《とら》われていた奴隷を助けたかったのに……

――不満たらたらな魔王子を乗せたドラゴンは、あっという間に、夜空の果てへと消えていった。

どうも、色々と後始末を終えて、再び馬車に揺られているジルバギアスです。……馬車に仕込まれた特化型スケルトンのおかげで、ほとんど揺れてないけど。

――ファラヴギを討伐してから丸一日。

念のためにゆっくりと休養してから、俺たちはブチ猫獣人の村をあとにした。

『それにしても村長。お前の戦場勘は正しかったな』

別れ際、村長にそう声をかけると、ズサッと土下座された。

『ははーっ。申し訳ございません！』

『……？　なぜ謝る？』

『いえ、あそこで退《ひ》かず砦《とりで》へ踏み入っていれば、斯様《かよう》な事態には……！』

『手勢もろとも、大トカゲの餌食になっていただけだろう』

俺は肩をすくめた。幾多の戦場を渡り歩いた老兵だけあって、彼の胸騒ぎは本物だったのだ。感心こそすれ責めようとは思わない。

……ちなみに行方不明になっていた村の男たちだが、砦の2階でミイラのように干からびた状態で発見された。生命力を吸い取るのは闇の輩《ともがら》のお家芸だと思ってたんだがな。

『おそらく、吸い取るというより魅了して力を捧げさせたんじゃろう』

……無理やり吸い取る闇の邪法より、むしろタチが悪いと感じるのは俺だけか？

働き盛りの男手がごっそりと失われたのは、村にとっても大きな痛手だろう。だが周辺の脅威は排除されたわけだし、逞《たくま》しく生き延びてほしいと思う……

「……気楽な演習のはずが、あわや大惨事でしたね」

馬車の中。俺の対面で、座席に寝転がったソフィアが本を読みながら溜息をつく。俺の両サイドには、すぴすぴ昼寝するリリアナと、俺に寄りかかってナデナデされているガルーニャ。いつものメンツだな。

出立直前に意識を取り戻したソフィアは、『まっ黒焦げ』から『ちょい焦げ』くらいにまで回復している。目覚めて開口一番、俺を見て言い放ったのは「どちら様ですか？」。どうやら俺の魔力が育ちすぎていて、同一人物とわからなかったらしい。

アンテいわく、『悪魔《われら》は魔力で物を見るからのう』とのこと。俺であることに気づいてからは、（魔神の仕業だな……）と神妙な顔をしていたが、今回の一件はホブゴブリンの手違いが原因と知るなり、そんなことも忘れ去ったかのように激怒した。

『あンの腐れ脳ども、責任者を八つ裂きにしてやるッ!!』

あそこまで口汚く罵るソフィアは、生まれて初めて見たな。

そして黒焦げ事件の第二の元凶たるファラヴギだが――その死骸は、夜エルフたちの手によってキレイに解体された。今は積めるだけ馬車に分散して運んでいる。

ファラヴギの首は、ドラゴン族たちに首実検させるために魔法で凍らせておいた。他、ドラゴンの肉体で特に価値があるのは鱗《うろこ》、牙、爪、そして角だ。牙や爪、角なんかは武器になるらしい。ただし光属性を帯びていることから、闇の輩に対して効果絶大なもので、俺たち魔族にはイマイチ使い道がないのだとか。

……俺には、めっちゃありそうだけど。

一方、ホワイトドラゴンの鱗は、鱗鎧《スケイルアーマー》に加工すると極めて高い魔法耐性を得られるらしく、勇者や森エルフを相手取ることが多い闇の輩にはぴったりな装備だそうだ。

余ったドラゴンの肉は、食用可能ということで焼き肉にした。……主に獣人の村人が。犠牲になった男たちの仇《かたき》とばかりに食いまくってたな。

俺はドラゴンを食べたことがなく、しかも自分が殺したとはいえ、先ほどまで会話していた上に前世の因縁まである奴だったので、けっこうな抵抗を感じたが……

割と美味《うま》かった……ジューシーで光の魔力の残滓《ざんし》が口の中で弾《はじ》ける……熟成させたら、もっと旨味《うまみ》が出て美味《おい》しかったんだろうな、と思った。とても食べ切れる量ではなかったので、余った分は獣人たちが熟成させたり、干し肉にしたりするそうだ。

ただ、解体した夜エルフたちは手を付けなかった。光の魔力で口が焼けちまうからな。

「城に帰ったら、早速鱗をドワーフに加工させましょう。ホワイトドラゴンの長ともなれば、素材として一級。相当な強度が期待できますよ。量も充分ですし――」

体調不良を誤魔化すように、あれやこれやと皮算用するソフィア。

ドワーフ族もいるんだな、魔王国。基本的に彼らは同盟側の陣営なのだが、種族で一致団結している森エルフと違い、良くも悪くも個々人で自由だ。流浪の魔法鍛冶や隠れ住む少数部族もいるらしいし、鍛冶の腕のために戦場で囚われて、そのまま飼い殺しにされている職人もいるだろう。魔族は蛮族なので、骨と石と皮しか加工できないからなぁ。

「ついでに、俺も何か新しい得物を見繕うかな」

ベルトにぶら下げた遺骨の塊を撫《な》でる。無理やり働かせられているだろう鍛冶師には気の毒だが、ドワーフがいるならかなり期待できそうだ。

――ちなみに剣と槍《やり》の融合については、ヴィロッサから静かに絶賛された。

『素晴らしい……！　殿下であればこその妙案にございますね……！』

ふんすふんすと鼻息も荒く。参考までに、ヴィロッサにも骨の柄《つか》をつけた業物の剣を扱わせてみたが、本人的にはあまりしっくりこなかったようだ。

『難しいです。刃の重さに振り回されてしまいますね。間合いの長さは魅力ですが、自分が普通の剣を扱えば、この程度の距離はすぐに詰められますし……』

さらりと恐ろしいことを言うやつだよ。魔力を全部引き出して強くなった俺だが、純粋な技量だけではまだヴィロッサに勝つイメージが浮かばないんだよなぁ。

まあ、弱音を吐いても仕方がない。道中、暇さえあればヴィロッサと稽古して、剣槍《けんやり》という新たな境地を開拓していく所存だ。

「……どうした、ガルーニャ」

稽古といえば、ガルーニャだな。ファラヴギの一件以来、元気がなく、それでいて休憩中は思いつめたような顔で体を鍛えている。今も、俺に寄りかかってナデナデされているのに、どこかぼんやりと上の空だ。

「……私、ほとんどお役に立てませんでした。ご主人さまの盾となることさえ……」

できなかった、と。ガルーニャの白い耳が、へにゃっと力なく垂れている。

「そんなことはない。ファラヴギの目を潰したのはお手柄だったぞ」

俺もファラヴギの爪で防護の呪文が削られていたし、あのまま突進されていたら致命的な結果になりかねなかった。……そう何度も説明したのだが、本人は納得していない。

魔力に劣る獣人が、ドラゴンを、しかも長クラスの個体を相手取るのは厳しいし、何もできなくて当たり前とは思うものの。ガルーニャもそれをわかった上で悔しがっているのだろう。俺も前世は人族だ、魔族やエルフの強大な魔力を何度羨んだことか。ガルーニャの気持ちはよくわかるが、それを口に出すことはできない――

「……ヴィロッサさん、50年鍛えて剣聖になられたんですよね」

鋭い爪を伸ばした自分の手を見つめながら、ガルーニャがぽつんと言った。

「私が修行しても……どんなに頑張っても……そんなに時間をかけたら、しわしわのお婆《ばあ》ちゃんになっちゃいます……」

獣人は――短命だ。どんなに長生きしても60~70年がせいぜい。

だからこそ、獣人の拳聖は、魔族でさえ一目置く。その短い命を燃やし、気が狂うほどの鍛錬の果てに物の理《ことわり》を極めた傑物だからだ。下等種と蔑まれながら、獣人たちが魔王国で一定の地位を築いているのは、拳聖と、拳聖でなければなれない獣人の王の存在も大きいだろう。

初代魔王ラオウギアスが、当時の獣人の王と戯れに腕相撲して、土をつけられたなんて逸話が残ってるくらいだ。魔力による身体強化抜きで、という但し書きがつくものの。

信じられるか？　負けず嫌いな魔族の国で、魔王が負けたことがあるという話が言い伝えられるのを許されているんだ。それくらい、拳聖は特別視されている。魔族でさえ『拳聖にならば腕力で負けても仕方ない』と思う程度に。

「……私、もっと鍛えます」

ぐっ、と拳を握って、ガルーニャが静かに宣言する。

「何年かかっても……何十年かかっても……絶対に強くなってみせます」

言葉には出していないが、その強さが拳聖を見据えたものであることは明らかだ。

「もしかしたら……その頃にはもう、しわしわのお婆ちゃんになっちゃってるかもしれませんけど。……それでも、ご主人さまのお側《そば》に、置いてもらえますか？」

俺は、不安げにこちらを見るガルーニャの肩を抱いた。

「もちろんだ」

ガルーニャが嬉《うれ》しそうに喉を鳴らす。

本当に、俺にはもったいないくらいの忠義者だよ、ガルーニャ。お前がしわしわのお婆ちゃんになろうが、どうなろうが。俺が嫌と言うはずがないだろう？

俺に仕えてくれるなら、とても嬉しいよ。

…………その頃に、魔王国がまだ、存在していればの話だが。

†　†　†

——魔王城、居住区、とある一室。

魔族のものにしては、豪奢《ごうしゃ》な装飾が施された部屋だった。緑色のタペストリーには金糸で刺繍《ししゅう》された部族の文様。天井からは水晶と金銀をふんだんに用いたドワーフ製のシャンデリアが吊《つ》り下げられており、人族の芸術家が手掛けた一族の肖像画や風景画が飾られている。壁際には、初代魔王ラオウギアスの黒曜石の彫像と、純金製の現魔王ゴルドギアスの像まで鎮座していた。

そしてエメラルドの首飾りを下げ、きらびやかな、それでいて露出の激しいドレスに身を包んだ魔族の女が、ハイエルフ皮のソファに腰掛けている。

長く伸ばして結った緑の髪を肩の前に垂らし、プカプカと煙管《パイプ》で紫煙をくゆらせる女。その瞳は狡猾《こうかつ》な毒蛇のように黒々とした色で——あらゆる光を吸い取って逃さない、虚無の穴のようにも見えた。

「それで、おめおめと何もせずに引き下がって帰ってきたワケ」

フゥーッと煙を吐き出しながら、女は口を開いた。

女の眼前、第4魔王子エメルギアスは、直立不動の姿勢で無言のまま頷《うなず》く。

「……アナタ、本当にツイてないわね。産まれたときからそうだった」

エメルギアスから視線を外し、ゴルドギアスの像を眺めながら女は独り言のように。

「きっと、そういう星の下に産まれたんでしょうね、アナタは。大した才能も運もなく。……その弟、5歳でしょう？　まだ赤子じゃないの。出し抜かれて悔しくはないの？　他にやりようがあったのではなくて？」

ネチネチとした口調でなじられても、エメルギアスは黙して答えない。これが尋常な相手なら早々に激昂《げきこう》していただろうが、『この人物』には、強く出られない。

なぜならば、彼女こそエメルギアスの母・ネフラディアそのヒトだからだ。


「だいたい動きが遅いのよ、アナタ。間違いが発覚した時点で、即座に目的地に向かっていれば、先を越されずに済んだでしょうに」

はぁ、と溜息《ためいき》混じりに、息子に煙を吐きかけるネフラディア。彼女は、息子と会うときは、体に悪いと魔族の間で敬遠されがちな煙草《たばこ》を必ず吸う。

「そんなことだから、いつまでも他の王子たちに遅れを取るのよ。わかる？　単純な才覚の問題だけじゃないの。アナタの性根の問題なの」

「…………」

「聞いてるの？」

「……はい」

短く首肯するエメルギアスは、能面のような無表情だ。弁解や言い訳はしない。魔族としてみっともないことだし――ネフラディア相手にはしても無駄だからだ。

「毎度ながら、期待はずれな子だこと。もうすっかり慣れたわ」

舌打ちしたネフラディアは、煙管を吸いながら、つまらなそうに視線を逸《そ》らす。

この母子の関係は、端的に言って、最悪だった。

無論、最初からこうだったわけではない。第4魔王子エメルギアスは、母ネフラディアと、一族の期待を一身に背負って誕生した。

しかし、生まれからしてケチがついた。ネフラディアが産気づいたとき、魔王は前線に出向いていたため名付けが遅れ、しばらくの間、名無しで過ごす羽目になった。

ようやく名付けが終わって誕生祝いを催そうとしたら、天気が大荒れに。仕方なく延期して開催すれば、前線での同盟の大攻勢に重なってしまい、一族の重鎮を含む多くの戦士が討ち死にして、いまいち盛り上がらず。

一事が万事、その調子で、エメルギアスは何かと恵まれなかった。運にも――そして才覚にも。魔族全体で見れば決して惰弱ではないのだが、上の兄姉たち、アイオギアス、ルビーフィア、ダイアギアスが傑物揃《ぞろ》いだったため、どうしても見劣りしてしまう。

それでもエメルギアスは努力した。母と一族の皆の期待に応えるために。エメルギアスの出身、イザニス族は、魔族にしては珍しく優れた文官や戦術家を輩出する一族だ。同盟圏への謀略にも積極的であり、夜エルフたちとの関係も深い。

エメルギアスはしっかりと、一族の才覚を受け継いでいた。優れた指揮官であり、戦術家だった。成人前の初陣では見事に都市を攻略してみせた。

だが最後の最後で、死物狂いで突撃してきた勇者たちと交戦し、重傷を負ってしばらくの療養を余儀なくされた。本来ならば殺されていてもおかしくないほど手強《てごわ》い相手。生き残ったことを褒められて然《しか》るべき状況だった。

しかし他の派閥はそうは見なさなかった。他の魔族の戦士たちを押しのけて、無理やりねじ込んだ出陣だったこともある。『初陣で重傷を負って寝込むような鈍くさい王子』とせせら笑われ、エメルギアスの評判はますます悪くなった。

重ねて言うが、エメルギアスは決して無能ではない。それでも一族の皆が期待していたのは、優れた指揮官ではなく、イザニス族に足りないとされる武勇を、魔王ゴルドギアスより受け継いだ覇者だったのだ。

何より、母ネフラディアが満足していなかった。この息子は覇王の器ではない、と。

……だから、見切りをつけて、ネフラディアは再び魔王と床を共にした。そして、子ができにくい魔族としては運のいいことに、ほどなく新たな生命を宿した。

『これで一安心ね。次はもっと優れた子だったらいいのだけど』

ある日、母が側仕《そばづか》えの者と話しているのを、エメルギアスは耳にしてしまった。

……恐怖した。こんなに頑張っているのに。苦しい思いに耐えているのに。いつまで経《た》っても期待に応えられないどころか、このままでは愛さえ失ってしまう。弟か妹に奪われてしまう――だから、エメルギアスは。

母に毒を盛った。夜エルフたちから入手した、堕胎の毒を。

その目論見《もくろみ》は半分成功し、半分失敗した。ネフラディアは流産したが、エメルギアスの仕業であることも露見してしまったのだ。さらに悪いことに、毒のせいでネフラディアは二度と子を産めない体になってしまった。弟か妹に、母の寵愛《ちょうあい》を奪われる恐れはなくなったが――もともと軋《きし》みを上げていたふたりの関係は、それで完全に崩壊した。

もう子どもが産まれないならば、仕方がない。一族の者たちも見切りをつけ、アイオギアス派閥でやっていくことになった。一族から魔王を！　という分不相応な夢から覚めて、ようやく現実に立ち返ったと言ってもいい。

だが、それでエメルギアスの待遇がより良くなったかと問われれば――

「……もういいわ。行きなさい」

冷ややかな声で、エメルギアスに退出を促すネフラディア。

「次はせいぜい、目の前にぶら下げられた餌くらいは、逃さず食らいつくことね」

エメルギアスは目礼して、母の部屋を辞する。

「……私にはもう、あなたしかいないんだから」

投げかけられる、皮肉げな一言。

「……はい、母上」

小さく答えたエメルギアスは、バタンと扉が閉じる音を背に、独り薄暗い回廊を行く。

今は、周りに誰もいない。鬱陶しい一族の者も、こちらの顔色を窺《うかが》うばかりの手下も。

「……クソ」

エメルギアスは顔を歪《ゆが》め、ごちん、と石の壁を殴った。

†　†　†

——獣人たちのカコー村を発《た》って翌々日。

俺は何事もなく、魔王城に帰還した。馬車での旅はなかなか快適だったが、自室の寝床も恋しくなってきたな。前世は野宿なんて当たり前だったんだけど、王子様として育てられるうちに、すっかり甘ちゃんになっちまった気がする。次は馬車中泊じゃなくて、俺もテントで野宿してみるかな……

「では、私は為《な》すべきことを為します」

すっかり回復したソフィアは、書類を手にのしのしと去っていった。すげえ覇気だ——

あいつ知識の魔神より、事務手続きの魔神でも目指した方が向いてるんじゃねえか、などと胸の内でつぶやきながら、母プラティの部屋を訪ねる。

「母上、ただいま帰還しました」

「おかえり、ジルバギアス。……いったいどうしたの？」

俺の魔力が膨れ上がっていることに気づき、プラティは目を丸くした。

「その……色々とありまして」

「……今回の演習で何か得るものがあればいい、くらいに考えていたのだけれど。あなたはいつも、わたしの期待の上を行くのね」

感心するように頷いて、歩み寄ってきたプラティがそっと俺を抱きしめた。相変わらず良い香水つけてんなぁ。

「とにかく、あなたが無事に戻ってきてくれてよかったわ」

万感の思いを滲《にじ》ませる言葉。何だかんだ、心配していたらしい。……このあと俺の話で卒倒しなければいいんだが。

「それで、何があったの？」

優雅にソファに腰掛け、ひらひらと扇子を扇《あお》ぎながらプラティ。

「護衛の者たちからも説明があると思うのですが、想定外の事態が発生しまして」

「戦場には想定外がつきものだけど、早速洗礼を浴びたのね」

「ええ、まぁ……ホブゴブリン役人の手違いで、別の目的地に向かってしまったんです」

「あらあら。それは災難だったわね」

「はい。そしてその目的地には、よりによって同じように脱走ゴブリン兵が住み着いた砦《とりで》があり、それだけなら良かったんですが……別のモノまでいまして」

俺はパンパンと手を叩《たた》いた。

部屋の扉が開き、護衛のレイジュ族の戦士たちが入ってくる。えっちらおっちらと運ぶ板の上には、冷凍保存していた、ホワイトドラゴンの――

「……は？」

プラティが、あんぐりと口を開いた。

「ご覧の通り、ホワイトドラゴンと鉢合わせしました。出会い頭にブレスを浴びせかけられて酷《ひど》い目に遭いましたが、どうにかこれを討ち取りました。身内に死者は出ておりませんのでご安心ください」

――ぽろりと、プラティの手から扇子がこぼれ落ちた。

「いったい何のために、わざわざあなたたちを――！」

案の定、プラティはブチギレた。額に青筋まで浮かべてちゃ、せっかくの美人が台無しだぜ。それに闇の魔力も漏れ出てますよ。

護衛たちは冷や汗をダラダラ流しながら、プラティの叱責に耐えている。リーダー格の年長戦士に至っては、例のクッソ尻が痛くなる骨の椅子『自省の座』に座らされていた。大の男が座らせられると、ホントに惨めに見えるなこの椅子……

「いくら遠巻きに見守るよう指示したからといって、いざというときに駆けつけられないとは何事かッ！　今回は無事に済んだからいいものの、万が一のことがあれば貴様らどう責任を取るつもりであったッ!?　言ってみろ!!」

普段の言葉遣いも吹き飛んで、プラティが軍人みたいな口調になってる。いちいち正論なだけに、護衛の者たちもぐうの音も出ない。

このままだと、責任者には厳しい処罰が下されるだろう。別に魔族の誰が失脚しようと俺には関係ないんだが、一言でも添えてやれば、それなりに恩を売れるかもしれない。

ただ、あんまり上から目線でやると「生意気だ」と逆恨みされかねないし、俺にも非があった的なことを言うと、それはそれで惰弱と取られかねない。

ヴィロッサには『俺も悪かったからお前も気にするな』というノリで言ったが、アレが魔族に通用するかわかんねーんだよな。

とりあえず俺は、壁際から自省の座の真横に移動し、護衛の戦士たちと一緒にプラティの説教を聞き始めた。

「……ジルバギアス、何のつもり？」

プラティが困惑して叱責を止める。

「いえ、今回の一件は、俺も反省すべき点があったと思いまして」

俺は澄まし顔で答えた。

「俺も最初、夜エルフに偵察させたのですが、『砦を外から見てくるだけでいい』と指示を出してしまいました。何か異様な気配があるとわかった時点で、もう一度偵察するなり外から魔法であぶり出すなりすれば、少なくとも不意打ちは受けずに済んだはず……」

一旦言葉を切って、護衛たちを見やる。

「……逃げ延びたホワイトドラゴンが人化して潜んでいるのは想定外でしたが、それにしても、慎重に動きすぎて『惰弱』呼ばわりされることを恐れた、自分の判断ミスでもあります。今回の演習では俺が一応は指揮官とされていたわけで、己の本分を果たせなかったという点では、他人事《ひとごと》のような顔をしていられないな、と」

同じ過ちを繰り返さないため、今回の一件を教訓にしたい、と俺は締めくくった。

「…………」

毒気を抜かれた様子のプラティは、仁王立ちの姿勢を崩してソファに腰掛ける。

「……クヴィルタル」

「はっ」

自省の座の刑に処されていたリーダーが背筋を伸ばす。『クヴィルタル』って名前か。

「あなたは以前、意見してきたわね。『たとえ魔王子でも、極端に特別扱いするのではなく、同年代の魔族と同じように普通に育てるべき』、と……」

「……はっ」

「こういう子なのよ。必要があるかしら？」

「己の不明を恥じます」

唇を引き結んで頭を下げるクヴィルタル。

「……ジルバギアスの顔に免じて、今日はこのくらいにしておくわ。あなたたちには追って沙汰をする。此度《こたび》の失態を教訓とし、次に活《い》かしなさい」

プラティの言葉に、ビシィッと姿勢を正して「はっ！」と答える男たち。クヴィルタルも自省の座から立ち上がり、俺に黙礼してから部屋を辞していった。

「……あの者たちは分別があるからいいけれど。そのような態度は、甘さと取られることもあるわ。当事者ではなく周りの者たちからね。心なさい」

ぱさっ、と扇子を開きながら、俺に視線を戻してプラティ。やっぱりかー。

「気をつけます。……正直、俺はそのあたりの機微がよくわかりません。同族《まぞく》との交流が少ないせいかもしれませんが」

「そうね……。元々は、年若いあなたが、不届き者に妙な影響を受けないようにするための措置だったのだけれど。今となっては必要なかったかもしれないわ」

半ば呆《あき》れたような顔でプラティは言った。……俺としては、魔族の赤ん坊や子供とどう付き合えばいいかなんてわかんねーから、現状は助かったといえば助かったんだが。

「まあ、それは追々考えるとして。次はミスをしでかした役人への仕置きね」

パチッ！　と扇子を畳みながらプラティ。顔がまた怖くなってる。

「その件ですが、奥方様」

と、ソフィアが戻ってきた。いまいちスッキリしない顔で。

「担当者の腐れホブゴブリンを八つ裂きにしてこようと思っていたのですが……既に第4魔王子派閥の手で、首にされてました」

「あら、そう。まあ当然ね」

「汚いので持ってきませんでしたが、構いませんよね？」

「もちろん。視界に入れたくもないわ」

……ん？

「それは、その、物理的に首だけになっていたということか？」

「？　それ以外に何があるんですか？」

「ああ……いや、いい」

晒《さら》し首《くび》になってたってことか……ホブゴブリンども、役人として甘い汁を吸ってるだけかと思ったが、魔王国に寄生すんのも命がけなんだな……

「……それはそれとして、母上。実は武器に関して相談が」

「何かしら？」

「穂先にしていたナイフが砕けてしまいまして――」

俺は話を切り出した。ヴィロッサの剣を槍《やり》の穂先にしたらしっくり来たこと。槍を運用する上で刃で切り裂く選択肢も欲しいこと。ドワーフの鍛冶師に依頼したいこと、等々。

「ふむ……頭の固い老人はいい顔をしないでしょうけど、やってみたらどうかしら」

案外素直に、プラティは受け入れた。

「いいのですか？」

「普通の子どもが言い出したなら、変な癖がつくから止めるわ。でもあなたはその歳《とし》で、仮にもドラゴン族の長を倒すような実力者よ。つべこべ言う連中は力で黙らせなさいな」

さっすが蛮族！　強い者に優しい!!

「それに――訓練中も、あなたが妙に窮屈そうな動きをするのが気になってたの」

「窮屈……ですか」

「ええ。言われてみれば納得したわ。あなたは穂先で『斬る』動作を多用していたのね。刃じゃなくて柄が当たって、毎回歯痒《はがゆ》そうな顔を見せていたもの」

……そこまで見られていたか。やっぱプラティもいっぱしの戦士だな。

「それにしても、夜エルフの剣聖の話には驚かされたわね。そんな実力者が認めたなら、あなたに剣の才能があるのは間違いないのでしょう。流石《さすが》に、剣士をさせるわけにはいかないけど……あなたが才能を活かせるよう、槍を改造するのを止める気はないわ」

ぱんっ、と扇子で手のひらを叩いて、鋭い音を立てながらプラティは笑う。

「今なら自信を持ってあなたに言える。【あなたは魔王を継ぐのに相応《ふさわ》しい男よ】。強くなるためならば何でもしなさい、いい、ジルバギアス」

――言われるまでもねえ。俺はうやうやしく一礼した。

†　†　†

『もうちょっと丁寧に扱えんのか』

戦場帰りの俺が剣を見せると、顔馴染《かおなじ》みのドワーフ鍛冶が呆れたように言った。

『丁寧に扱ったさ。そうでなきゃとっくに折れてる』

俺は憮然《ぶぜん》として答えた。

『ゴブリンやオーガ兵を何十と斬って、魔族の槍と打ち合って、悪魔の爪に削られて……それでもまだ、折れてないんだ。俺の腕を褒めてほしいくらいだ』

俺とドワーフ鍛冶は、鉄床の上の剣に視線を落とした。刃はボロボロに欠けてノコギリみたいになってるし、魔族の槍と何度もかち合って歪《ゆが》んでしまったのをその場で無理やり戻したせいで、グネグネと波打つように曲がっていた。鞘《さや》に収めるのに苦労したぜ。

それでも、折れてはいない。我ながら称賛に値すると思う。

『…………』

無言でハンマーを手に取ったドワーフ鍛冶が、軽く魔力を込め剣の根本あたりをコツンと叩く。――パキッと音を立てて、あっけなく刃が折れた。

『…………首の皮一枚』

ボソッ、とドワーフ鍛冶が呟《つぶや》く。先ほどとはちょっと違う、気まずい沈黙。

『……もう我慢ならん』

『え？』

『もう!!　我慢ならん!!　と言っとるのだ！！！』

立派に蓄えたあごひげをガシガシと引っ張り、バンダナをかなぐり捨て、髪をかきむしりながら血走った目で彼は叫ぶ。

『何度も何度も……どうにかこうにかやりくりして、鍛え直して！　それでも帰ってくる度にこのザマだ!!　やってられるか!!』

『仕方ねえだろうがよ！　いちいち剣がボロになるのを心配しながら、振ってられるかってんだコンチクショウ!!』

グガーッと額を突き合わせて怒鳴り合う。

『……よし、わかった!!　小僧ッ！　貴様いくら払える!?』

『ああ!?　なんだ急に!!』

『ワシらドワーフはなァ！　掟《おきて》により、タダで何かを作ってやるわけにはいかん！　必ず対価を受け取る必要があるのだ！　対価がなければ、それに見合う仕事ができん!!』

どこか忌々しげに、唸《うな》るようにドワーフ鍛冶。

『そして貴様ら人族が、ワシらに差し出せる対価はカネくらいのもんだ！　貴様に、特別に！　真打ちとまではいかんが、死ぬほど頑丈な魔剣、いや貴様らで言うところの聖剣を打ってやる！』

ずい、と顔を寄せて、鼻息も荒くドワーフ鍛冶は怒鳴る。

『だから有り金全部出しやがれ!!』

『……いいだろう、そこまで言うなら貯金全部くれてやらぁ!!』

俺も負けじと怒鳴り返した。どうせ散財する暇もなく、給料は貯《た》まる一方だったたし。

『その代わり、ちょっとでも刃が欠けたり曲がったりしたら承知しねえぞコラァ!』

『貴様のドタマよりよっぽど頑丈なもんを打ってやるわ!! もしも折れたらヒゲを剃《そ》って裸踊りしてやらァ!!』

売り言葉に買い言葉。俺は手持ちの金貨を全部、あいつの工房にぶちまけ――

あいつは鬼気迫る勢いで、死ぬほど頑丈な聖剣を打った。

確かに、あの聖剣は頑丈だった。あいつの言葉に嘘偽《うそいつわ》りはなかったよ。

防護の祈りと奇跡を何重にも込めた盾を、濡《ぬ》れた紙みたいにぶち抜いてきた魔王の槍と何度打ち合っても、あの剣だけは――

最後まで折れることなく、俺と一緒に戦ってくれたから。

†††

ソフィア、ガルーニャ、そしてなぜか、わんこ状態のリリアナまで連れて、俺は魔王城の南側外縁部を歩いていた。このあたりにドワーフの工房があるらしい。夜エルフの居住区とは反対側だ。エルフとドワーフは水と油の関係とよく言われてるからな。

「森エルフとドワーフはクソ仲が悪いけど」

お散歩気分でウキウキのリリアナを見ながら、俺は言った。ホントは部屋に置いていこうとしたんだが、本犬がきゅーんきゅーんと悲しそうに鳴くから連れてきた。ドワーフに見せたらどんな反応をされるか、今からちょっと怖い。

「夜エルフとドワーフの関係はどうなんだ？」

魔王城にいるドワーフは、囚《とら》われたり、訳ありで魔王国に降《くだ》った者たちだ。鍛冶の腕を買われて、それなりの待遇を得ているらしい（ちゃんと働く限りは）。

「夜エルフたちは、『あまり反りが合わない』とよく言ってますね」

ソフィアいわく、夜エルフたちはドワーフ製の武具を高く評価し、積極的に導入もしているものの、あまり仲は良くないらしい。まあ……そりゃそうだろうな。ネチネチした夜エルフと、職人気質で曲がったことが大嫌いなドワーフ。気が合う方がおかしい。

ちなみに、今でこそ同盟で肩を並べて戦っている森エルフとドワーフだが、大昔は敵対し、たびたび軍事衝突まで起こしていたらしい。森エルフは言わずと知れた自然主義で、ドワーフは種族武器が鎚《つち》と斧《おの》な時点でお察しだが、鉄は鍛えるし木は切る。ドワーフが石炭を発見してからは大分マシになったようだが、今でも顔を突き合わせると皮肉の応酬になる程度には仲が悪い。まあ、夜エルフと森エルフの対立ほど深刻じゃないけど……

「……わう？」

俺が何とも言えない顔で見やると、リリアナがこてんと小首を傾《かし》げる。

だんだん、カチーンカチーンというハンマーと鉄床の音が近づいてきた。心なしか、空気も鍛冶場の熱を帯びてきた気がする――

「あれですね」

実にドワーフらしい、荘厳な金属の扉だ。威風堂々たる佇《たたず》まい。物々しく、それでいて細やかに、ドワーフ族の鎧《よろい》やハンマー、故郷の山々といった細工が、びっしりと丁寧に施されている。そして――物理的にはとてつもなく頑丈であるだろうに、本来施されるべき魔法的な護《まも》りが一切込められていなかった。おそらくそれは許されていないのだ。囚われの職人たちの、意地と悲哀を見た気がした。

扉の両脇には申し訳程度に戦鎚《せんつい》で武装した、ドワーフの守衛ふたりが立っている。

「こちら、第7魔王子ジルバギアス殿下です。職人に用があります」

ソフィアが告げると、無愛想に一礼した守衛たちが門を開く。


ぶわっ、と鍛冶場の熱気が押し寄せてきた。


魔王城とは思えないほど、開放的なエリアだった。炉がガンガン火を噴いているからか採光部や換気穴が多い。……漏れなく鉄格子がはめられていたが。

ドワーフ職人なら簡単に外せるであろうそれらは、彼らが虜囚の身であることを辛うじて示している。ドワーフの職人たちは思い思いにハンマーを振るっていた。簡単な武具を調整している者から、一振り一振りに魔力を込めて、何か魔法の武具を打つ者まで。

「すごい熱気だな」

俺たちが入ってきても気にする風もなく、皆それぞれ仕事に集中していた。嫌々働かされている雰囲気は……あまりない。ノリノリでもなさそうだが。

ただ、足を引きずっていたり眼帯をしていたりと、明らかに戦傷者が多いな。手すきの者は、鍛冶場の熱気で「きゅーん」と情けなく鳴くリリアナを二度見していた。

リリアナ……やっぱり外に出とくか？

「くぅーん」

それはイヤなようだ。仕方ないので、ドワーフの職人たちの「何だアレ……？」という視線を浴びながら歩いていく。

「ドワーフ工房魔王城支部へようこそ、ジルバギアス殿下」

横合いから、しわがれた声がかけられた。飄々《ひょうひょう》とした顔つきの白ひげのドワーフ。食えない親父《おやじ》って感じだ。細められた茶色の瞳が、油断なくこちらの様子を窺《うかが》っている。

「……こちらで、一応は工房長を務めさせていただいております、『フィセロ』と申します。お見知りおきを」

そして——彼は、右腕がなかった。

「こんな体ですからな。窓口役くらいしか、することがありません」

俺の視線に気づいて、左手でぽんぽんと服の袖を叩《たた》きながら、皮肉な口調でフィセロ。

俺は何と答えていいかわからなくて、口をつぐんだ。

「……皆、すごい熱気で働いているな。囚われの身とは思えん」

気まずさを誤魔化すように、周囲を見回した。

「ワシらは仕事には手を抜きませんからな。たとえ虜囚の身になろうと、女子供を人質に取られようと、対価に相応しい結果を出すのみにて」

……王子相手にけっこう言うじゃねえか。周りで聞き耳を立てている連中も一切諫《いさ》める気配がない。これが現場の総意ってわけだ。それだけ自分たちの『価値』をわかっているし、誇りにも思っている。

「その職人気質、見上げたものだな」

俺は魔族の王子らしく、傲慢にニヤリと笑ってみせるので精一杯だった。

「それで殿下。何かご入用で？」

「ああ。まずはこれを見てほしい」

ガルーニャが手近なテーブルに、ここまで抱えてきたデカい包み布を広げる。

「おお、これは――」

「ホワイトドラゴンの鱗《うろこ》だ」

どっさりと、光り輝く白銀の鱗の山。匂い立つ光の魔力に、周囲で鍛冶仕事に打ち込んでいたドワーフたちさえも顔を上げるほどだった。

皮肉な雰囲気も吹き飛んで、すっかり職人の顔つきになったフィセロが、慎重な手つきで鱗をつまみ上げ、炉の明かりにかざして見ている。

「見事な……いったいどのようにして、こちらを？」

「俺が狩った。たまたまホワイトドラゴンと鉢合わせしてな、危うく丸焦げにされるところであったわ」

「ご自身で仕留められた、と……相当な高位竜であったように見受けられますが」

「流石《さすが》の目利きだな。ホワイトドラゴンの長──ファラヴギという名だったらしい」

フィセロが動きを止めた。

「……そう、ですか」

一瞬、瞑目《めいもく》するように──そして再び開かれた瞳は、一切の感情を窺わせない。

「それで、こちらを？」

「鱗 鎧《スケイルアーマー》に仕立て上げてほしい。もちろん、強い呪いにも抵抗を得られるよう、魔除《まよ》けの加護つきで。できるか？」

「技量的にはもちろん可能ですとも。ただし、この素材で仕立てるとなれば相当な逸品となります。対価も相応のものを要求せねばなりません」

「ドワーフの掟だな」

「然《しか》り。たとえ魔王陛下や神々が相手でも、譲れぬ一線にて」

ドワーフの掟は、ただの決まりごとじゃない。鍛冶を魔法にまで昇華させたドワーフ族の制約のひとつだ。彼らは、自身のため以外に何かを作るとき、必ず対価を要求せねばならない。正当な対価が与えられて初めて、生み出された作品は真価を発揮するのだ。

もちろん、彼らの作品を力ずくで奪ったり、盗んだりすることはできる。だがそうすると――作品は、明らかに色褪せる。それが魔法の品であれば、なおのこと。

そしてドワーフの祖先が生み出したこの魔法は、今日《こんにち》に至るまで、確かにドワーフ職人の地位を保証してきたのだ。

「普段はどのような支払いをしている？」

俺はフィセロではなく、ソフィアに尋ねた。

「貴金属、魔力を込めた宝石、待遇の改善、負傷者の治療。あとは極稀《ごくまれ》に捕虜の解放などでしょうか」

「ほう……ならばフィセロ、対価としてお前の腕はどうだ？」

「悪魔に受けた強い呪いの傷です」

フィセロは憮然《ぶぜん》として、袖をまくってみせた。肩の傷口には、頑丈な魔法の金属で封印が施されていた。

「傷が腐り落ちる毒の呪い。封印はしておりますが、少しずつ侵食されております。いかにレイジュ族の転置呪といえど、まず光の力で浄化せねば治療できますまい」

そしてお前らにはそれができねーだろ、と言わんばかりに毒のある口調だ。

「それならなんとかなる」

俺は足元で寝転がっていたリリアナを、ひょいと抱え上げた。

「わう？」

「……そちらは？……いや、まさかとは思いますが」

じっくりとリリアナを観察したフィセロは、秘められた光の魔力に気づいたらしい。

「そのまさかだ。こいつはハイエルフの聖女でな。今は自我を破壊されて自分を犬だと思い込んでいるが」

啞然《あぜん》とするフィセロを、きょとんと見上げたリリアナがぺろぺろと俺の頰を舐《な》める。

「そして見ての通り、俺にとてもよく懐いている」

「…………」

何とも――憐《あわ》れむような、気の毒がるような、顔でリリアナを見やるフィセロ。

「こいつの光の浄化ならば、その呪いとやらも打ち消せよう。そのうえで、転置呪で治療する。見たところ、お前はかなりの鍛治師だろう。お前を職人として復帰させられれば、それは途方も無い価値を生むと思うが、如何《いか》に？」

――フィセロは話を受けた。

リリアナがぺろぺろすると――フィセロはめっちゃ気まずそうだった――傷を蝕《むしば》んでいた悪魔の呪いとやらは一発で消し飛んだ。すかさず、俺が傷を引き受ける。フィセロの肩の肉が盛り上がって腕を形成し、逆に俺の腕がズタボロになって腐り落ちた。
めっちゃ痛かったし、周りのドワーフもフィセロ本人もドン引きしてたな。そしてリリアナが悲痛に鳴きながら、俺の傷口を舐めて、腕を再生して終了。

「……素晴らしい鎧を、仕上げてみせましょう」

新たな右手を握ったり開いたりしながら、噛《か》みしめるようにしてフィセロは言った。

その『素晴らしい鎧』を与えられた俺が、同盟にどのような被害をもたらすか。それを考えているんだろうな。気持ちはよくわかるぜ……!!

「それで、実はもうひとつ用があるんだが」

「……何なりと、殿下」

「剣がほしい」

「は？」

フィセロは呆気《あっけ》に取られたし、何なら周りの職人たちも「は？」という雰囲気で止まった。騒々しかった鍛冶場が一瞬シンとして吹き出しそうになっちまった。

「実はな――」

かいつまんで事情を説明する。剣を槍《やり》の穂先にするというアイディアはドワーフの職人たちの興味を惹《ひ》いたようで、「その発想はなかった」「面白そうだ」などというささやきもかわされている。

「もちろん、構いませんが……剣、ですか。どのようなものをお望みで？」

「うーん、そうだなぁ……」

改めて言われると迷うな。

「そのあたりも含めて、相談しようかと思っていたんだが」

「ふぅむ……実物でも見ますか」

フィセロが立ち上がり、近くの金属の扉を開いた。

「こちらへ。倉庫になります」

――その部屋には、雑然と、古びた武具たちが積み上げられていた。

「戦場で回収された、持ち主のいない武具たちです」

少し寂しそうに、フィセロが言う。

「主に素材として使っておりますが。剣もいくらかあったはずです。実物を見て試しながら、すり合わせていく手も――」

……俺は途中から、フィセロの話を聞いていなかった。

積み上げられた武具たち――それはまるで、戦士たちの墓標のようにも見えた。

そして、そんな墓標の群れの中に、扉から差し込む明かりを受けて――

鈍い輝きを放つ、ひと振りの剣が。

武具の山に、突き立っている。

「……ああ」

溜息《ためいき》のような、声が漏れた。

どこまでも真《ま》っ直《す》ぐで、死ぬほど頑丈で。

俺とあいつの、意地の結晶が――

――俺の聖剣が、そこにあった。

「殿下！　いけません!!」

フィセロが飛び出て、俺の行く手を遮る。いつの間にか、俺はフラフラと聖剣に吸い寄せられ、伸ばした手がもう少しで柄《つか》を摑《つか》むところだった。

「この剣は人族の勇者のものです」

やんわりとした口調で、俺を押し止《とど》めるフィセロ。

「強い聖属性の魔力が込められています。お体に障りますぞ」

「……だろうな」

何を隠そう、その魔力を込めたのが前世の俺だ。

「しかも、これを鍛え上げたのは——かなりの腕前のドワーフ鍛冶です。ワシらドワーフは平気で触れますが、殿下が触れられれば何が起こるか……」

一応は工房長に選ばれたフィセロが、その腕前を認めるのか。あいつ、かなりの鍛冶師だったんだな。……どうしても名前が思い出せない。申し訳なくなる。

だが、あいつが剣を鍛える姿は、はっきり覚えている。まず素材の段階で、俺が聖属性の魔力を練り込んで、あいつがさらに全身全霊を込めて鍛え上げ、最後の仕上げにふたり揃《そろ》って失神寸前まで魔力を封入したんだ。

ドワーフ鍛冶が一生に一度、魂を込めて打ち上げるという『真打ち』には及ばないだろうが、最高傑作に近い出来栄えであることは間違いない。刃に付与された聖属性は、持ち手の力を何倍にも高める効果があり——闇の輩《ともがら》を激しく傷つける。

……自分で聖属性の魔法を使うだけでも、我が身を焼くのだ。

この剣を手に取ったら何が起こるかなんて、考えるまでもない。

だが――それでも。

「フィセロ、お前の警告は確かに聞いた。……だから、このあと何が起ころうと、お前の責任は問わん」

立ち塞がるフィセロを、押しのける。

「…………」

――久しぶりだな。7年ぶりか。持ち主が魔王に敗れて、倉庫に放り込まれても、お前は鋳潰されずにずっとここで待っていたんだな。

……なんて、感慨深い俺をよそに。

ランプと炉の明かりを受けて、刃がぬらぬらと剣呑《けんのん》な光を放っている。お前は誰だ、とでも言わんばかりに。

……まあ、わからんよな。こんな姿になっちゃあな。今の俺は、闇の輩さ――

剣の柄に手を伸ばす。そして、握りしめた。

ジャッ、と灼《や》けた鉄を水に突っ込んだような音がして、俺の手から煙が立ち昇る。

「言わんこっちゃない！」

フィセロが叫んだが、すぐに困惑したように口をつぐんだ。俺がいつまでたっても手を離さないからだ。

「ぐぅぅうぅ――!!」

クソ痛え。指も、手のひらも。ただ焼けるだけじゃなく、聖属性の魔力が流れ込んできて、腕全体が沸騰してるみたいだ。

だが――その激しい痛みに、俺は不思議な懐かしさを抱いた。どこか馴染《なじ》みのある感覚だった。……それは間違いなく、勇者アレクサンドルの残滓《ざんし》。この剣は俺の相棒であり、分身でもあったのだ。

苦笑する。我ながら、なんて執念と敵意だ。だがよりによって、聖剣よ、お前が焼いているのは元の持ち主なんだぜ。

パチンと左手の指を弾《はじ》き、防音の結界を張った。鍛冶場の喧騒《けんそう》が消え去って、聖剣が、俺の身を焦がす音だけが響き渡る。

「……お前にまた会えて嬉《うれ》しいよ」

できるだけ唇を動かさずに、つぶやく。視界の端で様子を窺《うかが》っているソフィアが、読唇術とか使えるかもしれないし。じっと痛みに耐える。耐える。耐える。

「……なあ、そろそろ勘弁してくれ、腕が焼け落ちちまうよ」

指先の感覚がなくなってきた。ホントに炭化してしまいそうだ。……近頃は炭化と縁があるな。心なしか聖属性の痛みが弱まってきた気がした。まるで剣が困惑しているみたいに。「こいつ、いつまで握ってるつもりだ?」と。

いつまで？　お前がわかってくれるまでだよ。なぜなら、

「【我が名はジルバギアス――】」

であると同時に。

「【――そしてアレクサンドル】」

でもあるからだ。

――剣が、かすかに震えた気がした。

「あいつの言ってたことは本当だった。折れなかったな、魔王と戦っても」

魔神の力と初代魔王の魂が封じられた槍と打ち合っても、折れなかった。あいつが聞いたら鼻高々だろう――


『こいつァ、ひたすらに頑丈さを突き詰めた剣だ』

剣を打ち終えて、へとへとになりながら、あいつは言っていた。

『切れ味だの身体強化だの魔除《まよ》けだの！　そんなもんは全部二の次だ！　代わりに、とにかく頑丈に！　折れずに！　お前の期待と信頼を裏切らない！　そういう剣にした……！』

つっけんどんに、新品の剣を突き出して寄越《よこ》す。

『あとは、お前のここと！』

頭を指差し。

『ここで！　なんとかしやがれ！』

バシバシと腕を叩《たた》く。

――俺は問うた。この剣の銘は何だ、と。

『古い言葉を使った。頑強、あるいは不屈という意味だ』

この剣の銘は――

「――【アダマス】」


覚えていたぞ。

聖剣アダマス。俺の、つるぎだ。

バチィッ、と雷が弾けるような音がして、聖剣が輝きを放った。

衝撃が俺の手を襲う。危うく腕が弾け飛ぶところだった。拒絶された――!?

いや、違う。

俺が名を呼んだことで、本来の力を取り戻したのだ。聖剣が歓喜に震えている。喪《うしな》われた主人が、冥府より戻ってきた――!

本来ありえないことだ。それゆえ聖剣も混乱しているようだった。暴れ馬みたいに制御がきかない、俺を支え護《まも》る力と、闇の輩を傷つける力が、てんでバラバラに――

『見ちゃいられねえ』

溜息まじりに、そんな声が聞こえた気がした。俺の腰のベルトで、兵士たちの遺骨が蠢《うごめ》

いている。蛇のように形を変え、くねり、俺の腕を伝って——剣の柄へ。

俺の手を護るように。あるいは泣く子をなだめるように。

柄に巻き付いて、聖なる輝きを遮断し——スッと俺の腕から、痛みが引いた。

「——今は眠れ。然《しか》るべきときにまた起こすから、力になってくれ。【お前はただひと振りの剣だ】」

光り輝いていた銀色の刀身が、にわかに色褪《いろあ》せる。まるで骨董品《こっとうひん》のように、古びた見た目の、ひと振りの剣になった。——聖属性の魔力は鳴りを潜めている。今はただの、ちょっとばかし頑丈過ぎる剣だ。俺が刃に触れても、俺の身を焦がしまではしない。

軽く振ってみた。前世ではぴったりの長さだったが、今の俺の体格だと少し振り回されそうになるな。魔力を全身にしっかりと漲《みなぎ》らせてから、改めて振ってみる。

ビシュッ、と風を切る鋭い音。いいぞ。さらに柄の遺骨を長く伸ばし、槍のようにして振るう。突き、薙《な》ぎ払い。そして——斬撃。

「……いいな」

俺の体がもうちょっと育ったら、これはものになる。

満足した俺は、防音の結界を解除し、固唾を呑《の》んで見守っていた皆に向き直った。

「うー！　わんわん！」

また手がボロボロ！　なんでなの！　さっき治したばかりなのに!!　とちょっと怒り気味に、リリアナが近寄ってきてペロペロする。ほとんど麻痺《まひ》していた手に感覚が戻ってくる。いつもありがとう、ありがとう……

「──気に入った。この剣をもらおうか」

「いや……しかし、殿下……」

フィセロは眉根を寄せる、困惑と、若干の失望を漂わせていた。

「わざわざ……それを手に取らずとも、いくらでも打ちましたのに……」

すっかり色褪せた聖剣を見やりながら、どこか口惜しそうに。

俺が無理やり継承したせいで、本来の価値が永久に失われてしまったと嘆いているのだろう。ドワーフの武具は、生みの親と同じくらい気難しい。ドワーフの親族間でさえ、武具に認められず、継承がうまくいかないなんてこともあるそうだ。そして一度失敗すれば、掟《おきて》により、武具の魔法の力は大きく損なわれてしまう──

そんな気難しい武具を、同一人物が、生まれ変わってまで継承した例はきっと俺が最初で最後だろうな。もちろんこの場で公にするつもりはないが。

「フィセロ。この剣、どうだ？」

俺は色褪せて見える、眠れる聖剣をフィセロに手渡した。

「……良い剣です。この状態でも、なお」

ひび割れた大粒の宝石でも眺めるような顔で、フィセロ。

「かすかに残る魔法により、そこらの武具よりよほど頑丈です。これならば、ドラゴンに噛《か》まれても平気でしょう。……いったいどれほどの情熱と祈りが込められ、鍛え上げられた逸品だったのか……」

　フィセロの言葉は尻すぼみになり、溜息《ためいき》にまじって、消えた。

「そう、この状態でも充分だ。重ねて言うがこれを貰《もら》い受ける。対価は必要か？」

「ワシは製作者でも、所有者でもありゃしません。お好きにどうぞ」

　フィセロはしかめ面で剣を返してきた。

「しかし、よろしいので。今のその剣を超える剣なら、この工房の者なら誰でも打てますぞ。わざわざ勇者の遺品を使うなどと――」

　そこで口をつぐんだが、「そんな悪趣味なことをせんでも……」と言わんばかりの態度だった。そうだな。フィセロたちからすれば、俺は魔族の王子で――この剣を振るって、誰の命を刈り取るかということを鑑みれば、当然の反応だ。

「……ふむ。では、本来のこの剣に匹敵するものを、新しく打てるか？」

「それは…………」

　口を開いて――フィセロは、しかし沈黙した。周りのドワーフの職人たちも難しそうな顔をしている。鍛冶場の熱気さえ、少しばかり冷めたような。

「……鍛冶の魔法とは、殿下」

　絞り出すように、フィセロは言う。

「その本質は――祈りなのです。使い手の、武運を、健闘を。祈り、願う気持ちこそが、根源なのです」

虜囚の身となりながらも、職人の誇りをもって、ハンマーを振るうドワーフたち。彼らが生み出す作品は、たとえ闇の輩《ともがら》のためのものであっても、手を抜くことなく一級品に仕上げられている。

だが――それでも、俺たちは敵同士だ。

憎い敵のために。味方を傷つけるであろう敵のために。祈り、願える職人が、どれだけいるか。品質は一級でも、そこに、心がこもらない――

「知っていたさ。魔法とは――奇跡とは、そういうものだ」

俺はリリアナの頭を撫《な》でながら、小さく笑った。

「だから、この剣でいい」

眠れる聖剣を眼前に掲げて。

「この剣が、いい」

あいつの意地と情熱を、今度こそ、活《い》かしてみせる。

「代わりと言ってはなんだが、フィセロ」

「……はい」

「鱗鎧《スケイルアーマー》のことだ」

俺が切り出すと、フィセロは「しまった」という顔をした。腕を治療してもらった分の仕事はする、と言っていたのに、実質的に自分が最上級の作品は作れないと白状したことに気づいたからだろう。

「殿下のご厚意をいただいた分は、しっかりと作ります。品質に問題はありません」

「わかってるさ。それでも、心の問題なんだろう?」

「…………」

「そこで、だ。俺はひとつ誓おう」

フィセロの、誇り高い職人の瞳を見据える。

「【俺はあの鎧《よろい》を身に着けている間、お前たちの同胞――ドワーフを決して傷つけない】」

フィセロと、周囲の職人が息を呑んだ。

「……これが俺の見せられる、最大限の誠意だ」

フィセロは、深々と頭を下げた。

「ワシも職人です」

その瞳には、力強い意志が。

「そして、そこまで言われて――心に火がつかんドワーフはおりません」

†　†　†

「……よろしかったのですか?」

ドワーフの工房をあとにして、しばらく歩いてから、ソフィアが聞いてきた。

「どっちの話だ?」

「両方です。剣も、鎧も」

ソフィアの視線の先——俺のベルトで揺れる聖剣アダマス。

今は、新品の鞘《さや》に収められている。ついでに別のドワーフの怪我《けが》も治して、ちゃっちゃと作ってもらったのだ。流石《さすが》はドワーフ職人、俺が採寸している間に出来上がっていた。しかも中身の剣のコンディションを保つ魔法つき。他種族の職人の立つ瀬がないぜ……。

ちなみに、鱗鎧《スケイルアーマー》はフィセロが今日中に仕上げるらしい。

『ワシの腕とヒゲにかけて、そのつるぎの、本来の輝きに匹敵するようなものを作り上げてみせましょうぞ』

フィセロいわく、俺が誓いを守る限り、強い魔法抵抗と護りの力を発揮し続ける鎧になるという。意地になったというかムキになったというか。そんな雰囲気だった。あいつにアダマスを打ってもらったときと流れが似ている。

「——しかし、戦場で敵は選べませんよ」

ドワーフの戦士団と出くわしたらどうするつもりだ、とソフィアは問う。

「確かに、戦場では敵を選べないだろうな。だが戦場を選ぶことはできる。野戦ならドワーフ戦士団は遠目にもわかるから、かち合わない場所に配置してもらえばいい」

俺は肩をすくめながら答えた。俺が一兵卒だったらそんなこと言ってられないが、王子様だからな。まだぺーぺーの従騎士とはいえ、配置に口を出すくらいの権力はある。

「そもそも、ドワーフたちはあまり前線には出張ってこないだろう？」

鍛冶師としての腕があまりに貴重だから、後方で大事にされていることが多い。

「それはそうですが……要塞攻略戦などはその限りではありませんよ、ジルバギアス様も戦時報告書は覚えておいでですでしょうけど」

「まあな。要塞戦でかち合ったりしたら……そんときはそんときだ」

鎧を脱ぐなり、手勢に任せるなり。……これで抜け道は許さないとばかりに、フィセロが着脱にめっちゃ時間がかかるような鎧を仕上げてきたら、笑うしかない。

「それに——俺としては、この装備は主に対兄姉を想定している」

俺はパチンと指を鳴らして、防音の結界を張ってから言った。

「……なるほど」

ソフィアも一発で納得した。アイオギアスやルビーフィアに抵抗するために、少しでも強力な鎧が欲しかった、と。もちろん口には出さないが、俺は対魔王戦も見据えている。だからドワーフと戦えないくらいのデメリットは、全く問題ない。むしろ鎧の制約のおかげで、ドワーフとの戦いを回避する大義名分ができてよかったくらいだよ。

『ま、肝心の人族とは殺し合う羽目になるじゃろうがの』

アンテの無慈悲な指摘。それなんだよな……一番多いのは人族だからな。戦場で遭遇しやすい順に並べると、人族＞獣人族＞＞エルフ族＞＞＞ドワーフ族になる。ままならねえ。

「鎧に関してはわかりましたが、剣は本当にそれでよろしいのですか？」

改めて、汚いものでも見るような目を聖剣に向けるソフィア。ほのかに漂う、聖属性の残滓《ざんし》がお気に召さないらしい。

「これが、いいんだ。俺の悪魔との契約で、力を育てやすい」

そしてソフィアは、俺が禁忌の魔神と契約していることを知っている……

「………………」

神妙な顔で唇を引き結ぶソフィア。俺たちの空気がにわかに緊張を孕《はら》む。

「わうーん！　わうーん！」

「あっ、こらリリアナ、そっち行っちゃダメ！」

広めの回廊でテンション上がって駆け回るリリアナと、それを追いかけて連れ戻すガルーニャだけは平常運転だった。

「勇者の剣で、人族を屠《ほふ》る。……これ以上に冒瀆《ぼうとく》的な行為があるか？」

「……そうそうありませんね」

「そういうことさ。母上には俺から似たような、こと、を説明する」

だからお前がアレコレ言う必要はないぞ、と俺はソフィアに逃げ道を用意した。

ソフィアもそれを察して小さくうなずき、素知らぬ顔をした。

†　†　†

そして翌日、宣言通り、ホワイトドラゴンの鱗鎧《スケイルアーマー》が届いた。

胴体から上腕、そして股下までを幅広く覆うタイプで、強靱《きょうじん》な防御力と柔軟な可動性を両立させており、物理的な圧を感じるほどの強い魔除《まよ》けの力を備えた逸品だった。

その強度といったら、俺の禁忌の魔法さえ弾《はじ》くほどだ。フィセロが職人としての意地を見せてきたな。しかも、俺の体格に合わせてサイズが変わる魔法もかかっていて、成長しても丈直しなしで使い続けられるらしい。

さらに、すっぽりと頭からかぶって腰のベルトをしめれば装備完了、という着脱のしやすさ。添えられた手紙には、「【シンディカイオス】と銘打ちました。誓約がある限り、魔法の力が殿下をお護《まも》りするでしょう」とドワーフらしい正確無比な筆致で、魔族文字で書かれていた。

シンディカイオス——古い言葉で、ともに信じる、あるいは、共通の信念といった意味があるらしい。言外に、誓いを破ったら承知しねえぞという圧を感じる。

もちろん、約束は守るぜ、フィセロ。ドワーフ族は決して傷つけない。

代わりに、どれほどの人族やエルフ族を犠牲にすることになろうとも……な。

『これでドワーフを殺せば多大な禁忌を犯すことになるし、一粒で二度美味《おい》しいのぅ』

やめろ！　神聖な気分を台無しにするんじゃねえ!!

「……そういえばジルバギアス様。ドラゴン族の代表から面会希望が入ってます」

鱗鎧《スケイルアーマー》を眺めながら目覚めの食事を摂《と》っていると、ソフィアが報告に来た。

「面会？　ドラゴン族の代表って誰だ？」

「闇竜の長・オルフェンです。実質的なドラゴン族の王ですね。今回の件で、同族がジルバギアス様を害したことに対する謝罪と、首実検のため参上したいとのことでした」

「ほう……」

ファラヴギが言っていた、闇竜の首魁《しゅかい》がここで出てくるか。

「どういう狙いがあると思う？」

「概《おおむ》ね、言葉通りではないかと。ドラゴン族が魔王子を害したことは事実ですから、先手を打って頭を下げに来たのでは」

まあ俺もそんなところだろうと思う。ドラゴン族と魔族の関係を悪化させたい俺としては――ここで突っぱねてドラゴン族への風当たりを強くしたり、あるいはわざと超傲慢に振る舞って、ドラゴンたちのさらなる反感を買う手もあるな。

『その二択ならば、突っぱねるよりも、呼びつけた方が良かろうな』

だよな。その上でクソウザ魔王子ムーヴをキメた方が効果的だろう。俺はファラヴギの忘れ形見たる、鎧立ての鱗鎧《スケイルアーマー》を見やった。

「その話、受けようか。首実検のためにファラヴギの生首と、その鱗鎧《スケイルアーマー》を両脇に置いて出迎えてやろう」

「そのくらいはしていいですね、こちらが受けた被害を鑑みれば」

丸焦げにされたソフィアもふんすと鼻を鳴らす。他の側仕《そばづか》え（主にファラヴギの被害にあった連中）も当然という顔をしている。

皆、最終的に死者は出なかったとはいえ、黒焦げにされるわ、反撃も許されずに吹っ飛ばされるわで、相当腹に据えかねていたようだ。元はと言えば強襲作戦後にホワイトドラゴンを討ち漏らしていたドラゴン族に非があるわけだからな。

ククク……高慢ちきなドラゴンに、せいぜい気まずい思いをさせてやるぜ!!

というわけで、冷凍保存されていたファラヴギの生首に再登場してもらった。

すまんなファラヴギ。お前の死体を辱めるような真似《まね》をして。だがお前という奇貨を用いて、せいぜい魔王国をかき乱してやるから、それで手打ちにしてくれ。

俺は部屋の真ん中のソファに腰掛け、左手側に生首を、右手側にピッカピカの鱗鎧《スケイルアーマー》を据えた上で、闇竜の長とやらを待ち受ける。

待つことしばし、闇竜の長が部屋を訪ねてきた。

闇色のゆったりとした衣を身にまとった長身の男。肌も、髪の毛も、そして眼球さえも真っ黒で、虹彩《こうさい》だけが氷のように冷たい水色をしている。いかにも優男風な顔には穏やかな笑みをたたえているが、同時に、どこか気取ったような空気も漂わせていた。

極めつけに、人族ではないことを示すように、側頭部から後方にかけて2本の角を生やしている。人化の魔法を微調整して、角だけ残しているんだろう。

「ご機嫌麗しゅウ、ジルバギアス殿下。お会いできて光栄です」

向こうからまず挨拶してきた。人の姿で話し慣れているようで、ドラゴン族特有の金属的な軋《きし》みの少ない、聞き取りやすい発音だった。

「闇竜の長であり、魔王国ドラゴン族の族長も兼任しておりマス、オルフェンです」

「第7魔王子ジルバギアスだ」

俺は敢《あ》えて尊大に、もったいぶって応じる。

「大儀である。族長直々に謝罪とは殊勝な心がけだな」

「エエ、まさしく此度《こたび》の一件は、我らドラゴン族にとっても痛恨の極み」

俺の偉そうな態度なぞ気にかける様子もなく、芝居がかった仕草と表情でオルフェンはうなずいた。

「ジルバギアス殿下に多大なご迷惑をおかけしたこと、一族を代表してお詫《わ》び申し上げます。誠に申し訳ございませんデした」

なんと深々と頭まで下げてきた。めちゃくちゃ素直な低姿勢に、肩透かしを食う。

「そして、その憎々しい顔！　まさしく白竜の長・ファラヴギにございますナ。同盟の猿どもに媚《こ》びを売った末路がこれとは、まさにドラゴン族の恥晒《はじさら》し。いやはや、まさか逃げ延びた上、国内に潜んでいようトは……」

……同盟の猿ってまさか人族のことか？　殺すぞ貴様。いや待て、相手のペースに呑《の》まれてどうする。嫌味のひとつでも言ってやるか。

「ファラヴギが言っていたぞ。【翼萎え】の呪いとやらを受けて、まともに飛べなかったそうだ。魔王城警備のドラゴンどもは、地を這《は》うトカゲを逃すほどに愚鈍であったのか？」

あからさまに挑発してみるものの、

「おお、最終的にはファラヴギにも、呪いが通用していたわけにございますナ。てっきりあやつの魔法抵抗に阻まれたかと思っておりましたガ」

オルフェンはわざとらしく驚いてみせた。

「あの呪いは遅効性で、ある程度してから途端に飛べなくなるという性質でしてナ。ホワイトドラゴンどもも、多くは地に落ち挽《ひ》き肉《にく》となっておりました。激しい戦闘の影響で、死体の検分が困難であったことも事実。いや、それにしても我々がファラヴギの生存を見逃したことも、また事実にございますナ。検分を担当した者を罰しておきましょゥ」

こいつ……手強《てごわ》いな。ドラゴンはプライドがクソ高いという固定観念を覆してくる奴《やつ》だ。目的のためなら、笑顔で靴を舐《な》めるし、泥水だってすする覚悟と見た。

だが――その屈辱と恨みは決して忘れない。そういうタイプ。

穏やかな微笑《ほほえ》みと、芝居がかった仕草で誤魔化しているつもりだろうが、瞳の奥に浮かぶ氷のような冷たさは隠しきれていないぞ。

「そしてそちらは、ファラヴギの鱗《うろこ》の鎧《よろい》にございますか。素晴らしい力を感じます、ドワーフの作ですかナ？」

「ああ、そうだ」

同族の遺骸を用いた武具を見ても、まるで気にしていないような態度。

「せめて死後にでも殿下のお役に立てるならば、この同族の恥晒しも、少しは面目を保てようというモノ……」

改めて俺に向き直ったオルフェンが、ニヤリと笑う。鋭い歯を剝《む》き出しにして。

「そして本日は、心ばかりのお詫びとして、殿下に贈り物を持参いたしましタ」

マジでご機嫌取りに余念がないな。こいつを挑発して関係悪化を招くのは難しそうだ。

あるいは、こいつがご機嫌取りに徹するほど、魔族とドラゴン族の関係は既に悪化している、と考えるべきかな？　それにしても、贈り物ってなんだろう。

「聞けば殿下は、ハイエルフをペットにされているとカ」

振り返ったオルフェンが、部屋の外に向けて金属的な軋み声を発した。

「――であれば、こちらの贈り物も気に入っていただけるかト」

扉が開く。

そして――ひとりの少女が、入ってきた。

透き通るような真っ白な肌。白銀色にきらめく髪。太陽のような金色の瞳。あどけなさを残しながらも整った顔立ち。しかし目の下には、睡眠不足のせいかはっきりとしたクマがあり、肌の白さも相まってどこか不健康な印象を受ける。そして側頭部からは、後方に突き出した2本の角。

おどおどとした態度で、縮こまりながら部屋に入ってきた少女は――ファラヴギの生首に目を留めて、泣きそうに顔を歪《ゆが》めてから、無理に媚びへつらうような笑みを浮かべた。

「は、じめまし、て……殿下」

消え入りそうな声で。
「ファラヴギの……娘、の、レイラです……」
ぽろぽろと涙をこぼしながら。
「この、たびは……父が、大変なご迷惑を……しゅみません……」
……思い出す。
『ファラヴギよ。何をそこまで怒っているのだ。お前はなぜ魔王を憎む？』
『——知れタこと!! 闇竜どもと手を組み、我が娘を奪い、我が妻を殺しタ！』
妻は殺された、と言っていたが——娘は、『奪われた』としか——
俺は思わず、両脇の生首と鱗鎧《スケイルアーマー》を見やった。
ち、違っ……俺、そんなつもりじゃ……
アンテ、俺の力を、預かってくれ……!!
『安心せい。もうやっておる』
ハッ、と魔神が短く息を吐いたが。
『——すさまじい勢いで流れ込んできおるわ』
溜息《ためいき》をついているのか、笑っているのか、判然としない。
「殿下。ファラヴギの娘・レイラを、我らの誠意の証《あかし》として献上致しまス」

オルフェンはレイラの肩を掴《つか》み、俺の方へ、ずいと押しやった。

「罪人の娘ゆえ、我らドラゴン族への気遣いは不要。ファラヴギの件は、殿下も大変にご立腹でしょウ。その憤り、この娘で晴らされてはいかがですかナ」

そう言って、嗜虐《しぎやくてき》的な笑みを浮かべる。

「奴隷にするなり、痛めつけるなり、縊《くび》り殺すなり。いかようにモ……」

どこまでも邪悪な笑みを。

「殿下のお望みのまま、お使いくださイ」

†　†　†

——第7魔王子ジルバギアスの居室を辞し、闇竜王オルフェンはゆったりとした足取りで魔王城の回廊を行く。

(この肉体のもどかしさにも、随分と慣れたものよ)

顔に貼り付けた穏やかな笑みが、少しばかり皮肉の色を帯びる。人化して暮らし始めた直後は、歩幅の狭さと移動の遅さに苛立《いらだ》って、常に小走りで動いていたものだ。

しかし「図体《ずうたい》がデカいくせに落ち着きがない奴だ」「流石《さすが》トカゲなだけあってすばしっこい」などと陰口を叩《たた》かれていると知り、わざとゆっくり歩くようになった。多少移動が遅れようとも、ドラゴン族の誇りを貶《おとし》められるよりはずっといい……傍目《はため》にはただ気楽な散歩のような、のんびりとした足取りで、オルフェンは魔王城上部の飛竜発着場に赴く。

「これを」

傍《そば》に控えていた夜エルフのメイドに、闇色のローブを脱いで手渡した。

「夜駆けだ。1時間ほどで戻る」

オルフェンの長身がゆらりとブレる。膨れ上がる魔力と体軀《たいく》。漆黒の鱗を持つ、巨大なダークドラゴンが姿を現す。

「行ってらっしゃいませ」

一礼するメイドの髪を突風ではためかせながら、翼を広げたオルフェンは、満天の星の中へと舞い上がった。

「おオオオ――――！」

歓喜の咆哮《ほうこう》が夜空へ響き渡る。元の姿のなんと自由なことか！　ドラゴン族は皆、空へと飛び立つときが一番気分がいい。

世界が、物の理《ことわり》が、この体の暴威にひれ伏していく！　それに対して、猿がごとき肉体のなんと窮屈だったことか――全能感と解放感に酔うオルフェンだったが、上空から月明かりに照らされる大理石の城を見下ろすと――そんな沸き立つ心も冷めてしまった。

魔王に膝を屈し、故郷の岩山をくり抜かれ、魔王城などというふざけた穴蔵に改造されて数百年。創世以来、我が世を謳歌《おうか》してきたドラゴン族にとって、現在は苦難の時代だ。

（何が悲しくて、空も飛べぬ地虫どもにひれ伏し、従わねばならんのか……！）

憤怒のあまり闇色のブレスが噴き出してしまいそうなほど。翼でどこへでも行けるドラゴン族が、なぜ魔王にかしずいているか。

――他でもない、魔王城地下の孵卵場《ふらんじょう》が人質に取られているからだ。

地下洞窟の孵卵場には豊潤な大地の魔力が湧き出ており、卵を長時間晒《さら》しておくと、生まれるドラゴンがより強く、賢くなる。そのため、空きスペースの奪い合いが起きるような人気スポットだった。卵に被害が出ないよう、ある程度の紳士協定は結ばれていたものの、生まれる子の能力が大きく変わるため親たちも必死だった。

当然、有力なドラゴンほど中心部を確保しやすく、有力なドラゴンの子もまた、優れたドラゴンになりやすい。この孵卵場の存在により、ドラゴン族の長い歴史の中でエリートとでも呼ぶべきものが形成されていった。

人族で言うところの貴族だ。この岩山の孵卵場は言うならば高貴な血と力の源であり、象徴でもあったのだ。そして――そんなところに魔王を名乗る地虫が攻め込んできた。

当時、ドラゴン族たちは、負けるだなんて思いもしなかった。ブレスのひと吹きで消し飛ばしてくれる。そう考えて魔王に挑み――

ドラゴン族は、その数を半減させた。

オルフェンは当時まだ幼く、現場は直接目にしていなかった。だが、聞きかじっただけで、初代魔王ラオウギアスの恐ろしさは充分に伝わってくる。魔王の槍《やり》は、ドラゴンの鱗を子羊の毛皮のように容易《たやす》く引き裂き、ありとあらゆる呪いを弾《はじ》き、ブレスさえも完全に無効化したという。

そして、とても敵《かな》わないとばかりにドラゴンたちが空へ逃げれば、魔王は孵卵場に踏み入り、あろうことか、卵を潰し始めたのだ！

何たる暴挙！　何たる邪悪！

いかに冷酷な闇竜といえど、卵には決して手を出さない。それは、ドラゴン族として決して踏み越えてはならない最後の一線、最大級の禁忌とされているからだ……！

だが初代魔王ラオウギアスは、そんなことお構いなしに卵を潰していった。親たちが泡を食って、魔王を止めるべく戻っていった。そしてその先から、次々に血祭りにあげられていった……最終的に、当時の族長が首を差し出して慈悲を乞うまで、殺戮《さつりく》は続いた。

以来、ドラゴン族は孵卵場を支配され、魔王に従うことを余儀なくされている。岩山を捨てて新天地でやり直す手もあった。実際にそうする一族もいたが……野良で生まれる子どもは、明らかに弱々しく、馬鹿だった。

有力なドラゴンであればあるほど、岩山を捨てることができなかった。たとえ忌々しいアンデッドどもが、豊潤な魔力を食い荒らしながら、孵卵場を監視していても。たとえ卵を人質に取られ、馬車馬がごとき扱いを受けることになっても……！

力を捨てるようでは、本末転倒だ。

『忌々しい魔族どもめ!!』

怒りのままに、オルフェンは夜空に叫ぶ。それは魔力を乗せた咆哮であり、ドラゴン族にしか理解できないことばだ。

『長！』

と、下方から他のドラゴンの咆哮《こえ》がした。見れば子飼いの部下たちが数頭、オルフェンめがけて飛んでくるところだった。

『魔族の王子との折衝、お疲れさまです』

『うむ』

部下たちと並んで飛ぶ。空は、自由だ。夜エルフの使用人という監視の目もなく、ドラゴン特有の咆哮によってなされる会話は、盗み聞きされても理解される恐れはない。

『いかがでしたか、その第7魔王子とやらは』

『ふん。歳《とし》の割に、魔力は大したものだったがな。そうであるがゆえに増長し、思い上がった、鼻持ちならぬガキであったわ』

『では、あの忌み子は……？』

憎きホワイトドラゴンの娘――レイラのことだ。

『もちろん、つつがなく受け取られたとも。王子殿下は、随分と困惑しておいでのようであった……嚙《か》みつきはしないから安心しろ、と言ってやったわ』

グルッ、グルッグルッと部下たちが喉を鳴らして笑う。臆病な魔族の王子を侮り、惨憺《さんたん》たる末路を辿《たど》るであろう忌み子を嘲って。

（——忌々しいホワイトドラゴンめ。どこまでも祟《たた》りおる）

憎きファラヴギが死に、その娘を贄《にえ》に差し出したとなれば——ドラゴン族としての責任は果たしたことになるだろう。父の過ちは、娘がその身をもって償えばよいのだ。

オルフェンもひと笑いしてから、地平の果てを睨《にら》む。

（今は雌伏のとき……魔族どもめ、いつかその喉笛、食い千切ってくれる！）

忌々しいことに、魔族側も、ドラゴン族の反骨心と叛意《はんい》は察している。

その上で——ドラゴン族を支配し続けている。やれるものならやってみろ、と言わんばかりに。その証拠に、ドラゴン族をこき使いながらも、魔王だけは決して竜に乗らない。高高度から地面に叩きつけられれば、魔王とてただでは済まされないからだ。

魔王が傷つき弱れば、魔王国は傾く。初代魔王が倒れたとき、当時のドラゴン族は有効な手立てを打てなかった。政治、魔族の文化、悪魔の魔法、アンデッドの行動様式、全ての理解度が足りなかった。

だが——今は違う。オルフェンは恥を忍び、屈辱に耐えながらも、虎視《こし》眈々《たんたん》と魔族たちを観察し、爪と牙を研いでいる。

現魔王ゴルドギアスが倒れたとき、今度こそドラゴン族は行動を起こすだろう。

『忌々しい地虫どもめ！　この世界の支配者が誰であるか、思い知らせてくれる！』

誓いと覚悟を胸に、闇竜の王は夜空に咆哮するのだった。

†††

俺の部屋を、重々しい沈黙が支配していた。

ソファに腰掛ける俺の眼前、ファラヴギの娘・レイラがぺたんと床に座り込んでいる。

オルフェンがいる間は、涙をこぼしながらも必死で媚《こ》びへつらうような笑みを浮かべていたレイラだったが、今は燃え尽きてしまったかのように、ただただ虚《うつ》ろな目で床を眺めていた。

「…………」

……こんな、こんなはずじゃなかったんだ。

俺は……なんてことを。親を殺される苦しみ、恨みが、どれほどのものかなんて……俺自身がよく知っているはずだったのに。今日をもって、俺はあの憎き緑髪のクソ野郎と、同次元のクズに成り下がってしまった。

いや……既に、もう何人も同胞を犠牲にしてるんだ。今さら、だな……

『まあ仕方あるまい、予言の悪魔でもあるまいし、こんなもん予想できんわ』

あっけらかんとアンテが言うが、俺はどうしても、他人事《ひとごと》のように割り切ることができなかった。抜け殻のようになったレイラを見ていると、自責の念が火山の噴火みたいに湧き出てくる。

そして、そんな自分に嫌気が差す。本当に今さらだ。いつか俺が復讐《ふくしゅう》を果たすであろう、夜エルフも魔族も、誰かの子であり、親であるかもしれないのだ。

いちいち、構っていられるか？　どの面下げて、いっちょ前に傷ついてやがる。

――お前に、自責の念に駆られる資格などない。

俺の中の冷たい部分が、そう言って俺を責め立てる。

「……あ」

ふと、顔を上げたレイラと目が合った。

「あっ……その、えっと……」

レイラはどうにか媚びるような笑みを浮かべようとして、失敗した。顔をクシャッと歪《ゆが》めて、そのまま俯《うつむ》いてしまう。彼女の身柄は完全に俺のものとなった。何をしてもいい、とオルフェンには言われた。どう扱おうとドラゴン族は一切関知しないと。

元々レイラは、反旗を翻したホワイトドラゴンたちに対する人質だったのだろう。ファラヴギが死んだ今、用済みとなった――いや、その身を差し出すことが最後の『使い道』だった、というわけだ。

魔族の王子として、ファラヴギの被害者として、このレイラをどう扱うか。

考えるだけで頭が痛い……

「戻りましたー」

と、そのとき、いつにも増して艶々な毛並みのガルーニャが部屋に入ってきた。頬を上気させて、ちょっと髪が湿ってるリリアナも一緒だ。

実はオルフェンが来る前に、ふたり揃《そろ》って風呂に行っていたのだ。リリアナはひとりで湯浴《ゆあ》みができないので、基本的にガルーニャが面倒を見ている。

「……あれ、そちらの方は？」

ガルーニャが、俺の前に座り込むレイラに気づいた。

「……ああ。彼女は、ドラゴン族から……、その……」

俺に……どう言えというのだ……

「此度《こたび》の一件の詫び、として贈られた……ファラヴギの娘、レイラだ」

「えっ!?　ファラヴギの娘っ!?」

ガルーニャがビンッ！　と尻尾を逆立て、警戒も露《あら》わにレイラを睨む。「ひぇっ」と情けない声を漏らし、レイラがすくみ上がった。その姿はとてもホワイトドラゴンが化けた姿には見えず、ガルーニャも困惑したような顔で俺を見てくる。

「わぅ？」

カチャカチャと蹄《ひづめ》じみた音を立てながら、短い手足で駆け寄ってきたリリアナがレイラの顔を覗《のぞ》き込んだ。

「ひぇっ。こっ、この方はっ？」

レイラが上擦った声でへたり込んだまま後退《あとずさ》る。

「……ああ。彼女は、夜エルフから引き取った……、その……」

俺に……どう言えというのだ……

「ハイエルフの聖女だ。今は……自我を破壊されて、自分を犬だと思い込んでる」

「わんわん！」

どうやら自分のことを話しているらしいと察したか、リリアナが元気よく吠《ほ》える。

「ひぇっ……」

レイラは顔を青ざめさせていた。……今でこそ俺たちは見慣れたもんだが、完成された美しさのハイエルフが、全く知性を感じさせない無邪気な態度で犬真似《まね》をする姿は……割と不気味でもあり……

「あ……あは……あはは……」

ガクガクと震えながら、レイラが泣き笑いし始めた。

「ぜんぶ……ぜんぶ、受け入れます……」

俺の足元にひれ伏して。

「わたし、が……父の、罪滅ぼしを、します……だから、ドラゴン族にはどうか、どうかお慈悲を……」

「…………」

「あと……最後に、ひとつだけ……。もし、わたしの、おててと、足も、切っちゃうなら……自我を壊して、もう何も、わからなくなって……からに、してください……」

おねがいします……と噛み噛みになりながら、懇願するレイラ。

「うー？　わう、わう！」

どうしたの？　どこかいたいの？　と心配したように、リリアナがぺろぺろとレイラの頬を舐《な》める。

「ひぇえっ……うう、ううう～～……！」

それが自分の末路に重なって見えるのだろう、レイラはボロボロと泣いている……

「…………」

どうすんだよコレ、という顔で部屋の皆が——ソフィアや、ヴィーネや、ガルーニャがこちらを見てきた。

「どうして……」

こんなことに。目も当てられない惨状に、俺はただただ両手で顔を覆うしかなかった。

†　†　†

——レイラの半生は、闇と共にあった。

卵の殻を破り、生まれ出たのは暗い洞窟の中だった。ホワイトドラゴンにしては珍しくレイラは魔王城地下の孵卵場《ふらんじょう》出身だ。

光属性のホワイトドラゴンは、太陽の光をたっぷりと卵に当てていれば、そこそこ強く

賢い子が生まれてくる。他のドラゴンたちほど孵卵場には依存していない。

しかしホワイトドラゴンの未来を託すべく、より強い子を授かるために、父ファラヴギが奮闘し、孵卵場の中心部に近いスペースを勝ち取ったのだった。

『みて！　可愛《かわい》い子よ。目元なんてあなたそっくり』

『はっはっは、鱗《うろこ》のきらめきはきみにそっくりだ』

父と母には愛されて育った。空も飛べなかった幼竜期の記憶は、ぼんやりとしか覚えていないけれども、幸せに彩られている。

だが――闇竜たちとの関係が悪化するにつれて、雲行きが怪しくなっていった。

魔王との折衝は、闇の輩《ともがら》と相性のいい闇竜たちが担当している。白竜は、元々闇竜たちと仲が悪かったこともあるが、何かにつけてハズレくじを引かされがちだった。

危険な前線での任務であったり、食料や狩場の割り当てだったり、負傷者の治療順だったり。何百年もかけて、少しずつ、少しずつ、不満は溜《た》まっていった。

そしてある日、とうとう決壊した。闇竜へ抗議に赴いたファラヴギ一派が、オルフェンの首を狙って暗殺未遂を起こした、と――少なくともレイラはそう聞かされている。

ブレスが飛び交う激しい戦闘になったらしい。母を含む、ホワイトドラゴンの死体を見せられた。父を含む他の者たちは、レイラを置いて逃げていった、と。

……そう聞かされている。

『本来ならばお前も殺してやるところだが』

オルフェンと闇竜たちは、レイラを取り囲み、見下ろしながら言った。

『いくら白竜とはいえ、幼い娘を手にかけるのは忍びない。特別に生かしておいてやる』

だが──闇竜一派の中での生活は辛《つら》く苦しいものだった。わけもなく噛《か》みつかれたり、尻尾で叩《たた》かれたり、常に怖くて痛くてたまらなかった。

『ごめんなさい！　ごめんなさい！』

どれだけ痛めつけられても、レイラにはただ慈悲を乞うことしか……ただ、人化の魔法を覚えて、人の姿でいることを強要されるようになってからは、そういう暴力とは無縁になった。人の体が脆《もろ》すぎて、竜に叩かれたり噛みつかれたりしたら死んでしまうからだ。

どれだけ意地悪をしても、闇竜たちはレイラを殺そうとまではしなかった。

しかし、ホワイトドラゴンたちが同盟と手を結び、魔王城を襲撃してからは、レイラの立場はますます悪化していった。いびられ、罵倒され、使用人たちと一緒にこき使われながらも、どうにか今日まで生き延びてきたが……そんな生活も、とうとう終わるらしい。

『レイラ、お前の父親が死んだぞ』

『え……』

オルフェンが久々に顔を見せたと思いきや、開口一番そう告げた。

『魔王国内に潜伏していたそうだ。そしてあろうことか、魔族の王子を襲い、危害を加えた。その上で返り討ちにあったそうだ……』

へなへなと、腰が砕けていた。終わりの見えない暗い生活の中で、それでもせめてもの慰みに思い描いていた、父が助けに来てくれるんじゃないか、なんて夢が、希望が――

『襲われた王子は、大層にご立腹だ。また、お前の父親のせいで――ホワイトドラゴンのせいで、我らドラゴン族の立場が悪化しかねん』

オルフェンの手が、ぎりぎりと爪が食い込むほど強く、肩を摑《つか》む。

『本当に、お前たち一族は疫病神以外の何物でもないな。だがレイラ、こんなこともあろうかと、無能で役立たずなお前を生かしておいてよかった』

氷のような視線が、レイラを射抜く。

『――お前を王子に献上することにした。その身をもって、父の罪を償うがいい』

†††

「うう……ぐすっ……」

床で号泣していたレイラだったが、また燃え尽きたように静かになりつつあった。リリアナが心配そうに寄り添っている。

「……とりあえず」

俺は鉛でも飲み込んだような気分で、どうにか口を開く。

「彼女《レイラ》とふたりで話し合いたい。リリアナ以外は、皆いったん席を外してくれるか」

「えっ、でも、ご主人さま……危ないのでは」

ガルーニャが異を唱える。

「その……一応、ドラゴンですし……」

とても悪さをするようには見えない――そして、そんな度胸や気概があるようにも見えない――レイラを、チラチラと気にしながら。

「ああ、ガルーニャは聞いていなかったか」

俺はレイラの首にはめられた、金属製の黒々とした輪っかを示す。

「ドワーフ製の首輪だ。これを外さずに人化の魔法を解いたら、首が圧迫されて死ぬ。鍵は、今はソフィアに預かってもらってる」

人化の魔法は、基本的に身に着けていたものはそのままだ。服などは脱がないと、魔法を解いた途端にビリビリに破けてしまう。

逆に、装身具が充分な強度を持つ場合――しかも人間に合わせたサイズだった場合――魔法を解いた途端、体を圧迫することになる。

人の姿をしたレイラの細い首に、ぴったりなサイズの首輪。もしも彼女がそのまま人化の魔法を解いてしまったら、どうなるか――想像もしたくない。

「だから、安全面では問題ないんだ」

まあ、首輪がなくとも、この子に大それたことができるとは思えないけどな……今の、絶望に沈みきった姿が、俺の油断を誘うための演技だとしたら、大した役者だよ。

ガルーニャも納得したらしく、俺の指示通り、部屋の面々が席を外す。

俺と、リリアナと、死んだ目のレイラだけが残される。俺は防音の結界を張った。

『お、何かやましいことでもするかの？　父を殺し、その娘子までも手籠《てご》めにするとなれば、凄《すさ》まじい力が稼げそうじゃの』

アンテ……お前さぁ……。茶化すにしても、時と場合を考えてくれ……

俺は大きく溜息《ためいき》をつき――レイラがビクッとした、すまん、脅かすつもりじゃなかったんだ――席を立って、棚から予備のカップを取ってきた。

「このままじゃ話しづらい。きみも座るといい」

俺と隣り合いたくはないだろうから、ソファの端っこに移動して、もう片側を示す。

レイラはおずおずと、言われた通り座った。俺とお近づきにはなりたくはないが、逆らうのも怖い――そんな感じだった。

机の上のポットから、予備のカップにもハーブティーを注ぐ。

俺が彼女の立場だったら、……どうだろうな。

「……父親の仇《かたき》となんて、口も利きたくないだろうが。話を聞いてくれると助かる」

レイラがまたビクッとした。

「そっ、そんなことは、ない、です。殿下とお話しできて、光栄……です……」

泣き腫らした赤い目で、それでも無理に笑みを浮かべようとするのが、痛々しくて見ていられなかった。

俺は……ファラヴギを殺したことを、謝らない。もしも緑クソ野郎が「お前の父親殺しちゃったわ、ごめん」と頭を下げてきたら、どう感じるかって話だ。

申し訳ないならこの場で死んでみせろよクソ野郎、としか俺は思わないだろうな。謝罪が意味を成すのは——取り返しがつく場合だけなんだよ。

それに、この場で俺が謝ったところで、レイラは立場上、受け入れるしかない。心ではどう感じていようと、俺の謝罪を受け入れたという事実だけが残り、それがなおのこと彼女を苦しめるだろう。ならば、憎き仇として、俺が開き直ってみせた方がマシだ。

「まず最初にことわっておきたいが、俺はきみの父親のことで、きみ個人やドラゴン族の責任を問うつもりはない」

茶をすすりながら、告げた。

「というのも、ファラヴギと戦闘になったのは事実だが……ファラヴギが俺を襲ったことを罪とするならば、彼の死によりそれは既に清算されているからだ」

レイラは黙ったまま、湯気を立てるカップをじっと見つめている。

「魔族の王子としては、今回の件を利用して、ドラゴン族に圧力をかけるべきなのかもしれない。……だがそれもオルフェンがきみを差し出したことにより、相殺された」

そして、努めて真顔を維持していた俺だが、ここで敢《あ》えて不満を表に出す。

「非常に心外なんだが……俺はオルフェンに、悪趣味で残虐非道な鬼畜野郎とでも思われていたらしいな」

えっ、違うんですか？　とばかりにレイラが俺を二度見してきた。シンプルにつらい。

「まあ、リリアナを手元に置いてるから、仕方ないことなんだが……」

おすわり状態で待機していたリリアナが「よんだー？」とばかりにじゃれついてくる。

「……レイラ、森エルフと夜エルフの対立については知ってるか？」

「えっ……あ、はい……。多少は……」

「リリアナはずっと夜エルフに囚《とら》われていてな。手足を封じられ、鎖に吊《つ》るされ、7年にわたって拷問され続けていた」

「…………」

俺の膝の上で撫《な》でられながら、ぽやぽやとご満悦なリリアナを――レイラは信じられないものでも見るような顔で、凝視していた。

「あまりに気の毒で、見ていられなかったからな。俺は彼女の人格を――」

どう言おうか。

「――犬に書き換えて支配下に置き、ペットということにして連れ出した。犬になるか、拷問され続けるかなんて、最悪の二択だと思うが……少なくとも彼女はそれを選んだ」

俺の手をぺろぺろと舐めて、腹に顔を擦り寄せてくるリリアナは――少なくとも今このときは、幸せそうに見えた。

「手足も戻してあげようかと思ったんだが、夜エルフからの反対と、手足に癒着した金具を外すために切除しなきゃならん関係で、このままになってる」

俺は遠慮がちにレイラを見た。

「……だから、決して、他種族の娘の手足を切り落として、ペット扱いするのが、趣味なわけじゃないんだ。そのあたりは安心してほしい……！」

「は、はい……」

俺の魂の叫びに、レイラも雰囲気に呑《の》まれたようにうなずく。

「というわけで……それを踏まえた上で、きみの今後の扱いを考えたいわけだが」

ごくりと生唾を飲み込んだレイラが、膝の上でぎゅっと手を握った。

「……その前に、ひとつ質問というか、お願いがあるんだが」

「えっ、と。はい、わたしにできることなら、何でもします……」

にへらと引きつった愛想笑いを浮かべるレイラに、俺は単刀直入に頼んだ。

「もしよかったら、人化の魔法を教えてくれないか？」

「へぇ？」

レイラが「なに言ってんだこいつ」というような顔をした。

「えっ……人化、したいんですか……？」

愛想笑いも忘れて、「なんでわざわざ……？」とばかりに俺をまじまじと見つめてきたレイラだったが、すぐにバツの悪そうな、怯《おび》えたような表情を見せた。

うっかり口ごたえしてしまった、怒られる、とでも思ったのかもしれない。

「興味があるんだ。手札は多いに越したことがないというのが俺の信条でね」

「お教えすることは、その、できますけど……」

レイラはためらいがちに。

「魔法の継承のために、わたしの血を飲んでいただかなければ……」

知ってる、と答えかけて俺ははたと口を閉ざした。——知った上で、あまりに前向きな姿勢を見せたら、いたいけな竜娘の生き血を飲みたがってるド変態だと思われないか？

「……そ、そうだったのかー。知らなかったなー」

迫真の演技で、初耳であるかのように装う。

「わたしなんかの……光属性の汚い血を、飲んでいただくのは、心苦しく……」

ぽつぽつと話すレイラは、嫌がって言い訳しているというより、本当に申し訳無さそうな雰囲気を漂わせていた。この娘……自己肯定感がすごく低そうだな……

『当然じゃろ。闇の輩《ともがら》に取り囲まれながら、明るい性根が育つはずもないわ。どうせ虐げられてきたんじゃろうし、最後には父の仇に贄《にえ》として差し出される始末……』

…………。

『自分の価値をどこまでも低く見積もり、全てを諦め受け入れることで。この仕打ちも、境遇も、当然の結果だと思い込み、己の心を守っておるのじゃろう』

そうでもなければ、こんな理不尽に耐えておられんわ、とアンテ。

——今すぐにでも、父を殺したことを伏して詫《わ》び、俺の正体を明かし、これからはきみのことを守ると、もうそんなに自罰的に振る舞う必要はないのだと、言ってあげたい。

だが、できない。

心苦しいが――現時点では、レイラを信頼することができないからだ。俺に復讐《ふくしゅう》しようと心に誓っているかもしれないし、そうでなくても闇竜に何か言い含められていて、俺への密偵としての役割も持たされているかもしれない。

また、彼女自身にその気がなくとも、何か呪いや魔法、洗脳などで、深層意識への刷り込みなんかもあるかもしれない。呪詛《じゅそ》の類は、リリアナがいれば吹っ飛ばせるからいいとして、俺への恨みだけは本当にどうしようもないからな……。

焦らずに時間をかけ、ある程度の信頼関係を築き、その上で腹を割って話すしかない。

『この娘に正体を明かすつもりなのか？』

アンテが驚いたように問う。最終的にそれもアリだと思っている。なぜなら、レイラのドラゴンとしての移動能力は、俺の選択肢を文字通り飛躍的に増やしてくれるからだ。

もしかしたら……リリアナを同盟圏に逃がす、なんてこともできるかもしれない。

だがそれでも、レイラをただの『足』として使うことはできない。彼女がその気になれば、高高度から地面に叩《たた》きつけるだけで簡単に俺を殺せてしまう。

――真の協力関係を築く必要がある。闇竜王オルフェンへの、そして魔王への復讐が俺の目的とわかれば、レイラも協力してくれるかもしれない。

最終的に、彼女が真の仇――すなわち、父を殺した俺の死を望むのならば。

全てが終わったあとで、喜んでそれを受け入れよう。

彼女には望む権利があり、俺には受ける義務がある……！

「……あの……」

　黙り込む俺に、レイラが不安そうに顔を青ざめさせていた。

「あ、すまん。少しばかり考え事をしていた」

　おっと、そんなことを考える先から、怯えさせてどうする。

　こういうとき、笑顔で安心させてあげることさえできないのが、つらい。俺の笑顔なんて見ても、嬉《うれ》しくもなんともないだろうからな。

「血の件だが、気にする必要はない。汚いとも思わないし、俺は魔族だ。多少の光属性はどうということもない」

　だから人化の魔法を習得したい、と改めて真顔で告げた。

「そしてこれは――俺のもとで、きみの立場を強化することにも繋《つな》がる」

　きょとんとするレイラに静かに語りかける。

「闇竜どもは、俺がきみを虐げて、溜飲《りゆういん》を下げることを期待しているのかもしれないが。さっき話した通り、俺には身内をいたずらに苦しめて楽しむ趣味はない」

　本当に心外だぜ、そんなふうに思われていたのなら。まあ……そう思われていた方が、何かと都合がいいかもしれないがな！

「俺のもとに来たからには、何かしら役に立ってもらいたいし、貢献したのならば、それに報いるのが俺のやり方だ。俺に新たな魔法を教える、というのは明らかな貢献であり、きみをそれなりに遇することに、他の者も異論を挟まないだろう」

……こういう言い方しか、できない。俺がひたすら厚意を示して優しくしても、レイラにとっては不気味なだけだろう。

見ず知らずの、しかも敵の厚意なんて信用ならない。

だが、利害関係ならば、多少は信憑性《しんぴょうせい》を出せるはず。

あとは……時間をかけて、誠実な態度で接するしかない。

「というわけで……人化の魔法の伝授は、俺たち双方にとって利益のある話なんだ」

「……そこまで、仰《おっしゃ》るなら……」

レイラがおずおずと手を差し出してきた。

「えっと……その、血を……何か、ナイフか……」

「あー、そうだな。……これでいいか？　傷は治療するから」

「わかりました」

俺が鞘《さや》ごとベルトから外して、少しだけ色褪《いろあ》せた刃を抜いてみせると、レイラは一切ためらわずに、ぐりっと手首を押し付けた。ちょっとだけ眉をひそめたが痛みには慣れっこといわんばかりの顔。

だらだらと溢《あふ》れる血を、もう片方の手を器のようにして受け止める。

「ど、どうぞ……」

にへら、と愛想笑いを浮かべながら、レイラがてのひらに溜《た》めた血を差し出す。

正直、ためらいそうだった。レイラのあまりに我が身を顧みない様子に。だが、ここで俺が二の足を踏んだら、血を汚いとでも思われた、とレイラが傷つくかもしれない。

なので、即座に口をつけて、血を飲んだ。生臭さはなくて、しゅわと光属性の魔力が舌で弾《はじ》け、少し、甘酸っぱいような味がした。


——とある竜の半生を幻視する。


光り物が大好きな竜だった。他の種族を襲撃して、従わせ、貢物に金銀財宝を要求し、己の棲家《すみか》をそれで満たした。だがそのうち、見て楽しむだけでは満足できなくなった。

自分も、人のように着飾って楽しみたい！

脆《もろ》くて弱い下等種族なんて、それまで羨ましくもなんともなかったけど。

竜の体軀《たいく》と、爪と牙では、繊細な宝物で自らを飾ることなんてできなくて。

手に入らないものほど、欲しくなる。それが竜の傲慢さ。

気が狂わんばかりに願い、欲し続けること数百年——

とうとうその意志と強大な魔力が、現実を歪《ゆが》めた。

——王冠や指輪、ネックレスをこれでもかと身に着け、鏡の前でご満悦な、竜の角を生やしたヒトのイメージが——

しっくりと、俺の中に馴染《なじ》んだ。

「……そういう……経緯、だったんだな……」

今のが、この魔法の生みの親の記憶か。レイラの手の器から口を離して、俺は複雑な心持ちでつぶやいた。まさか、お洒落《しやれ》欲求が根源だったとは……

「ええと、はい……」

レイラも、まるで親戚の醜聞でも晒《さら》されたかのような、曖昧な顔でうなずく。傷から血が滴りっぱなしで、こぼれそうになっていたので、転置呪で傷を引き受けた。

「わっ……」

突然、傷が消えてびっくりした様子のレイラ。

「くぅーん」

リリアナが俺の手首をぺろぺろして、即座に治してくれる。

「よしよし、ありがとな」

「わふ」

もー、いつもしょうがないんだからー、と言わんばかりの顔をするリリアナ。

「これで、魔法が？」

「はい、念じれば……使えると思います。ただし、『人の姿になりたい！』という気持ちが少しでもなければ、その、発動しませんので……」

もし魔法が発動しなくて、自分のせいにされたらどうしよう……と心配しているのが、ありありと伝わってくる。

「まあ、それは大丈夫かな」

この魔法を生み出した奴《やつ》に負けず劣らず、俺は人間になりたいよ。

――ヴィロッサから聞いていたが、どのような姿に変身するかは、ある程度調整できるらしい。ドラゴン族があえて角を残したまま変身するように、体格、年齢、髪型、目や肌の色なども、元の姿から極端に違うものは無理だが、少しは融通がきくようだ。

単純に、変装として汎用性が高すぎる。この魔法の使い手には、手配書の類は全く通用しないな……そしてそれを、俺が使えるようになるという事実に興奮を隠せない。魔王城では宝の持ち腐れだが、同盟圏にどうにか行くことができれば――

「よし、じゃあ使ってみるぞ」

深呼吸して、俺は気持ちを落ち着けた。

年齢は、今の俺の見た目と同じくらいで。髪は銀色のままでいいか。目は黒っぽい感じにしよう。肌の色は前世みたいに、ちょっと日焼けした感じを意識して――

いくぞ。

全身の力が抜けるような、自分の存在が一瞬曖昧になるような、名状しがたい感覚。

途端に、世界が色褪せたように感じる。……いや、違う。魔力が知覚できなくなったのだ。咄嗟《とっさ》に頭に手をやれば、髪の感触しかしない。

「角がない！」

鏡！　鏡!!　部屋の端っこの姿見に目をやれば、日焼けした銀髪黒目の、やたらハンサムな少年が見つめ返してきた。

「うおおお！　すげえ！」

どっからどう見ても人族だー!!

「わう!?　わうわう!!」

容姿が激変した俺に、リリアナがびっくりしている。

すかさず駆け寄ってきてクンクンクン！　と俺の匂いを嗅ぐが、自分を犬だと思い込んでいるだけで嗅覚が犬並みになっているわけではないので、何もわからなかったらしく「わう?」と首を傾《かし》げている。

やったぞ！　移動手段さえどうにかすれば、同盟圏に潜入することも可能になった！

何よりコレ！　あれだ!!　角がなくなったから!!

「横向きに眠れるッッ!!」

もう二度とできないと思ってたのに――ッ！


――と、はしゃぐ俺だったが、レイラの存在をすっかり忘れていた。


「…………」

ぽかんとした顔で、こちらを見つめる竜娘。

「あー……コホン。おかげで習得できたようだ。礼を言う」

咳払《せきばら》いをして、俺は真面目な顔を作った。

「あ、いえ、……その、ええと、はい……」

肩を震わせながら、レイラがうつむく。

俺の見間違いかもしれないが。

ちょっとだけ……本当に、ちょっとだけ。その口元が、緩んでいた気がした。

「声が聞こえましたが、どうなさいました？」

と、ノックもなく、ソフィアが扉を開けた。どうやら人化で俺の魔力が弱まり、防音の結界が解けていたらしい。

「あっ。……んふッ、習得おめでとうございます」

俺の姿に目をぱちくりさせたソフィアが、顔を背けながら吹き出す。

「何が可笑《おか》しいんだよ」

「いえ……なんか弱っちくなっちゃってて、つい……」

そんなに弱くなってるのか～。人間で言うなら、いきなり可愛《かわい》い小人さんになってしまったようなものか？

「お話は終わりましたか？」

「あっ、ご主人さまが人族に……」

なし崩し的に、ヴィーネやガルーニャたちもドヤドヤと部屋に戻ってくる。内密に話すようなことはもうないだろうし、まあいいか。ガルーニャがちょっとショックを受けてるみたいで笑ってしまった。

自分の魔力の動きを確かめてみる。

……弱いな。いや、たぶん並の人族よりは強いというか、一端の魔法使いくらいの魔力ではあるが。試しに防護の呪文を唱えてみたが、いつもより相当、頼りなく感じる。防音の結界が解けたのは、魔力が弱まったせいで部屋全体をカバーできなくなったからかな？　今の俺だと、手を伸ばした範囲がせいぜいかもしれない。

「面白いな。角が生える前を思い出す」

頭に手を当てながら魔法を解除。角がニョキッと生えてきた。世界が輪郭を取り戻し、色鮮やかになったように感じた。もうすっかり、魔力を感じ取れるのが普通になってしまったんだな、俺も……

「何だかんだで、ついこの間に角が生えたばかりですもんね、ジルバギアス様……人化の魔法って、私でも習得できるんでしょうか？」

ソフィアが興味津々な様子でレイラを見やる。

「えっ。……あの、わかりません。悪魔で試したことは、ないので……」

「ジルバギアス様。私も試してみても？」

「レイラがいいなら構わないが」

まあ、未知の魔法を前に、ソフィアが指くわえて見てるだけってことはないよな。今度はソフィアのナイフで手を傷つけて、レイラが血を提供する。

「むっ。……そういう根源なんですか……」

レイラの血を口に含み、「いったい何を見せられたんだ私は……」という顔をするソフィア。理解できた、ということは魔法も習得できたということか？　レイラの手を治療しながら、興味深く見守る。

「えーと……じゃあやってみます。ふん！」

ソフィアの輪郭がブレて――彼女のつむじ風のようだった魔力のあり方がしゅるしゅると縮んで、こぢんまりとした『生き物』に切り替わる。

片眼鏡をかけた、執事服姿の、ごくごく平凡な女の子がそこにいた。赤っぽい肌も人族の平均的な感じになってるし、額の角も消えた。マジかよ、悪魔も人化できるのか……

「えっ……えっ!?」

自分の顔をぺたぺたと触り、ソフィアは狼狽《ろうばい》してきょろきょろと周囲を見回す。

「なっ、なんですか……こんな！　こんな、何も感じない状態で、人族は生きてるんですか!?　うっ、うう……!!」

ぷるぷると震えながら、自分の体を抱きしめて、その場にへたり込んでしまう。

「大丈夫か？」

抱きかかえて鏡の前に連れて行く。ちゃんと肉の重みと温かみを感じる。鏡をまじまじと覗《のぞ》き込んで、「これが私……？」などとつぶやくソフィア。悪魔は魔力で構築された体を持つからな。感覚器まで失われて、人間で言うなら触覚を封じられたようなものか？

「面白そうじゃな」

と、今度はアンテまで飛び出してきた。突然登場した自分と同じくらいに見える娘に、レイラが「ひえっ」とビビっている。

「俺が契約している悪魔のアンテだ。普段は俺の中でぐーたらしている」

「ぐーたらは余計じゃ。おい竜娘、我にも血をくれい。やってみたい」

「レイラ、手めっちゃ切ってるけど大丈夫か？　イヤならイヤって言っていいんだぞ」

「だっ、大丈夫です！　お役に立てて光栄ですぅ……！」

にへらと笑い、躊躇《ためら》いなく手を切ってアンテに血を飲ませるレイラ。

「ぬっ！」

アンテもまた、スンッと人化して存在がちっちゃくなる。褐色肌は相変わらずだが、額の角が消えて、ふつーの女の子になっていた。

「なっ……なんじゃ、これは……！」

「こっ……」

「こ？」

「こわい……！」

目を見開き、ぷるぷると震えながら、ぺたんと尻もちをつくアンテ。

怖い……!?

「な、なにも視《み》えん。なにも感じ取れん！　全てが物質だけで構築されているように感じる……！　我は今、恐ろしいぞ!!　こ、こんな感覚は初めてじゃ……!!」

言いながら、ちょっと頬を赤らめて、もじもじしだすアンテ。未知の恐怖に興奮してんじゃねえよ！　無敵かてめぇは!!

「ね！　怖いですよね！」

ソフィアが半分腰砕けでアンテに近づいてくる。

「うむ……魔力なき者にとって、世界とは……このように殺伐と……」

「非常に興味深いです……よくこんな状態で生きてられますよね……」

「お主もあれじゃな！　肉じゃな！　下等生物じゃ!!」

「そういうあなたこそ！　肉の塊ですよ今は！」

なんか知らんが、互いのほっぺたをブニブニと引っ張り合っている。悪魔同士、俺たち定命の者にはよくわからない意気投合の仕方をしているようだ。

だけど、魔力が弱いからって、下等生物呼ばわりはやめよう、な？　元人族の俺とか、獣人のガルーニャとか、すげー複雑な心境だからよ……

そんなこんなで、悪魔も人化が可能という知見が得られたが――

「好き好んで使う悪魔がいるとは思えませんね」

元の姿に戻って、ソフィアが身もふたもないことを言った。

「魔力が感じ取れなくなるのは……えも言われぬ感覚で、快か不快で聞かれれば間違いなく不快ですし、そもそも存在が脆弱《ぜいじゃく》すぎて不安になりますし……」

「ただ、現世にとどまるなら、魔力の節約にはなりそうじゃな。存在が確としておるおかげで、じっとしておる限りは魔力を消費せん」

堂々とソファに寝転がって、アンテが利点も挙げる。ちなみに人化したままだ。

「しかし、それだと肉体の維持のため本格的に食事を摂《と》る必要が出てくるのでは？」

「魔力の補給に比べれば格段に楽じゃろ。あ、ついでに何か食べてみようかのう。我お酒も飲んでみたいんじゃが」

「お酒ですかー。精神が変容するんでしたっけ。ちょっと興味はありますね」

「そうじゃ、あとせっかくじゃし、怪しげな薬とか毒とかも――」

やめろ！　煙草《たばこ》吸うくらいのノリで禁忌を犯そうとするんじゃねえ！

「ヴィーネ。そして他の夜エルフたちにも通達。アンテが薬品を要求してきたら俺の権限において差し止めろ」

「かしこまりました」

「えー、なんでじゃー！　色々試してみてもよかろうに！」

「ダメだ！　なんか破滅の予感がする!!」

酒もクスリも大して変わらんじゃろがい！　とアンテが抗議してくるが封殺。正直、酒だって飲ませたくねえよ悪魔には……！　何が起きるかわからん。

……まあ、でも、人化した状態なら酔っ払っても大した害にはならなそうだし、大丈夫かな？　中毒性があるクスリはダメだが、適量の酒くらいなら許可するか。

「あ、そうだ、角を残して変身したらどうなるんでしょ？　肌や髪色の変化の限界は？」

「いやー、ただでさえ窮屈な現世で、人の体などロクなものではないの。ただこの不自由さは癖になるやも……」

好き好んで人化する悪魔がここに2体もいるんだが……ソフィアは好奇心のままに魔法の限界を試しているし、アンテは魔力縛りプレイでビクンビクンしてる。

他の使用人たちは「なにやってんだこいつ……」というような顔で呆《あき》れているが、まあウチでは割とままある光景だ。

そしてスピード感についてこられなかったレイラは、ぽかーんとしている。

「まあ、こういう連中なんだ」

俺は肩をすくめながらレイラに向き直った。

「改めて、新たな魔法を授けてくれたことに礼を言おう。彼女、レイラは奴隷として俺に譲り渡されたが――」

俺の足元でおすわりしているリリアナを見やる。

「ペット枠じゃなくて、それなりに遇したいと思う」

「具体的には、どのような扱いをお考えですか。私兵か、食客か、使用人か、側仕《そばづか》えかで変わって参りますが……」

新たな魔法に夢中でアテにならないソフィアの代わりに、ヴィーネが遠慮がちに聞いてくる。正直、実質ペット枠の食客でもいいんだけどな。

「あ、あの……わ、わたしにできることなら、何でもっ、やりますっ」

しかし当のレイラは、両手をグッと握ってやる気を見せていた。

「そうだな、どういうことが得意なんだ？」

「あ……えと……その……」

一応本人の希望も聞いておくか、くらいのノリで尋ねると、途端にしおしおと元気をなくすレイラ。

「えっと……お掃除、とか得意です……」

「えっ、掃除……？」

「あ、あと、アイロンがけとか……」

「アイロン……？」

俺たちは顔を見合わせた。ホントどういう扱いを受けてたんだこの娘。

「書類仕事とかは、どうだろう」

「あっ、う……。文字は、読めません……ごめんなさい……」

「ま、魔法は？」

「人化以外……教わってません……ごめんなさい……」

「……ドラゴンとしては、どうだろう。ブレスとか、飛行とか……」

「ブレスは、ちっちゃい頃に、ちょっとだけ。大きくなってからは、怒られるので吐いたことがないです……あと、空は……」

スカートの裾をぎゅっと握りしめるレイラは、話しながら、どんどん小さくなっていくように見えた。

「空は、飛べません……【翼萎えの呪い】をかけられてて……その、ごめんなさい……」

怒られるのを恐れるように、泣きそうな顔をしているレイラ。


本当に……ただ、生かされていただけだったんだな、この娘は……


でも、そうか。考えてみれば当然だ。あの闇竜どもの、いったい誰が、この子に竜として必要な教養を、親切にも手取り足取り教えてあげるんだって話だ……！

俺の中に、ふつふつとこみ上げてくるものがあった——一言で言うなら、義憤だ。

「レイラ」

「はっ、はぃぃ……」

「今日をもってきみは、俺の部下となった。だから闇竜の思惑はもはや関係ない」

レイラの目線の高さに合わせて腰を落とし、ぽんと肩に手を置く。

「そして——俺のもとに来たからには。どこに出しても恥ずかしくない、立派なドラゴンになってもらう……!!」

「はっ、はぃぃ？」

目を白黒させるレイラ。

「とりあえず【翼萎え】とやらだ！　リリアナ!!　ふっとばすぞ！！！」

「わん!!」

ついでに闇竜に仕込まれてそうな妙な呪いもあったら丸ごと浄化しちまえ!!

……口には決して出さないし、出せないが。レイラを立派なドラゴンにして、彼女がその気になればいつでも魔王国を出ていって、ひとりで生きていけるようにすることが。

ファラヴギを屠《ほふ》った俺の、果たすべき責務だと思った。

†††

――夜明け前。

魔王城の住人の多くが床につく時間帯で、普段なら俺もボチボチおねんねするところだが、まず先にレイラの【翼萎え】をやっつけてしまうことにした。練兵場でレイラに人化解除の許可を出す。肝心の翼がないと、リリアナに解呪対象が伝わらないからな。

――朝日が差し込む練兵場では、主に獣人族の戦士たちが訓練に勤《いそ》しんでいる。魔族や夜エルフたちの姿はない。

「そ、それじゃ、あの……ホントに、いいんですか……？」

首輪を外されたレイラが、首をさすりながらおどおどと確認してくる。

『──危険です。何をしでかすかわかりません』

レイラを元の姿に戻すことに関して、手勢からは当然、反対意見もあった。

『お前たちの懸念はもっともだ。だがレイラは分別のある子だ。そのようなことはしないし、彼女にとってリスクが大きすぎることを、きちんと理解しているはずだ』

俺は危険性を認めた上で、それでも許可を出した。……口には出さなかったが、万が一レイラが襲いかかってきても、今の俺なら問題なくいなせる。反対派が大人しく引っ込んだのも、俺がファラヴギを単独で倒したという実績があるからだろう。

それでも念のため、練兵場には、ヴィロッサをはじめとした俺の私兵連中が、フル装備で控えている。特に、剣聖モードのヴィロッサは、いつでも斬りかかれるよう剣の柄《つか》に手を置いた状態で、汚名返上とばかりに目を光らせていた。レイラも萎縮気味だ。

「え、えと……」

「構わない、レイラ。早く翼を治してしまおう」

「は、はぃぃ……」

俺の言葉にこくんと頷《うなず》いたレイラが、しゅるっとワンピースを脱ぎ始める。

おっと。目を逸《そ》らす。視界の端で、白い肌の裸体が──ゆらりとブレるのを感じた。

その体軀《たいく》と魔力が、膨れ上がる。

練兵場に、朝日を浴びて鱗《うろこ》をきらめかせる、美しい白銀のドラゴンが姿を現した。おっと練兵場に広がる、兵士たちのどよめき。

「……強いな」

魔力。ファラヴギとほぼ同格じゃねえか……まだ年若い、ドラゴンとしては幼いと言ってもいい年齢を考慮すれば、かなりのポテンシャルを秘めている。体格は流石《さすが》にちょっと小柄だが、これから大きくなっていくんだろう。

うーん、と猫のように背伸びをして、尻尾をフリフリしているレイラ。その背中の両の翼は、醜く捻《ね》じれていた。あのときの、ファラヴギのように。

「背中に登ってもいいか？」

「ど、どうぞ！　狭い背中、ですけど……！」

シュバッ、と体勢を低くして構えるレイラ。狭い背中ってなんだ……？　ドラゴン族にはそういう謙遜があるのか……？

逃げ出すとか暴れるとか欠片《かけら》も考えてなさそうで、安心していいのやら、反骨心を完全に折られていることを嘆くべきなのやら。これで、俺が油断したところに噛《か》みついてきたら、間違いなく魔王国一の役者だ。

「リリアナ、いくぞ」

「わん！」

内心複雑だが、俺はリリアナを抱えてレイラの背中によじ登った。

翼――ドス黒い闇の魔力が、鎖のように絡みつき、根を張っているのがわかる。

「これだ。いけるか？」

「ぅわん！」

リリアナが、短い手（というか肘）でぺちっと翼の根本を叩《たた》いた。

膨大な光の魔力が一気に注ぎ込まれ、翼に根付いていた強い呪いが、一撃で、完膚なきまでに粉々に砕け散る。みるみるうちに、萎《しお》れていた翼に張りが戻っていく――！

「わぁ……！」

長い首を巡らせ振り返ったレイラが、目をキラキラと輝かせていた。

「すごぉい……！」

ぱたぱたと軽く翼を羽ばたかせて、レイラが心の底から喜び、はしゃいでいるのが伝わってくる。「よかったね！」とばかりに、俺の腕の中で微笑《ほほえ》み、きゅーんきゅーんと喉を鳴らすリリアナ。

あれだけ……ファラヴギを苦しめていた呪いが、こうも呆気《あっけ》なく。

あいつともっと違う出会い方をしていれば、こんな結末もあったんだろうか……

「あ、あの……ちょっとだけ、飛んでみても……いいですか……？」

「もちろん。試してみるといい」

レイラから降り、何食わぬ顔で答える。想像以上に軽いノリで許可が出てしまい、自分からお願いしておいてレイラはびっくりしたようだった。

「ありがとうございます！　え、えと……どうやるんだっけ……」

四本脚で立ち止まり、翼をピクピクさせながら考え込むレイラ。

「……いいのですか？　逃げ出すかもしれませんよ」

腕組みして見守る俺に、ソフィアがささやきかけてきた。

「……逃げられんよ」

俺は肩をすくめて、空を見上げる。

同盟の強襲作戦以来――ドラゴンによる哨戒《しょうかい》が強化されているのだ。

今も、遥《はる》か上空で、ドラゴンが編隊を組み飛んでいるのが見える。ドラゴンはびっくりするくらい目がいい……何か怪しい動きがあれば、急降下してきてブレスをお見舞いするだろう。――レイラが逃げ出す？　無茶を言うな。それがどれだけ困難かなんて同じドラゴン族のレイラにはよくわかってるさ……

「じゃ、じゃあ！　いきますっ!!」

ただ、当の本人は復活した翼にテンションが上がりまくりで、そういうことも全く考えてなさそうだった。トテトテと走って勢いをつけながら、翼を羽ばたかせている。

「……ドラゴンって、飛ぶのにあんなに助走が必要だっけか？」

「さ、さあ……いらなかったような……」

発着場のドラゴンは、地面を蹴りながら羽ばたいて、その場で離陸していた気が……

「えい！」

バッサァと翼を広げて、空中に跳び上がるレイラ。

おお……ちゃんと滑空できてるぞ！　まずは滑空から、そういうことか！

「――って、えっ、あれ!?」

が、そのまま羽ばたこうとしたレイラが、ビターンと地面に叩きつけられた。本来なら翼で風を押し下げなければいけないところを、反対に押し上げてしまったように俺の目には見えた。ズザザザーッと砂埃《すなぼこり》を巻き上げながら、練兵場を勢いよく滑っていくレイラ。

そして魔王城基部の岩壁に頭から突っ込んだ。

ずしん、と大きな揺れ。壁にとまっていた鳥たちが、驚いてぱたぱたと飛んでいく。

「……。レイラ！　無事かー!?」

呆気に取られていたが、ハッと我に返って駆け寄る。

レイラはぴくりとも動かない。死んだか!?

「……う……うう……」

心配した矢先、砂埃やら砕けた岩の欠片やらを顔面に付着させたレイラが、むくりと起き上がった。たら……、とその鼻先から流れる鼻血。

金色の瞳に、うるうると涙がたまっていく。巻き戻るようにして、その体が縮んで人の姿になった。痛みか、羞恥か、それとも情けなさか。顔を真っ赤にしたレイラは、ぺたんとその場に座り込んで「……うえぇぇぇぇん……」と泣き出した。

「あらあらにゃーにゃー！」

言わんこっちゃない、とばかりにワンピースを片手にピューッと駆けつけてくるガルーニャ。俺はレイラの傷を引き受けた。鼻いてぇ……

「うぅ……ごめんなしゃいぃ……！」

「……久しぶりだったんだから、仕方ないさ。これから練習しよう。な？」

「びぇぇぇぇ……！」

俺は振り返って、ソフィアに肩をすくめて見せた。その隣には、何か哀れなものでも見るような顔で、剣の柄から手を離したヴィロッサが立っている。

「先は長そうですね……」

ソフィアがお手上げのポーズを取り、小さく溜息《ためいき》をついた。

†　†　†

「ジルバギアス、喜びなさい。あなたに子爵位が授与されるわよ」

かつてなく浮かれた様子で、プラティが部屋を訪ねてきた。

「子爵ですか!?」

現在の俺は、魔王国貴族階級で一番下っ端の従騎士。そこから騎士↓準男爵↓男爵↓子爵↓伯爵……と続くので、一足飛びとかいう次元じゃない出世っぷりだ。

「ええ！　魔王国でも最年少よ」

でしょうねえ！　５歳児の子爵とか聞いたこともねえよ！　出世の要因はおそらく……

「ファラヴギ討伐の功、ですか」

――現在、部屋にレイラはいない。今頃はたぶん、ガルーニャに使用人の共有空間とか生活のアレコレを教わってるんじゃないかな。

「そうね。今回はお忍びの演習のつもりだったけど、相手が相手だったから、公式なものに変更されたわ。あなたの初戦果は『ドラゴン族の反逆者・ホワイトドラゴンの首魁《しゆかい》ファラヴギ』として記録されている」

……そうか。

「ドラゴン族の長クラスを、単身で討ち取れる戦士は、我ら魔族にもそう多くない。本来なら、伯爵に叙されてもおかしくないのだけど……」

ここで、プラティはソファに身を沈めて、少しばかり不満げに。

「流石に、若すぎるという理由で子爵に留《とど》めることになったそうよ」

でしょうねぇ。判断が妥当すぎる。

「あなたは……まるで他人事《ひとごと》みたいに落ち着いてるのね。わたしだったら悔しくて昼《よる》も眠れないところよ」

平然としている俺に、プラティは呆《あき》れ顔《がお》だった。いやだって……魔王国での地位なんて本質的にはどうでもいいもん……

「いずれにせよ、あなたが一気に子爵に叙せられたのは事実。そして何年従軍しても子爵以下でくすぶっているような連中はごまんといるわ」

　プラティはあざ笑うような、そしてどこか酷薄な光を瞳に浮かべた。

「身内のレイジュ族にさえ、表向きはあなたの出世を祝いつつ、陰では苦い顔をする者もいるでしょう。どのみち妬まれるなら、最初から伯爵でよかったとわたしは思うのよ」

　そういう考え方もあるか。

「そしてあなたが子爵になったからこそ、同格以上の戦士が何かにつけて絡んでくるようになるかもしれないわ。今までは『従騎士』の肩書がお守り代わりだったのだけどもね」

「お守り、ですか」

「『従騎士《ひよっこ》相手にムキになってみっともない』、そう笑われてしまうでしょう？　だけど子爵なら……一端の力の持ち主なら、そんな陰口を叩かれる心配もなくなる……」

　一人前の力を示したからこそ、堂々と喧嘩《けんか》を売れるってことか。

「生意気な若造の鼻っ柱を折ってやろう、というわけで」

「まさにその通り。面倒でしょう？」

　それなら最初から伯爵でよかった、というプラティの言葉の意味がわかってきた。

「どう対処すれば？　絡まれた先からブチのめしても構いませんか？」

「まさに、それを言いたかったのよ」

　俺が投げやりに問うと、プラティは凄絶な笑みを浮かべた。

「完膚なきまでに叩きのめしなさい。念入りに痛めつけなさい。あなたの力が、本来伯爵に相応《ふさわ》しいものであることを証明なさい。心を折って苦手意識を植え付ければ、そいつはあなたに対して『惰弱』になるわ。そうそう逆らえなくなるでしょう」

魔力が強い種族ならでは、だな。自分の魔力が呪いとなって己を縛る。そして逆に、今のうちに俺に苦手意識を植え付けておこう、なんて奴《やつ》も出てくるわけか。

「逆にそれでも心が折れず、何度も突っかかってくるようなら——なかなか見どころがあるわね。一目置いて友好的な関係を築いてもいいかもしれないわ」

ば、蛮族……！

「魔王国の階級はね、ジルバギアス。どれだけ偉いかじゃなくてどれだけ強いかなのよ。近頃は勘違いしている輩《やから》も増えてきたみたいだけど」

「地位に相応しい力を見せつけろ、ということですね」

「そうね。あなたの場合、むしろ地位が見合っていないことを示すといいわ」

……ただなぁ、ファラヴギを倒したときは、アレクサンドルの名を出したり聖属性を使ったり、切り札を全部突っ込んだからなぁ。俺が普通に出せる手札だけだと、子爵が順当な地位だったりして。

とはいえ、ウザ絡みしてくる連中は容赦なくブッ飛ばせ、って方針は気に入った。

「あなたがちゃんとした『戦』に出ることなく昇進したことについて、異議を唱える者は一定数いる、ということは覚えておきなさい」

………。

「本物の戦場の洗礼を浴びていない、という点では、彼らの言うことも一理あるかもしれない。わたしとしては、あなたにはもう、そんな通過儀礼が必要だとは思えないのだけれども。これればかりはあなたをよく知らないとわからないことだから……」

物憂げに、窓の外を見やるプラティ。

「期せずして、あなたは初陣を済ませたことになったけれども。同盟軍相手の戦も、経験するべきなのかもしれないわね……」

もう、そのときが来るってのか……？　早い……早すぎる……

「まあ、それについては追々考えましょう。ところで……また何か、妙なペットを手に入れたそうね」

ソファの肘掛けに頬杖《ほおづえ》をつきながら、もはや面白がるような様子でプラティ。

「俺としても予想外でした」

「どう扱うつもりなの？」

「私兵が一番近いかと。ソフィアに教育させるつもりです。また、ずっと人族の姿で生活を強いられていた影響で、ドラゴンとしての能力が著しく未発達です。あまり急がせずに訓練して、空を飛べるようになったら、俺個人で活用しようかと」

「あなた自身が乗るつもりなの？」

プラティが眉をひそめた。

「わたしは反対よ。魔王陛下はドラゴン族の反逆に備えて、決して飛竜には乗らないの。

ましてやその娘、レイラだったかしら？　あなたはその親の仇《かたき》なのよ。どんな気まぐれを起こすかわからないわ、移動には因縁のない他のドラゴン族を利用した方がいい」

「それについては全く同意見ですが、母上」

俺は膝の上で手を組み、思考を巡らせた。

それでも俺は、ドラゴン族との繋《つな》がりがない移動手段が欲しいんだよ。

「……俺としては、それを加味した上で、レイラが俺を乗せても構わない、と心の底から思えるほどの信頼関係を築くべきだと考えています」

「ふぅん……聞かせてちょうだい」

さぁて、うまく納得させられるかな。

「――ドラゴン族は全て、面従腹背だと俺は考えています」

俺の言葉に、プラティは真顔で小さく頷《うなず》いた。やはり魔族の間でも共通認識か。

「俺が彼らの立場であれば――今は大人しく従っておき、将来的に、魔王の世代交代などで国が揺れるタイミングを見計らって、何かしら行動を起こすでしょう」

「そうね。その可能性は非常に高いわ」

足を組み直しながら、プラティが相槌《あいづち》を打つ。

「そこでレイラです。闇竜たちは長らく彼女を冷遇していました。ホワイトドラゴンたちに対する人質でもあり、ドラゴン族内部の白竜派への見せしめでもあったようですが」

話によれば、白竜と闇竜はドラゴン族のツートップであり、魔王の支配下に入る前から何かにつけて争っていたらしい。しかし、魔王の傘下に入ってからは、魔族との折衝を闇竜が担当していた関係で、白竜派は徐々に勢いを失っていった。そして白竜たちの反逆がトドメとなって、魔王国内のドラゴン族は黒竜派が大勢を占めるようになった。が、元白竜派のドラゴンたちが、残らず消え失《う》せたわけではない。彼らは現在、黒竜派に恭順したものの、やはり冷遇され続けているそうだ。

「あくまで将来的な話ではありますが――有事の際、レイラを元白竜派の先鋒《せんぽう》として祭り上げられるのではないかと考えています」

　俺は慎重に本題を切り出した。レイラを俺の手元で、厚遇するための建前を。

「……なるほど」

　そして、その言葉だけで、プラティは俺の考えを察したようだった。

「救いと赦《ゆる》しを与えるわけね、元白竜派たちに。そして黒竜派と分断、対立させる」

「ドラゴン族の反乱の勢いを削《そ》ぐには、有効かと思います。魔王国に歯向かうリスクは、彼らも当然わかっているでしょうから」

　いくら反骨心が強いドラゴンたちでも、魔王国に従って安寧を得ようと考える者もいるだろう。そういう連中を、親ジルバギアスのレイラを旗頭とした白竜派に取り込めば、反乱竜の頭数を少なからず減らせる。そして、魔族に歯向かわずにいることのメリットを最大限に示すため、レイラを俺のもとで厚遇する――

　という理屈だ。もちろん本気じゃない。この計画を進めたところで、俺が最後にはしごを外せば、味方につこうとしていたドラゴンたちも怒り狂って、敵に回るだろうから。

「あなたの狙いはわかったし、レイラという娘を厚遇して手元に置くのも、悪くない考えだとは思うわ」

プラティがもっともらしく頷いた。

「でも、あなたがレイラに騎乗する理由にはならないわね。どんなに厚遇したところで、あなたはその娘にとって仇なのよ？」

「その通りです。どれだけ厚遇しようと――」

俺は、表情が苦み走らないよう、抑えるのに苦労した。

「――肉親を殺されたという事実は、どんな形でも埋め合わせはできません。失ったものは、二度とはかえらない。憎しみは心の奥底でくすぶり続ける……」

ただし、と俺はプラティの目をまっすぐに見ながら、言葉を続ける。

「その怒りを、憎しみを、それを超越する崇高な目標を据えることで、理性で律することは可能です」

「……というと？」

「レイラに教育を施します。感情ではなく、合理で思考する方法を。その上で、俺は彼女と話し、語り合いましょう。魔族とドラゴン族の未来を。レイラが俺を殺すより、俺と手を取り合ってでも、一族の未来を切り開いた方がいいと判断できるように」

――真の協力関係を築く。

恐ろしいことに、俺は今、嘘《うそ》を言っていない。

俺とレイラは、いつか語り合うだろう――魔族とドラゴン族の未来を。

「そして……まあ、これは最終手段ですが、彼女の同意があれば、俺の魔法で嘘を禁ずることもできます。腹を割って話し合えば、殺意の有無くらいは確認できるでしょう。それでも怪しかったら諦めますよ」

俺はおどけてお手上げのポーズを取ってみせた。

「信じた竜に裏切られ落下死なんて、歴史書に記されるのは御免ですからね」

「まあ……そこまで言うのなら、あなたに任せるわ。今日明日の話ではないようだし」

プラティは肩の力を抜いて、ソファに身を預けた。俺が盲目的にレイラを信用するわけじゃないよ、と明言したのが効いたのだろう。

「あなたは、どこでそういう考え方を学んだの？　やはり、ソフィアの教育？」

「それ以外にありませんよ」

「……まあ、そうよね。今の質問はどうかしてたわ」

頬に手を当てて、苦笑するプラティ。穏やかな表情で、目を細めて、俺を見つめる。

「あなたは自慢の息子だわ」

誇らしげな声で。

――プラティの顔が、一瞬、前世のおふくろの顔と重なって見えて。

俺は必死で、それを打ち消した。

ただでさえ……もう、おぼろげで、思い出せなくなりつつあるのに。

思い出まで、上書きされて、たまるものか。

肉親を殺されたという事実は、どんな形でも、埋め合わせはできない。

失ったものは、二度とかえらない。

憎しみは、心の奥底で燃え続けるんだよ。プラティ。

†　†　†

レイラについての話し合いが一段落したら、プラティが「せっかく演習から帰ってきたことだし、手合わせでもしましょうか」と言い出し、訓練する流れになった。脳筋！

——魔王城から馬車でしばし、郊外の森のほとり。

普段なら練兵場で訓練するところだが、今回は部外者の目がない場所が選ばれた。俺が剣槍《けんやり》を使うからだ。プラティは、一応は許可を出してみたものの、普通の槍の方がマシそうだったら、人目に晒《さら》される前にやめさせるつもりらしい。

言うならば、これは試験。こいつぁヘタ打てねぇな。

やるぞアダマス、俺たちの可能性を見せつけてやろうぜ！

そう胸の内でつぶやいたら、鞘《さや》に収まった聖剣がプルプルしだした。

……やめろ！　まだその時じゃない！

そこまでやる必要はない!!　目覚めるな!!

――などと、秘められた力を解放しかける聖剣を、俺が必死になだめていると。

「あなたがヴィロッサね」

警護についてきたヴィロッサに目を留め、プラティが声をかけた。

ヴィロッサはいつものように、弓を背負い、黒染めの革鎧《かわよろい》を身に着けた、夜エルフにありがちな猟兵スタイルだ。腰の細身の剣だけが、彼らしさを主張している。

「夜エルフでありながら、剣を極めるとは大したものね」

「はっ。……光栄です。まだまだ、底は見えませぬが」

慇懃《いんぎん》に、穏やかな表情で一礼するヴィロッサ。しかし俺の目には、（いったい自分に何の用だ……？）と警戒しているようにも見えた。

「わたしは、剣聖とは数えるほどしか戦ったことがないけれど」

なんでもないことのように、プラティは言う。裏を返せば、剣聖相手に何度も生き延びてきたってことだ……

「あなたの腕前が見たいわ。少し相手をしてちょうだい」

「はっ。……は？」

反射的に頷いてから、ヴィロッサが怪訝《けげん》な声を上げる。

「ジルバギアスには天賦の才があると、あなたが太鼓判を押したという話ね。でも、一口に剣聖と言っても、ピンからキリまであるわ。どの程度の剣聖がジルバギアスの才能を認めたのか——知りたいのよ。なら、自分で確かめるのが一番でしょう？」

そうか……わざわざ人気のない場所を選んだのは、それも目的だったのか。

「わたしの身体《からだ》を傷つけることなら、心配しなくていい。たとえあなたに敗れることになっても、へそを曲げるほど狭量ではないつもりよ」

不敵な笑みを浮かべるプラティ。大公妃がどうやら本気らしいと悟って、ヴィロッサの周りにいた者たちがそそくさと距離を取る。

「…………」

ひとり残されたヴィロッサが、無言で俺を見つめてきた。何となく、助けを求められている気がしたが、残念ながらプラティはやると言ったらやる女だ……俺は首を横に振る。

「……かしこまりました」

ちょっとだけ渋い顔をしてから、ヴィロッサが剣の柄《つか》に手をかける。その姿がぶれたかと思うと、人族の剣士がそこにいた。

剣聖の抜刀は、不気味なほど音を立てない——

だらりと業物の剣を下げた状態で、自然体に構える。

「手合わせ願うわ」

相対するプラティは随分と楽しそうだ。その槍の腕前は、俺も身にしみているが、果たしてヴィロッサと戦うとどうなる……？

「……では、失礼します」

ヴィロッサの顔から表情が消えた。こちらも、やると決めたらやる男だ。チャッ、と刃を返すと同時、夜エルフの敵を惑わす歩法で、踏み込む。

異次元の加速。剣聖の真骨頂。

ぎらりと凶悪な光を放つ刃が、一切の容赦なくプラティ目掛けて振り下ろされる。

「ほう」

ヴィロッサの勢いを殺すように後退したプラティが、槍を緩く振るって剣を打ち払おうとする。しかし、刃はぬらりと空中で軌道を変え、プラティの槍をかいくぐり、プラティの腕を斬り飛ばさんと動く。

「あは」

プラティが短く笑った。——槍から手を放し、平手打ちのように横から刃を叩《たた》き、寸前で軌道を逸《そ》らす。さらにもう片方の手で槍を押し込み、柄で殴りつけながら、体当たりじみた反撃を敢行。

体勢を崩されたヴィロッサが顔を歪《ゆが》め、しかし、その反動を利用して身体を回転、目にも留まらぬ斬撃を放った。夜の森に弧を描く、銀の残光——

プラティは槍で受けた。ギィンッと甲高い金属音が響き渡り、火花が散る。

そして両者ともに、弾《はじ》かれたように距離を取った。相手の隙を窺《うかが》うように睨《にら》み合う。

「……参ったわね」

しかしすぐに、プラティが肩の力を抜いて、構えを解いた。

「あなた今、手を抜いたでしょう」

槍を顔の高さに掲げて、月明かりに照らして見ながら言う。

「まともに斬撃を受けてしまった。その気になれば、槍ごと切り裂けたはずよ」

「……しかし、一撃でお命を頂戴することはできませんでした」

こちらも剣を下ろし、首は獲《と》れず、ヴィロッサが少しばかり渋い顔をする。

「あの角度では、首は獲れず、胴を狙っても即死とはいかぬはず。半端な傷をつければ、奥方様の転置呪で傷を返されて終わりです」

剣聖の弱点、それは魔法抵抗の低さ。よほど上物の魔除《まよ》けのお守りでも身につけるか、強力な魔法使いの援護でもない限り、呪いの類には無力だ。

「転置呪がなければ、あなたの勝ちだったということよ」

プラティは肩をすくめる。

「認めましょう。あなたはわたしが戦った剣聖の中でも、指折りの使い手。あなたが味方であることを喜ぶわ」

「身に余る光栄です、奥方様」

剣を鞘に収め、一礼するヴィロッサ。いやぁ……短い攻防だったが、やっぱふたりとも強えわ。俺も、もっと気合を入れないとな……

「というわけで、ジルバギアス」

くるりとプラティが俺に向き直った。

「言うまでもないことだけど、剣聖と魔法抜きでやり合うのは無謀よ。今まで何人の槍自慢が、己の腕を誇示するため、戦場で剣聖に挑んで首をはねられたことか。剣聖を見かけたら、接近される前にありったけの呪いを叩き込みなさい。……実際は勇者や神官と一緒に動くことが多いから、そう簡単ではないけどね」

「わかりました」

「正直、人族の勇者は、聖属性以外はそれほど大したことがないから、特に剣聖への警戒を怠らないことよ」

何、だとォ……いくらプラティといえど聞き捨てならねえ!!

「そのうち、あなたに聖属性の使い手を実際に見せてあげたいけれど……これればかりは時の運だから、何とも言えないわねぇ」

悩ましげに溜息《ためいき》をつくプラティだったが、「まあいいわ」と笑顔を浮かべる。

「さて、次はあなたの番ね。ヴィロッサが認めたという天賦の才——剣と槍の融合とやらを見せてもらいましょうか」

上等だコラァ！　目にもの見せてくれるッ！

いくぞ、アダマス！　勇者の誇りを叩きつけてやれ！

……あっ、いや、目覚めなくていい！　目覚めなくていいから!!

俺はどうにか聖剣をなだめすかし、遺骨と融合させて、剣槍とした。

「では、参りますは母上」

ムカつく心を押し殺して、冷静に。俺は全身に魔力を漲《みなぎ》らせ、プラティに斬りかかる。

「――【我が名はジルバギアス】」

プラティを見据えながら、俺は名乗った。

「――【勇剛たる魔族の猛者なり！】」

基本、プラティとの稽古は魔法抜きだが、互いに防護の呪文と、俺の【名乗り】は許されている。実戦でも常用する、大前提の魔法だからだ。

ぐんっ、と存在の格が膨れ上がる感覚。世界が俺に合わせて捻《ね》じ曲がっていく。

自然の法則がひれ伏していく――まるで自分が巨大な鋼の塊にでもなったようだ。

あるいは、振り下ろされる巨人の剣。今の俺の突進は、ドラゴンに匹敵するぞ！

「あははっ！」

興奮で瞳孔が開ききった目で、プラティが凄絶に笑う。

「見違えるわ、ジルバギアス！」

魔力を練り上げたプラティが、全力で槍を突き込んできた。

その巌《いわお》のような存在の力が、研ぎ澄まされた刃に全て乗せられて。

まともに受ければ必殺の威力が、容赦なく躊躇《ちゆうちよ》なく叩き込まれる。

俺は――しかし、迫る穂先をしかと見切っていた。

プラティの槍に、剣《アダマス》の刃をそっと這わせる。そして一息に円運動で槍を巻き込み、跳ね上げた。突きをいなす剣術の応用を、槍の間合いでやる。

もちろん槍でも似たようなことはできるが、柄を滑走する刃の危険度が段違い。

「まあ！」

プラティが嬉《うれ》しそうな声を上げた。うかうかしてると指がすっ飛ぶぜ！　力ずくで俺の動きを抑えようとするプラティ、だがすぐに俺の罠《わな》に気づいて素早く身を引いた。

剣槍を跳ね上げた俺の体勢が――そのまま刃を斬り上げる構えになっている。

槍ならここで『叩く』とこだよな。単純な打撃なら、受ける側が柄を打ち据えたり摑《つか》んだりで、攻め手の動きを封じることもできただろう。

だが、それが刃ならどうかな。

下手に触れれば切り裂くぜ。俺の勢いと魔力が乗りに乗った一撃――このまま突き進めばプラティの胴を割る。得物で受けるか、四肢のいずれかを差し出すか。

選びな！

魔力と腕力に物を言わせ、強引に二択を押し付ける。轟《ごう》と風が渦巻き、眠れる聖剣が空を切り裂く。

「――ははッ！」

不敵に笑ったプラティは、ぐるんっと槍を回転させ斬撃を受け流そうとした。

だが、押し通す！　プラティの魔力も大したものだが、【名乗り】で強化すれば俺も食い下がれる。純粋な腕力勝負では五分に持ち込める――

「──ォおおッ！」

魔法の金属の槍《やり》の上を、火花を撒《ま》き散らしながら刃が滑走していく。このままでは指が飛ばされる。悟ったプラティが身体を仰《の》け反《ぞ》らせ、曲芸のように繰り出した膝蹴りで、俺の刃を横から打ち据えようとした。

──そう来ると思った。魔族の槍術《そうじゅつ》は、体術との複合戦闘術。ヴィロッサの刃を、平手打ちで逸らしたように。

予《あらかじ》め備えていた俺は、プラティが体を仰け反らした瞬間に、手をひねった。

刃の向きを、横から縦へ。プラティの膝蹴りを、真正面から『受ける』。

すなわち、刃で。防護の呪文──？　そんなもん。

「ぶち抜けッ！」

瞬間的に、全ての力を刃に注ぎ込む。勇者時代、少ない魔力を効率的に運用するため、身に付けた技術。魔力の総量で劣るなら、一点に集中させて補う。

ぶるっと身震いした聖剣は、色褪《いろあ》せたままでありながら俺の魔力を漲らせ──防護の呪文を、紙のように引き裂いた。

そして獰猛《どうもう》に喰《く》らいつく。パキィ！　と乾いた音。

「──ッつぅ！」

膝小僧を真っ二つに割られたプラティが、流石《さすが》に痛みで顔を歪める。だがその動きは止めない、止まらない。槍の石突を繰り出し、俺の鳩尾《みぞおち》を狙う。

今度は逆に、俺が左手でそれを払いのけた。まるで盾で弾くように。

そして右手の槍を一瞬手放し――短く握り直す。まるで剣のように。

互いの瞳の、虹彩《こうさい》の模様までくっきりと見えるような至近距離。

ああ、そうともさ。剣の間合い、だ――！

「――シッ！」

短く呼気を吐き、横合いに一閃《いっせん》。首刈りの刃が迫る――

「――――ッ！」

目を見開いたプラティが、左腕を掲げて首を防御する。腕を犠牲にしてでも致命傷を避ける構え。だが俺は寸前で、また手を捻《ひね》って、刃を横向きにした。

ビタァンッと刃の腹がプラティの腕をしたたかに打ち据えた。衝撃を殺しきれず、勢い余って角に直撃。金属と角がぶつかり合う、鈍い音が響く。一瞬、白目を剝《む》いたプラティがガクッと膝をついた。

……魔族の角は、頭蓋骨に直結してるからな。強い衝撃が加わると目を回しちまうんだよ。どんな兜《かぶと》をかぶっても角だけは飛び出ちゃうし、魔族の数少ない弱点と言っていい。

――ここまで接近して強い衝撃を加えるのが、死ぬほど難しい点に目を瞑《つぶ》ればな。俺は無言で、膝をついたプラティにとどめを刺す仕草をしてから、改めて距離を取った。

「……すごい」

背後で見守っていたガルーニャが、息を吐きながらつぶやいた。俺が最後まで刃を振り抜いていれば、プラティの首が胴体と泣き別れになっていたのは明らかだった。

……初めてだ。プラティに、膝をつかせたのは。

魔力の一点集中、勇者時代は多用していたが、今世で戦闘中に使えたのは初めてだ。槍だと握り手から穂先までが遠すぎて、なんかこう、感覚的にうまく出来なかったのだ。

だが、剣の延長線上で使える、この武器なら。

しかも穂先になっているのが、前世の聖剣なら。

思うように――発動できた。

「……ふ、ふふ……」

意識を取り戻したプラティが、うずくまったまま、低い声で笑い出した。

「……素晴らしぃ！　素晴らしいわ、ジルバギアス!!」

ガバッと起き上がり、その目を爛々《らんらん》と輝かせて。

「天賦の才、まさにそうとしか呼びようがないわ！　ヴィロッサの言葉は正しかった！」

喜色満面のプラティに、後方で腕組みして見守っていたヴィロッサがうんうんとうなずいている。演習の帰り道も、ヴィロッサと何度も手合わせして身体《からだ》に馴染《なじ》ませたからな。

魔族としての槍術と、勇者として培った剣術を……

そして、魔力の集中強化の感覚まで取り戻せたのは、大きな収穫だ。

「本当に……驚いたわ。あそこまで容易《たやす》く防護を破られるとは思ってなかった」

血が吹き出る膝の傷を、愛《いと》しげに撫《な》でながらプラティ。

「あ、治療します」

俺はプラティの傷を引き受ける。……いや膝小僧割れるのクッソ痛ぇな!?ってか頭も痛っ！　鈍痛！　角の芯から頭の奥まで響く！　へなへなと膝をついた俺に、リリアナが「うわんうわん！」と駆け寄ってくる。いつもいつもすまないねぇ……

「見事。見事よジルバギアス。あなたの可能性、しかと見せてもらったわ」

ぺろぺろされて傷を癒やす俺に、プラティが満面の笑みを見せる。

「そしてあなたが言うように、その武器の使い方は魔族の槍術とは趣が違うようね。まだまだ荒削りなところもあるけど、ヴィロッサとともに洗練させていきなさい。あなたは、その新しい『槍』の創始者として、歴史に名を残すでしょう」

「はい、精進します」

誰にも伝授するつもりはねーけどな。

「ああ、楽しみでならないわ。今のあなたでこれほど手強《てごわ》いんですもの。魔法を組み合わせたらどれだけ可能性が広がることか……！」

ウキウキしているプラティだったが、ふと口元に手をやって考え込む。

「……そうね。子爵にもなったことだし、その強さなら充分でしょう。これからは訓練でも、あらゆる魔法や汚い手も解禁しましょうか」

「えっ」

……もう!?　やっと手が届いたと思ったのに……!?

「よし。ジルバギアス、傷は治ったでしょう？　もう一度やりましょう」

笑顔のまま、とてつもなく楽しげに、ゆらりと槍を構えるプラティ。

「負けっぱなしじゃ親の面目が立たないもの。わたしの奥の手も見せてあげるわ」

ええ……げんなりする俺をよそに、腰のベルトから、携帯モードの予備の魔法の槍を二本、抜き取るプラティ。

「【来たれ、カタクリシス】」

プラティが唱えると同時。その背中から半透明のゴツい腕がニョキニョキッと生えた。

「……は？」

は…………？

「わたしの契約悪魔、カタクリシスの腕よ。あなたが悪魔を飼ってるみたいに、身体の中に受け入れてるの」

そして、予備の魔法の槍を空中に放り投げ――

悪魔の腕が、それをしっかりと握り、構える。

自前の腕と背中の腕、あわせて三本の槍。三槍流《さんそうりゅう》……だと……。

「さて、やりましょうか」

ニコニコ笑顔で迫るプラティ。大人気なさすぎじゃん……今日くらいは花を持たせてもいいだろ……！

『負けるな勇者アレクサンドル！　目にもの見せたれい！』

アンテがゲラゲラ笑いながら発破をかけてきた。

……ええい、やってやらァ！

俺は半ばやけくそ気味に、三槍流のプラティに突っ込んでいった――

†　†　†

プラティが本契約しているのは【嗜虐《しぎゃく》の悪魔】カタクリシス。悪魔の中でもアスラ族と呼ばれる武闘派で、腕がいっぱい生えてるので契約時に分けてもらったとか。

『アスラ族、格が上がるごとに腕が増えていくからのー。あんまり増えると本人的にも鬱陶しいみたいじゃし、邪魔な腕を減らせてラッキーくらいのもんじゃろな』

そ、そうなんだ。そういう事情は知らなかったな……ともあれ、アスラ族なら戦場でもたびたび出くわしたことがある。腕が6本とか8本とか生えてて、それぞれの手で武器をぶん回してくる厄介な相手だった。だが俺は勇者時代、そんな連中も倒してきたんだ！

「腕が3本になったくらいが何だ！　絶対に負けない！」

そう啖呵《たんか》を切って挑んだが――

「あらあら、威勢がいいことね!?」

めっちゃいい笑顔で、プラティは魔力に物を言わせて両手の槍をぶん回してきた。それはもうブンブンと。まるで槍の暴風。息もつかせぬ波状攻撃で俺の動きを制限しながら、時折、狙い澄ました一撃を放ってくる。

盾！　盾が欲しい！　勇者時代の俺には、左腕の盾があった！

「ほらほら最初の勢いはどうしたの!?　そんな調子じゃ勝てないわよ!!」

次々に連撃を叩《たた》き込みながらプラティが煽《あお》ってくる。自分から殴り込んだはいいが、俺は防戦一方。

「――【多槍流を禁ず！】」

魔法解禁、ということで俺も制約の魔法で対抗したが、その度にバチィッと革紐《かわひも》を引き千切るような音とともに振りほどかれ、攻撃の手が止《や》むことはない。

つーか背中の腕を出してからちょっとパワーアップしてねえか、プラティ!?　それでも、呪いを振りほどく一瞬、動きが鈍るのは確かなので――その隙を狙うしかないと俺が負傷を覚悟した瞬間。

鋭く突き出された背中の槍が、俺の頬をかすめて、チッと小さな傷をつけた。プラティの目がぎらりと光る。

「――【苦しみ果てよ《サディズモス》！】」

頬の傷が燃え上がった。まるで赤熱した数百本もの針を一度にねじ込まれて、さらに塩まで塗りたくられたような激痛。

「ぐえぇぇッッ!?」

『んぎゃぁぁッ!?』

かすり傷のはずなのに、想定外の痛みに変な声が出る。そして俺の中のアンテまで痛みを共有してしまったらしく、妙な悲鳴を上げていた。思わず動きが止まる俺に、追撃の槍が叩き込まれる。肩、膝、死には至らない軽めの傷だが、こちらも同様に痛みが爆発。

「――っ」

『――――ぁぁッ！』

もはや悲鳴すら上げられず――アンテも俺の中でひっくり返っていた――痙攣《けいれん》しながら倒れ伏す俺の前で、プラティはくるくると槍を回しながら満足げに頷《うなず》いた。

「これが、嗜虐の悪魔の権能よ。痛覚の増幅、魂を灼《や》く苦痛の呪い……」

自分がつけた傷を起点に、魂に苦痛をもたらす魔法……！　だから俺の中のアンテまで同時にやられたわけか！　リリアナにぺろぺろしてもらって、とりあえず傷を治す。呪いも吹っ飛んでいったらしく、魂を苛《さいな》む痛みは消滅した。

『……ふ、ざ、け、おってェ！　我が安息の間に、汚水をぶち撒けるがごとき所業を！』

いや、お前の安息の間でもねえよ!?　俺の魂だよ!!　人様の魂を快適なお部屋扱いしてんじゃねえ!!

「半端、なく、痛かった、んですが……」

肩で息をしながら苦言を呈す。

「そうね。それは普段の100倍くらい痛いはずよ。下限は2倍から……上限はどれくらいかしら？　たぶん3000倍ぐらいまで痛覚を高められると思うわ」

痛覚を感度3000倍に……!?

『流石《さすが》にフカしすぎじゃろ、そんなもん痛みだけで発狂即死するわ』

だ、だよなぁ。感度3000倍なんて、常人が耐えられるはずがない。

「ちょっと、えげつなく、ないですか」

「えげつないわよ。だって悪魔の魔法ですもの。それを言うならあなたの魔法も大概じゃない、わたしだからまだ振り払えるけど」

伊達《だて》に大公妃を名乗ってないってわけだ……！　そしてプラティは魔王国において癒者《ヒーラー》でもある。治療の過程で苦痛を与える機会なんてありふれてるだろう、だから悪魔の権能で力も育てられる……いや、待て、治療？

「母上、その魔法。転置呪と組み合わせたり……」

「するわよ、もちろん」

クソすぎる……!!

「魔法解禁を宣言したにもかかわらず、あなたは呪いに対してあまりに無防備だったわ。だから苦痛の呪いも、最大限に効力を発揮してしまったわけ。相手が何をしてくるかわからない。その警戒心を忘れず、どんな呪いにも抵抗できるよう常に心を強く持ちなさい」

「……はい、母上……！」

畜生……これだから魔族って奴《やつ》はよォ!!

「さて、心構えができたところで、もう一戦やりましょうか。わたしがあなたの魔法を振り払えるんだから、あなただってこの呪いに抵抗できるはずよ」

……やってやらァ！　アンテ、俺たちの意地を見せてやろうぜ!!

「…………」

意気込む俺をよそに、スッ、とアンテが出てきた。

「――我はここで見届ける！　お主の勇姿を!!」

そして、ごろりと地面に寝そべりながら、宣言した。アンテ、てめぇぇぇぇぇぇ!!

頬を痙攣させる俺、爆笑するプラティ。

「ああ。仲が良いのは良いことね……良好な関係を築けているようで何よりだわ」

笑い過ぎで出てきた涙を拭い、プラティがニヤリと笑う。

「アンテ、お前、俺の盾になれ！」

「イーヤーじゃ！」

「お前がまとわりつけば、ちょっとは時間稼げるだろ！」

「我は運動が苦手じゃ。1秒たりとも稼げんわ」

「ンなことでドヤ顔すんな！」

「――【多腕を禁ず】。ほれ、定期的に援護してやるから、それでよしとせい」

……………クソッ、地味にそっちの方が有効なの腹立つな!!

「話は終わった？　それじゃあ、ジルバギアス」

優しい口調で、プラティは言った。

「死ぬ気でかかってきなさい」

ガッツリと槍《やり》を構えながら、滑るような足取りで間合いを詰めてくる。

……あとで聞いたけど、これに加えて闇属性の呪文諸々《もろもろ》と、プラティも両親が名家出身だから、転置呪以外の血統魔法も使えるんだってさ。

「それらは次回以降のお楽しみね。あなたの成長が待ち遠しいわ……」

ボコボコにされて、ボロ雑巾状態の俺を抱き上げ、愛しげに頭を撫でながらプラティはそう言った。

クソがよ……これだから魔族って連中は……！　次回はファラヴギの鱗鎧《シンディカイオス》を装備して臨んでやる、と俺は心に決めた。魔法や呪いに抵抗力のある鎧《よろい》を用意した、俺の先見の明が光る……ッ！　まさか……訓練で必要になるとは、……思ってなかったけど……

心身ともに消耗しきった俺は、そこで気絶した。

†　†　†

「……んぁ」

気づけば、自室のベッドで寝かされていた。

窓を見やれば、カーテン越しにおひさまの光。

どうやら魔族的に中途半端な時間に起きちゃったらしい。

「……前にも、こういうことあったな……」

あれは……初めて人族の兵士たちと戦わされた日のことだったか。疲労困憊《ひろうこんぱい》で早寝したら、今くらいの時間に目が覚めたんだっけ。

部屋の隅の棚には、今も5つの髑髏《どくろ》が安置されている。死してなお、アンデッドとして闇の輩《ともがら》に使役されることのないよう、俺が所望したものだ。

……彼らは死後も、冥府から俺のことを見守ってくれているらしい。枕元に立てかけられていた槍状の遺骨を手に取り、改めて祈りを捧《ささ》げる。

いつもすまない……そして、ありがとう……！

「くぅー……くぅー……」

俺の隣では、リリアナがスピスピ寝息を立てていた。さらに人化したアンテまで、寝相悪く腹を丸出しにしていびきをかいている。あえて俺の中に戻らず、下等生物のように惰眠を貪ってみるか——という趣向だろう。こいつ、人の体エンジョイしてやがるな……

ふたりを起こさないよう、そっとベッドから抜け出す。俺のぬくもりを求めてか、リリアナがもぞもぞと身じろぎしたが、そのままアンテにすり寄って、安心したように再び穏やかな寝息を立て始めた。アンテも「んが」と声を上げたが、抱き枕のようにリリアナを抱き寄せて爆睡継続。うむ、仲良きことは美しきかな……

リリアナが、こうも安心して無防備に眠っていられる。それだけで、俺さえも救われたような気持ちだ。たとえそれが記憶を封印された末、愛玩動物に成り下がって得た仮初の平穏だとしても……彼女の心の安息が、少しでも長く続くことを祈らずにはいられない。

「お目覚めですか」

部屋から出ると、扉の横の小椅子に腰掛けて、ソフィアが読書していた。

「ああ。何か飲み物と軽くつまめるものを頼めるか。サンドイッチとかでいい」

「かしこまりました」

パタン、と本を閉じてソフィアが下級使用人に指示を出しに行く。

「あ、そうだ。せっかくだからバスケットにでも詰めて持ってきてくれ。城のどこか他所《よそ》で食べよう」

「こんな真っ昼間にですか？　わかりました」

また妙なことを、とばかりに首を傾《かし》げるソフィア。お前にはわからないだろうな、俺のおひさま大好きソウルは……。待つことしばし、ソフィアが戻ってきた。

メイド服姿のレイラをつれて。

「あっ……えへへ……どうぞ、サンドイッチとお飲み物、です……」

にへら、といつもの愛想笑いを浮かべて、バスケットを差し出してくるレイラ。

「……大丈夫なのか、寝てなくて」

びっくりしながら、バスケットを受け取る。なんでレイラがこの時間帯にメイドを？

「あっ、大丈夫、ですぅ……体調は、いいっていうか、わたし光属性なんで……」

ふへへ……と仄暗《ほのぐら》い自虐的な笑みを浮かべて、ちょっとうつむくレイラ。

「……不眠症気味のようでしたので、昼のローテーションに組み込みました。メイドは、本人の希望です。何もしないのは落ち着かないとかで……」

ソフィアが軽くお手上げのポーズを取りながら解説する。

「そ、そうか……わざわざ働かなくても、勉強とかでもいいんだぞ？」

「あっ、ひ！　あのっ、お勉強も……頑張ってます、し、とってもありがたいんですけどやっぱりずーっとお勉強っての何か違うかなってていや決して嫌いというわけではないんですけれどもその――」

慌て気味に早口になってふるふると首を振るレイラ。ああ……いくら大切だとわかっていても四六時中お勉強はイヤなのね……気持ちはよくわかるだけに、何とも言えねえ。

俺とソフィアは顔を見合わせて、小さく苦笑した。お互い、勉強は絶対イヤと反抗していた俺の小さな頃――今でも５歳だが――を思い出してのことだ。

レイラは怒られるのを恐れる子どものように、身を縮こまらせている。

「きみの好きなように過ごしていいよ。きみが苦しくないように、楽しいようにやるのが一番さ。俺としては、何かを急ぐわけでも、急《せ》かすわけでもないから」

俺は努めて気さくに、そう告げた。

「きみは……比較的、自由だからな」

結局は俺の隷下であることは変わりないので、そういう言い方になってしまう。

「さて、じゃあどこかで食べてくるかなぁ」

「お供します」

「あっ、じゃ、わ、わたしも……」

身辺警護を兼ねるソフィアは当然としても、レイラもついてくることになった。腰には聖剣《アダマス》と丸めた遺骨、手にはサンドイッチ入りのバスケット。我ながら妙な格好で魔王城を歩く。

――こういうピクニック気分に合う場所と言ったら、俺は一箇所しか知らない。


「わぁ……お花がいっぱい……」

魔王城の中庭。さんさんと陽光が降り注ぐ、蛮族らしい乱雑な植物園は、秋の草花で賑《にぎ》わっていた。レイラはここを訪れるのは初めてらしく、オレンジや紫、黄色と色とりどりの花を見て目を輝かせている。

「あ、それ毒草だから気をつけてな」

「ひぇっ……」

しかし、レイラがしゃがみ込んで不用心に匂いを嗅ごうとしていたのは、確か痺《しび》れ薬の原料だったはずだ。ぴょんと猫科じみた跳躍で距離を取るレイラ。その動きに何となく、彼女の父親ファラヴギの面影を見た。アイツも、あんなふうに俊敏に動いていたな……。

「えっ、あれ!? 誰かいらっしゃるんですけど……!?」

そして飛び退《の》いた先で、足元を見て驚くレイラ。ぶわっ、と魔力の圧を感じた。まるで隠蔽の魔法が解かれたみたいに。俺が不審に思って見に行くと——

「ぐぅ……」

草花に埋もれて、スヤスヤ眠っているヤツがいた。

第6魔王子、『眠り姫』トパーズィアだ。こんなところで独りお昼寝中……!?

「んん……」

ちら、と薄目を開けるトパーズィア。珍しく起きたのか？　と思う暇もなく「むにゃ」とつぶやいて寝返りを打ち、強烈な魔力の波動を放ちながら、フッと消えた。

いや、隠蔽の魔法をかけ直したのか。一瞬、めちゃくちゃ眠くなったぞ。今のが、噂《うわさ》に聞く、アイオギアスさえ一発で沈めたことがあるという睡魔の波動か……

「あ～……俺の姉だ。害はないから放っておこう」

「は、はぁ……」

同じく、一瞬睡魔に襲われたらしいレイラも、目をぱちくりさせている。

「ここは魔王城でも数少ない、平和で静かな場所だからな。そうだ、ソフィア。せっかくだし、色々と草花のことでも教えてあげたらどうだ」

「わかりました。レイラ、これはムラサキ賢者草の花ですよ。賢者草は煎じて飲むと心を落ち着かせる作用がありますが、中でも紫色の花を咲かせるものは非常に作用が強く——そしてこちらはアカバネ草、煮汁に強い脱毛作用が——」

ソフィアがその豊富な知識を披露し、気を取り直したレイラも、しゃがみ込んで実物を観察しながらほうほうと興味深く聞き入っている。

そんなふたりをよそに、俺は中庭のベンチに腰掛け、バスケットを開けてサンドイッチをぱくつく。暖かな日差し、植物園で戯れる見目麗しい娘たち（悪魔と白竜）、俺の魔族の目には少しばかり眩《まぶ》しいが、心休まる光景だな……

ドワーフ製の密閉ゴブレットを手に取り、お茶を一口。うむ……これが平穏……


──などと思ってたら、急に目の前が真っ暗になった。


「だ〜れだ」

何者かのひんやりした手が、俺の目を覆っている。背後から。

思わずゴブレットを取り落としそうになる。油断していたこともあるがマジで気配が感じられなかった。さっきから不意打ち食らい過ぎだろ俺！

「──いや誰だよ!?」

手を払って振り返れば、にんまりと笑う女と目が合った。外連味《けれんみ》のあるピンクの服の上にローブを羽織り、目深にかぶったフードからは色白な肌と紅をさした唇が覗《のぞ》いている。

美女──と言っても差し支えない、しかしどこかとらえどころのない人形じみた顔立ち。

「離れなさい！　何者ですか！」

異変に気づいて、ソフィアがすっ飛んでくる。謎の美女はその気迫に「わぁっ」とわざとらしく驚いた様子で、数歩下がった。

続いて駆け寄ってきたレイラが、美女を見て「うっ……」と嫌そうな声を上げる。

美女の方も、「へぇ……」と興味深げな、冷笑じみた笑みを口元に浮かべていた。

「ハイエルフの次は、ホワイトドラゴンも手に入れたんだっけ。キミも大概、変わったお供を連れているよねぇ」

「……誰だ？」

「ええっ。ボクのことを忘れてしまったのかい？　ボクはこんなにもキミのことを思っていたというのに……！」

率直な俺の疑問に、わざとらしく、よよよと泣き真似《まね》をする女。そのガラス玉じみた瞳と、軽薄な口調。そして何より、ドロドロとした魔力の雰囲気に、思い出す。

「……エンマか」

アンデッドの親玉、死霊王《リッチ》のエンマ。

「ああ！　よかった、覚えていてくれたんだね。忘れられたら、悲しくって、どうしようかと思ったよ」

クネクネと身を捩《よじ》らせて、エンマはごくごく自然に俺の隣に腰掛けた。ソフィアも正体を察したらしく、「……なるほど」と敵対的な態度を引っ込める。

レイラは引きつった顔をしていた。光属性の彼女からしたら、本能的に受け入れがたい存在だろう……しかも、ドラゴン族の孵卵場《ふらんじょう》を監視している、アンデッドの親玉だしな。

「俺に、何か用か？」

「ええっ。キミの方こそ、ボクに何か用事があるんじゃないのかい。わざわざこの時間帯に、中庭にやってくるなんて……！」

しげしげと俺の顔を見つめてくるエンマ。本気なのか冗談なのかわからねえ……。俺はどちらかと言うとコイツが苦手だ、調子が狂う。

「いや、たまたまだな……」

「ツレないねぇ。まあ、特別な用事がなくても、会えて嬉《うれ》しいよ、ジルくん」

「……ジルくん？」

「ジルバギアスじゃ長いから。駄目？」

いや駄目っつーか、俺とお前そんなに親しく……

「……あの、こちらに御座《おわ》すのは一応魔王子殿下なんですが」

あまりのエンマの馴《な》れ馴《な》れしさに、苦言を呈するソフィア。いや一応て。

「魔王子殿下だけど、子爵でしょ？　ボク伯爵だもーん。ギリギリ上だもーん」

唇を尖《とが》らせたエンマが、人形じみてグルッと首を巡らせ、笑顔を向けてきた。

「そうだ、子爵に叙されたんだってね。おめでとう！」

「あ、ああ、まあな……」

やめろ！　その原因となった竜の娘がいる前で、その話題を出すな!!

「何かお祝いをしてあげようか。あっ、キミがボクより階級が上になったら、約束通り、喜んで跪《ひざまず》いて足も舐《な》めてあげるからねぇ」

「誰もそんなこと頼んでねえ!!」

やめろ!!　レイラの前でそんなことを言い出すのは!!　すげえ目でこっちを見てるだろうが!!　信頼関係の芽を潰すな!!　浄化するぞ貴様ァ！！！！

「あはは、冗談さ。それよりさあ、気づいたんだけど。ジルくんって闇属性だよね魔力」

「あ、ああ……」

気圧《けお》されがちに頷《うなず》き返す。ホント馴れ馴れしすぎるだろコイツ、何が目的だ……？

「じゃあさ、叙爵祝に、さ」

ニンマリ――とエンマは笑って。

「せっかくだから、教えてあげようか」

俺の耳元に囁《ささや》いた。

「ボクの死霊術」

どうも、死霊王《リッチ》から「死霊術やんない？」と誘われてしまったジルバギアスです。

――死霊術。言うまでもなく、同盟圏の多くでは禁忌とされる闇の邪法だ。

一応、聖教会では、アンデッドを相手取ることも多いことから、密《ひそ》かに研究も進められているらしい。闇属性の魔力を持って生まれたせいで不当に差別される人々を保護し、彼らに研究を手伝ってもらっているとか、なんとか。

俺は前線組だったので、そういうアレコレとは縁がなかったが……

今の俺は闇の輩《ともがら》。そういう手段もある、わけか……

「ねえ、どうかな？　キミなら、きっと素晴らしい死霊術師になれると思うんだ」

「……何をもってそう思うんだ？」

「いやだって魔力強いし」

魔力が強いから素晴らしい術師になれる。道理ではあるけどさ、もっと他にこう……

「しかもキミは複合属性じゃなくて、純正な闇属性だろう？　術師としては理想的だよ。他属性の魔力が混ざってると、術の精度がガタ落ちするから」

王子の中で、純闇属性なのはキミだけだよね、とエンマは言った。……確かに兄姉たちは大抵、複合か闇以外の単属性のはずだ。魔王でさえ、火と闇の複合だったかな。

「しかし、死霊術ってのは、いわゆる秘術の類だと思うんだが……叙爵祝とはいえ、そんなホイホイ教えていいのか?」

そう聞き返しながら、ふと視線を感じて横を見ると、ソフィアが目をキラキラ輝かせていた。うーわ……めっっっっちゃ学びたそう……

「もちろんだとも。他でもないキミならば」

エンマも、ソフィアと同じくらい目を輝かせている。そのガラス玉みたいな目を。

「随分と気前がいい話じゃないか。……いったい何が目的だ?」

「あはっ。『気前がいい』と言う時点で、ボクの見立ては間違ってなかったってことさ」

「……どういう意味だ?」

俺が首を傾《かし》げると、エンマはさも可笑《おか》しそうにくつくつと喉を鳴らして笑った。

「これがね、他の魔族の方々ならね。『戦士の矜持《きようじ》が穢《けが》れるわ!』とか『そんな怪しげな術、対価をもらっても御免こうむる!』とか。もっと悪ければ『他を当たるんだな、死に損ないめ!』とか『寄るな、死臭が移る!』とか言われて、そもそも話にさえならない」

ニンマリと笑って、エンマは俺の顔を覗き込んだ。

「でもキミは、『気前がいい』って言ったよね。つまり、死霊術に価値を見出《みいだ》してくれているわけだ。ボクは何よりもまず、そのことを嬉しく、光栄に思うよ」

「……死霊術そのものへの是非はさておき」

俺は慎重に口を開いた。

「それが何であれ、長年に渡って培われてきた技術体系であれば、その労力と知識の蓄積に対して、相応の敬意が必要だろうと俺は考える。そういう意味で『気前がいい』、だ」

「それならボクもこう答えよう、『ボクはとっても気前がいい』」

口の端を釣り上げてひょうきんに笑うエンマだったが、不意に表情を消した。

「キミがここまで、死霊術を評価してくれるなんて予想外だった。気前が良すぎるせいで何を企《たくら》んでいるのかなんて、痛くもない腹を探られるようじゃ本末転倒だ。だから、ボクとしても率直な意図を話そう。これは魔王国における意思あるアンデッドたちの総意と思ってくれていい」

真面目な口調のエンマに、思わず俺も姿勢を正す。なんか知らねーが、思いつきの叙爵祝のはずが、雲行きが怪しくなってきたぞ。

「魔王国において、アンデッドたちは討伐されることも、迫害されることもなく、一定の身分を保証されている。けれどもそれは決して魔王国の『国民』としての扱いではなく、あくまで対同盟の『兵器』としてのあり方にすぎない」

自覚、あるんだ――と俺は思わず目を瞬かせた。

「ま、聖教会の奴《やつ》らみたいに、火で焼こうと追いかけ回してこないだけ、充分過ぎるほどの扱いなんだけどさ。自分が贅沢《ぜいたく》を言ってる自覚はあるよ？」

はぁっ、と大袈裟《おおげさ》に、呼吸する必要もないくせに、溜息《ためいき》をついてみせるエンマ。

「でもね、ボクらは、決して戦いたいわけじゃないんだ。ボクらは平和主義なんだよ」

……え!?　俺はエンマの顔を二度見する。百年くらい前から聖教会に指名手配されてる、

大罪人のアンタがそれを言います⁉

「ほら、すぐにそういう顔をする」

不本意そうに、唇を尖らせるエンマ。

「そして、キミのその態度も、ボクらアンデッドが危惧していることの象徴的な一面でもある。ボクらはね、本当に平和主義なんだよ。前にも語っただろう？　ボクの夢と理想」

「……アンデッドだけの楽園、だったか」

「そう。人族なんてみんなアンデッドになった方がいい、って言ったのも事実だけどね、大目標は楽園なんだ。平和に、穏やかに、みんなで過ごしたいんだよ」

——その『みんな』に生者が入ってないだけで。

「そして楽園を手に入れるには、ボクらの価値を示さねばならない。それこそが、陛下がアンデッドを受け入れてくださった、ただひとつの理由なのだから。……だけどこの価値ってヤツが、またクセモノでね」

ひょいと肩をすくめるエンマ。

「ボクらが、ボクらの価値。すなわち兵器としての有用性を示せば示すほど、ボクらは危険視されていく。ボクらアンデッドは、兵器としての価値しか見出されなくなっていく。ねえ、これって本末転倒じゃないかな？　頑張れば頑張るほど、どんどん遠ざかっていくんだ。みんなで平和に暮らすっていう理想が」

エンマが俺に向き直る。

「ボクたち意思あるアンデッドは、この悪循環を非常に危惧している。兵器としての有用性が示せているうちは、まだいい。だけど、遠くない未来。同盟が滅んで戦争が終わったとき――魔王国に、ボクらの居場所は残されているのかな？」

造り物じみた瞳が俺を見据える。

「いらなくなったら、捨てられるんじゃないかな？　ゴブリンやオーガみたいに」

しん、と庭園が静まり返った気がした。彼女ら『意思あるアンデッド』とやらの危惧は実に的を射たものだった。

「……アンデッドは、たとえば骸骨馬《スケルトンホース》なんかは、陸上輸送で大活躍している。いくら戦争が終わっても、アンデッド排斥、なんてことにはならないと思うが」

「スケルトンみたいな下級アンデッドに関してはそうだろう。だけど、ボクみたいな意思ある者はどうかな？　ボクは大丈夫かもしれない。爵位持ちだし。でもボクほどの能力はなく、それでいてそこそこ危険な、意思ある者はどうかな？」

最大の問題はね、とエンマは続けた。

「魔王陛下にそれを命じられたとき、抗《あらが》う術《すべ》がないことなんだよ」

「……しかし、定例会みたいなのがあるんだろ？　魔王国の幹部が勢揃《せいぞろ》いする会議みたいなのが。父上とのパイプならあるだろ」

「確かにお話しする機会はあるけど、陛下は支配者であって、ボクの味方ではない」

エンマの意図がじわじわと見えてきた。

「……魔王国におけるアンデッドの地位向上のため、俺を味方につけたい、ってことか」

魔王子の中で、純闇属性なのは俺だけ。だからその点に言及していたのか。

「現時点で、そこまでは望まない。今ここでそれを願うほど、ボクは厚かましくも、楽天家でもない。だけど、キミがそうなってくれたら嬉しいし、そのためにはどんな努力も惜しまないつもりでいる」

力なく微笑《ほほえ》みながら、エンマが俺を見つめてきた。

「無理解は不和を、争いを生む。わからないから怖い、わからないから嫌い、だから――排斥する。ボクは、そんな不幸な未来を回避したい。このままではいつか必ず、その日がやってくるから……」

エンマがそっと手を伸ばしてきて、俺の手に重ねた。

「キミには、ボクたちのことをよく知ってもらいたいんだ。アンデッドは、確かに、生者への攻撃衝動を抱えている。だけど、意思あるアンデッドたちは、それをきちんと理性で制御できる。獰猛《どうもう》な魔獣と違って言葉も通じる。ボクたちは対話可能な存在だ。ボクたちは、きっと良き隣人になれる」

手の上のひんやりとした感触は、かすかに震えているようでもあった。

「そうしてお互いに歩み寄って、いつか手を取り合えたら――それに勝る喜びはないよ。だから……キミに、死霊術を学んでほしい」

それは、どこまでも真摯な言葉だった。

エンマ……お前の思想はよくわかった。無理解こそが争いを生む。だからこそ、自分たちに偏見のない魔族の王子を、理解者として味方に引き込む。

その発想は、たぶん正しいよ。なのに、人選がどうしようもなく間違えている。

よりによって俺かよ、と。だが――それでもいい。

「……わかった」

俺は、エンマの手を握り返した。人類の仇敵《きゅうてき》、大罪人の手を。

「今の段階では何も言えないが、その答えを知るために――俺に死霊術を教えてくれ」

今は、お前の手を取ろう。たとえ俺の答えが、既に、わかりきっていたとしても――！

「……もちろんだよ！　ありがとう、ジルくん！」

ぱっと笑顔になったエンマが、大胆にも抱きついてくる。死臭を打ち消すような、爽やかな柑橘系《かんきつけい》の香水。

見れば、ソフィアはめっちゃ嬉《うれ》しそうだし――そりゃ俺を介して死霊術の知識が手に入るからな――レイラは神妙な顔をしていた。アンデッドたちには、アンデッドなりの事情があるんだな、とでも言わんばかりの。彼女の純朴さが少し眩《まぶ》しい。酷《ひど》い連中に囲まれて育ったのに、どうしてこんないい娘が育ったんだ……

「それで、いつ教わればいい？」

「キミの都合に合わせるよ。今すぐでもいいし、明日でも、明後日《あさって》でも。キミにとっては時間は有限だけど、ボクには無限にあるからね」

いつでもいーよー、と手をひらひらさせるエンマ。

「そうか、じゃあそのうち都合をつけよう。……それにしても、死霊術か。想像もしていなかったな」

苦笑が、本当に苦み走ったものにならないよう、気をつける必要があった。

この俺が……死霊術、か……

「やっぱり、アレか？　冥府の死者たちよ、よみがえれー！　とかやるのか？」

暗い気持ちを打ち消すように、冗談めかして尋ねると。

「……ああ、キミは信じてるんだ。安らかに死者たちが眠る、冥府《あのせ》が存在するって」

エンマが、怖気《おぞけ》が走るような笑みを浮かべた――

「そんなもの、ないよ。冥府なんて」

†　†　†

「フンーフフンフンー♪」

魔王城の地下。奈落まで続くような、湿っぽく暗い螺旋《らせん》階段――そんな陰気な場所を、鼻歌交じりに降りていく人影があった。他でもない、死霊王《リッチ》エンマだ。

「いやぁ傑作だったなジルくんの顔……」

第7魔王子ジルバギアスとの心躍る交流を終えて、エンマはご機嫌だった。冥府は存在しない、と告げたときの、あの呆気《あっけ》に取られたような可愛《かわい》い顔――

冥府という概念は、ほぼ全ての種族に共通する。

祖霊の魂が眠る場所。死した者たちが辿《たど》り着く安息の地。種族や宗教によっては、その領域の主が光の神々であったり、闇の神々であったり。冥府の中にも、罪人の魂に責め苦を与える刑場や、その文化圏で『善い』とされる者だけが入れる楽園があったりと、細かな差異はあるものの、概《おおむ》ね『死者の行く領域がある』という考え方は一致している。

『――どういう根拠で、ないと断言できるんだ？』

我に返った魔王子は、エンマを見据えながら、静かに尋ねてきた。

あの鋭い眼光を思い出して、エンマはうっとりと溜息をつく。ああいうところが、ジルバギアスを好ましく思う理由のひとつだ。あれが凡百な魔族だったら、宗教観を否定されたことに激昂《げきこう》し、罵倒のひとつやふたつ浴びせられていたところだ。

言うに事欠いて、死のエキスパートである死霊王《リッチ》に向かって、だ！――しかしジルバギアスは、彼自身が述べていた通り、別の技術体系とその継承者に対し、きちんと敬意を払ってくれている。

『もちろん、調べたのさ――』

エンマはとくとくと語った。

『ボクらが会話している、この世界を物質界と呼ぼうか。物質界とは薄皮一枚隔てた向こう側に、精神界とでも呼ぶべき領域がある。死んだら、魂はそこへ沈んでいくんだ――そしてボクは、自らその深みへと飛び込み、潜ってみた』

ひょいと肩をすくめてみせ、何でもないことのように、エンマは言う。

『で、結論から言うと、底の底まで潜っても、死者の国なんてなかったのさ。世界の圧に押し潰された、魂の残骸と、純粋な力の源がたゆたうだけで』

ジルバギアスは、半ば信じがたいというような顔をしていた。まあ、それも当然だ。

『突然、こんなことを言われても信じられないだろうね。だから、死霊術を学んで、いつか自分の目で確かめてみるといいよ』

イマイチ釈然としない様子のジルバギアスと、死霊術教室の段取りについて二、三話してから、エンマはその場をあとにした――

「楽しみだなぁ、彼がどんな死霊術師になるか」

螺旋階段を歩き続けて、やがてエンマは、底に辿り着いた。

アンデッドたちの領域の、入り口に。護《まも》りの魔法が込められた門の前で、鎧《よろい》を装備したスケルトンガードたちが直立不動の姿勢を取っている。

「やあ、楽しんでるかい？」

エンマが問いかけると、スケルトンたちはガシャガシャと顎骨を鳴らして気さくに答えた。事実、彼らは全力で門番を楽しんでいる。そういう理性しか持たせなかったから。

「よかった。キミたちが楽しそうで、ボクも嬉しいよ」

これ以上ないほどの笑顔を浮かべながら、スケルトンたちが丁重に門を開くのを、目を細めて見守る。まるで祖母が孫を可愛がるように――

知らないのは、幸せなことだ。エンマは心の底からそう思う。

彼らスケルトンが苦しむことのないよう、エンマは製造過程であらゆる負の感情を削《そ》ぎ落とした。彼らは、知らないのだ。生の苦しみも、悩みも。

だから暗い地の底で門番を続けていても、ずっと楽しいままでいられる。

「生きるなんて、ロクなことじゃない」

周りに生者がいない今、はばかることなく口に出せる。エンマがこの世に生を受けたのは、二百年ほど昔のこと。とある人族の小国の片田舎で、石膏《せっこう》職人の家に産まれた。

――人族には非常に珍しい、闇属性の魔力を持って。

当時、魔王国との戦いが激化しつつあった人族国家は、闇属性の魔力を持つ者を熾烈《しれつ》に迫害していた。いや、国が迫害を主導していたわけではないが国民が許さなかったのだ。闇の輩《ともがら》と似たような存在が、隣人として暮らすことを。

善良な両親は、エンマを庇《かば》おうとしてくれたが――闇属性が発覚した成人の儀の日を境に、エンマは死ぬほど迫害された。

死ぬまで、迫害された。

生きることとは苦しみだと、死の間際に悟った。両親ともども、あらゆる責め苦を与えられ、この世の全てを呪いながら、エンマは無残な死を遂げた。

死んで苦しみから解放されてもなお、恨みつらみは消えなかった。精神界で霊魂だけになっても、人々を呪い続けた。そんなさなか――師に拾われたのだ。死霊術師の男に。

『おやまあ、なんと哀れな魂だ。核はしっかり残っておるな。どれ、体を与えてやろう』

それが、死霊王《リッチ》としてのエンマの始まりだった。

『魂とは感情の源だ。そして理性とは、感情を土台に構築されるものだ。感情の土台と、その上に構築された理性を、まとめて自我と呼ぶ』

エンマを蘇《よみがえ》らせた師匠は、死霊術を教えるさなか、そう語っていた。

『アンデッドの自我とは、もとある感情を土台に、魔力で理性を再構築したものよ』

死霊術を学んで起きる、精神の変容と呼ばれているものの正体もそれよ、と。

『下級と上級のアンデッドの差は、土台、すなわち魂の差にある。脆弱《ぜいじゃく》な土台には掘っ立て小屋くらいしか建たん。逆に強靱《きょうじん》な土台には、どんな巨大な要塞でも建てられる――』

おれやお前のようにな、と骨と皮だけの師匠は、顎を鳴らしながら言った。

エンマの怨念は特大だった。だからこそしっかりと核は残り、生前以上の理性を構築することができた。膨大な魔力を運用することができた。

死者としての生活は、素晴らしかった。

あらゆる肉体の煩わしさから解放され、死霊術の知識を吸収する日々。だがそうやって過ごすうちに、生者が哀れに思えてきた。生きていたら、いいこともある。それは確かに事実だが、結局人々が相争う中で、不幸と苦しみは量産され、人生において幸が不幸を上回る者はごくごく一部に過ぎないのでは？

自分のように、むしろ苦しんで終わるだけの者が大半なのでは？

最初はただ、そう思っていただけだった。生者への憎しみもなくはなかったが、全人類を滅ぼそうとまでは思っていなかった。

『ちと、深みを覗《のぞ》いてくるわ』

師匠が帰らぬ人となるまでは。精神界の底の底に死者の国はあるのか——それを確かめに潜りにいった師匠は、とうとう二度と戻らなかった。

またしても独りになったエンマは、隠れ住みながら、自身も研鑽《けんさん》を積んだ。そして長い時間をかけて準備を整え、充分に対策してから、師匠の後を追うように深みへ潜った——

その果てに、真理を見出《みいだ》した。

「ジルくんには悪いけど」

ギギギ——とスケルトンガードたちが開いていく門の前で、エンマは嘆息した。

「言ってないことがあるんだよねぇ」

底の底にまで辿り着いたのは事実だ。死者の国がなかったのも事実だ。

だが、ひとつだけ、告げていないことがある。

「——世界は循環している」

精神界に、『底』はなかった。より正確に言えば、一定まで潜ると、元いた場所に戻ってきてしまう。最初は認識阻害の結界でもあるのかと思ったが、違う。『底』で世界そのものが折り返していることがわかった。

自分の放った魔力の波動や、引きちぎった精神の一部が――底に落下してそのまま浮上してきたからだ。死者の魂は、精神界に沈み、世界の圧でやがて自我と輪郭を失い、魂の残骸はさらに押し潰され、純粋な力の源になる。

そして『底』で折り返して――また浮上していく。

では、浮上した力の源は、どうなる？　精神界に魔力の因子をばら撒《ま》いて追跡調査したエンマは、驚いた。新たに物質界で誕生した生命に、因子が組み込まれていたからだ。

それは小動物であったり、虫であったり、魚であったりしたけれど。

死んだら、魂が分解され、また新たな生命として生まれてくる――

そんな生まれ変わりのサイクル、輪廻《りんね》転生が世の理《ことわり》であることを知った。

その事実を、冷徹な理性で解釈したエンマは――驚き、怒り、悲しんだ。

『いったい、これに何の意味があるんだ！』

皆が信じていたような、冥府、すなわち安息の地などなかった。ただ死んで、自我を失って、また別の生命として生まれ、また死んで、自我を失って、また生まれ――

そんなの――そんなの、何の意味もない！

体という肉の牢獄《ろうごく》に閉じ込められて、ちょっと楽しんで、それ以上に苦しんで。

総体として、意味のない生の苦しみが、永遠に生産され続けていくだけだ！

何よりも救いがたいことに、生命がある限り、輪廻転生も変わらない。

世界が滅びでもしない限り、この責め苦は未来永劫《えいごう》続くのだ――！

そこまで考えて、ふと気づいた。

『ああ、なら滅ぼせばいいんだ』

全生物を死滅させる。そうすれば、もう二度と生まれ変わりなんて起きない。

輪廻転生を、食い止められる。無意味な生命の空転を、肉の苦しみを終わらせられる。

苦痛のない楽園が、真の冥府が地上にもたらされる――！

「ああ……」

その壮大な夢を、そして果てしなく遠い道のりを思い、エンマは物憂げに溜息《ためいき》をつく。

現実的には、非常に困難と言わざるを得ない。方法論的な意味でもそうだが――

「何より、この革命的な思想に、生者がそう容易《たやす》く共感できるわけがないんだよね。血の通った肉体に未練がましくしがみついてるような連中に、言葉を尽くして説明しても理屈が通じるはずがないんだよなぁ」

真理を語っても、嘘《うそ》をつくなと言われるのがオチだろう。何せ、死んでみないと、死がどういうものかわからないんだから。

「だから、導くしかないんだ……」

この手で。無為な生の苦しみを、輪廻転生を断つ。まずは手始めに、人族を滅ぼそう。

そして、数だけは多い人族を味方にして、他の種族たちも滅ぼしていこう。

みんな、アンデッドになった方がいいんだ。彼らは抵抗するだろうけど。

――門が開く。魔王城地下、アンデッドの領域。

そこにはずらりと、数え切れないほどのスケルトンが整列している。

魔王国に取り込まれた、人族の国家。その元住民たちは、どこへいったのか。

その答えが、これだ。ここにいる。

「最終的には、ボクたちが勝つ」

聖属性や光魔法を抜きに――闇の輩が、アンデッドを討滅するのは難しい。

だが、まだまだ遠い未来の話だ。日光や火への完全な耐性も必要だし。

何より、今は魔王国での地位を確固たるものにしなければ。

「ああ、ジルくん……キミは、ボクに協力してくれるかな？」

うっとりとした表情で、エンマはつぶやく。彼は真面目な王子様だから、全生物を死滅させるという思想には、おそらく共感してくれないだろう。

少なくとも、生きているうちは。

「魔族のアンデッド化は、魔王に固く禁じられてるけど――」

なぜなら魔族は、死後、闇の神々に迎え入れられ、生前の武勇と戦功を讃《たた》えられて幸せに過ごすのだと、愚かにも信じているから――

「だけど――もしも、万が一、キミの身に何かあったら――」

不思議と魅力的な、彼は、ジルバギアスだけは――

「どんな手を使ってでも……復活させてあげるからね……♡」

エンマは頬に手を添えて、おぞましい微笑《ほほえ》みを浮かべた。

「ああ、楽しみだなぁ……♪」

その日が来るのが。

†††

死霊術に関しては、流石《さすが》にプラティにも報告しておいた。

「……あなたがどうしてもやるというなら止めないけど、本当に大丈夫なの？」

案の定、プラティは難色を示したが――

「俺の中に常駐しているアンテと、ソフィアが監視につきます。少しでも妙な影響が確認されたら、直ちに中止しますので」

そういうことなら、と渋々ながら許可が出た。

それにしてもエンマの話だと、死霊術は魔族に受けが悪いってことだったが、その点を鑑みてもプラティってかなり俺の自由にさせてくれてるよなぁ……助かるぜ。

俺は早速、翌日には死霊術を習いにいくことにした。

「やあ、ジルくん。また会えて嬉《うれ》しいよ」

待ち合わせ場所は、またぞろ、おひさまぽかぽかな中庭だ。

顔の造りは昨日と一緒だが、今日のエンマは髪型がちょっと変わってるな。昨日は後ろで束ねていただけだったのが、三つ編みにして肩から前に垂らしてある。

微妙にネックレスも違う気がするぞ。昨日は金だったが今日はシルバーに薔薇色《ばらいろ》の水晶がくっついている。コイツからしたら自分の体さえもお人形遊びの感覚なんだろうか。

中庭にはエンマ以外の人影はなかった。トパーズィアも今日はいない。魔族的には真夜中だし、本来、誰かいる方がおかしいんだけどな。

「本当にこの時間、この場所で良かったのか？」

真っ昼間に死霊王《リッチ》と待ち合わせする奴《やつ》なんて、世界広しといえど俺くらいのもんだろ。まさか初めて死霊術を習うのが、日当たりのいい植物園になるとは思わなかった。

「キミを、ボクの研究室にお招きしたいのはやまやまだったんだけどね」

エンマは不満げに唇を尖《とが》らせる。

「なにぶん、長らく生者のお客さんがいなかったからさ。空気が毒を持ってるかもしれないし、風を通したりお掃除したりで、ちょっと時間がかかりそうだったんだ」

「ああ、なるほど……」

「近いうちにお招きできると思うよ？　お茶とかお菓子も用意しておくからね！」

「お、おう、楽しみにしてる」

正直、魔王城のアンデッドの拠点とかぞっとしないんだが……『人形作家』ことエンマは、聖教会が百年かけても討滅しきれなかったしぶといアンデッドだ。おそらく次々に体を乗り換えているんだろうが、エンマの本体は高確率で魔王城地下にいる。

いつか、エンマと戦うときに、討滅する鍵となるかもしれない。アンデッドたちの拠点には、そういう意味ではお邪魔してみたいもんだ。

「さて、それじゃあ早速始めようか」

エンマの隣に座り、死霊術の初歩の手ほどきを受ける。

――まず教わったのは、いくつかの呪文。眠れる魂を呼び起こす呪文。自分が求める魂を探す呪文。物質界と精神界の境界に穴をあける呪文。

「そうそう、上手上手。流石は魔族だなぁ、まるで手足みたいに魔力を扱うね」

教わった呪文を唱えながら、俺が眼前に魔力を渦巻かせ、境界面に穴を穿《うが》つような感覚で動かすと、エンマがぱちぱちと手を叩《たた》いて褒めてきた。

「正直言って、ここが一番難しいんだよね、死霊術の基礎は。流派によっては【霊界への門を開く呪文】なんて大仰な名で呼ばれていて、初歩にして奥義みたいな扱いなんだよ。ここさえ突破できたら、あとは魔力の強さと精神力次第みたいなところがあるから……」

うん。俺が人族だったら、この過程で間違いなく躓《つまず》いてたと思う。

しかし魔族の角のおかげで、今は魔力を手に取るように知覚できる。エンマのお手本を視《み》て、その通りにやればどうということはなかった。呪文を詰まらずに唱えられるようになるのに、一番時間がかかったくらいだ。

これが人族だったら、職人の技を目隠しした状態で学ぶようなもんだ。職人の手はおろか自分の手元さえも見えない。そりゃ難しかろう。

「この魔法は、闇属性でなければ使えないのでしょうか？」

ソフィアが自分の魔力をこねこねしながら、エンマに尋ねる。悪魔は基本的に、魔力の属性を持たない。放火の悪魔や溺死の悪魔なんかは、世界を渡る時点で火や水の性質を獲得するらしいが、他の悪魔は闇属性に一番近いとされつつも、その性質は似て非なるものらしい。なので防護の呪文や防音の結界など属性を問わない呪文以外は、悪魔たちは案外魔法を使えなかったりする。ソフィアも【霊界への門を開く呪文】を使えなかった。

「そうだね。一番は闇属性。そうでなければ光属性だね」

「えっ、光？」

死霊術なのに？　と顔を見合わせる俺とソフィア。

「この、門を開く呪文はね。ボクもこの目で直接見たわけではないんだけど、光属性でも術の行使そのものは可能らしい。物質界を表とするなら、精神界は裏。表は光の領域で、裏は闇の領域。領域そのものに干渉するわけだから、理論上どちらでもイケるってわけ。……まあ、光属性と死霊術の相性が最悪だから、何の使い道もないだろうけどね」

闇の領域から引っ張り出した霊魂を、アレコレするのは闇属性の専売特許。

「よし、呪文も覚えたし、魔力の扱いもバッチリ。本番いってみようか」

「……いよいよか」

アンテ、現時点でけっこうエグいくらい良心の呵責《かしゃく》に悩まされてるんだが、俺の力ってどうなってる？

『じわじわ増えとる。これから初の死霊術行使で、さらにグッと増えるじゃろうなぁ』

半笑いみたいな声でアンテが答えた。勇者でありながら、俺も堕《お》ちたもんだな……

「というわけで、こちらをどうぞ王子様」

遠い目をする俺をよそに、おもむろに、エンマが紙箱を差し出してきた。

……なんかカサカサ音がするんですけど。慎重に開けてみると、ムカデみたいな毒虫が中で蠢《うごめ》いてた。

「……これは？」

「今からそいつを殺して、復活させてみよう」

「やっぱりそうなるか……ってか、虫のアンデッド化も可能なんだな」

「もちろん。ただこの手の、ホントの下等生物はカスみたいな霊魂しか持ってないから、復活させても霊的に脆《もろ》い上に、ほとんど何の命令もできないゴミにしかならないよ」

虫が高度なアンデッドにならなくてよかった。致死毒を仕込んだ蜂とか嫌だぜ俺は。

「キミが殺せば結びつきが強くなって探しやすい。そして死んだばかりなら、カスみたいな霊魂でも崩壊はしないはず。門を開いて、呼び起こして、引きずり出した霊魂を魔力で摑《つか》んで、死体に収める。それで最下級アンデッドの出来上がりだ」

「霊魂が崩壊したら、もう復活させられないのか？」

「その死者そのものは、ね。ただ、強い未練があったり、物質界からの魔法的な働きかけなどがあれば、残滓《ざんし》とでも呼ぶべきものは残っていることがある。祖霊を呼び起こすような儀式の正体は、たいていそれさ。死者の残り滓《かす》みたいなもんだ」

エンマは馬鹿にするようにフンと鼻を鳴らしたが、果たしてそうだろうか、と思った。

それが本当なら——想《おも》いは、残るのでは？

「はい、じゃあどうぞ」

まあ、今は目の前の課題だな。エンマに手渡された針でブスっと毒虫を殺す。悪いな。

「【アオラト・テイホス・ポ・ホリズィ・トン・コズモ、アニクスィテ——】」

闇の魔法で門を開き。

「【イニリエ・シエ・ウオス・ファパナ——】」

真っ暗に知覚される『向こう側』に、魔力の手を伸ばして——


ずるりと引き出された、半透明の毒虫を。

スッと、死体に収める。


「おっ、できたね」

かるーい調子で、エンマが言った。

「……そう、だな」

俺の手の中の、紙箱で……死んでいた毒虫が、カサ、カサと蠢いた。

†　†　†

『いやはや、こんなに早くアンデッド作成までやってのけちゃうなんて！　記憶力も魔力操作のセンスも、想像以上だったよ！　脱帽さ！』

エンマは嬉しそうにクネクネしていた。初講習にしては成果は上々。次回も楽しみにしているからねー！　と……それで今日のところは解散となった。

「わう、わう！」

部屋に戻ると、ゴロゴロしていたリリアナがぴょんと起き上がって出迎えてくれる。

「よしよし」

「きゅーん……！」

いつものようにナデナデしてあげるも、俺はどこか上の空だった。気持ちよさそうに目を細めるリリアナではなく、部屋の隅に視線が吸い寄せられていた。

——棚に安置されている、兵士たちの髑髏《どくろ》に。

魔族的にはもう真夜中で、眠りについてもいい時間だが……まだ、やることがある。

『呼び出す、か』

……ああ。

『毒虫の復活程度では、思っていたほど力は伸びなんだ』

ゴロッ、と俺の中で寝転がるイメージで、アンテは言った。

『おそらく、もうあの段階で、お主がその先の真の禁忌を見据えておったからであろうな
――同胞の眠れる魂を、呼び起こすという禁忌を』

……そうだ。俺が殺した兵士たち。

エンマは言っていた。

『霊魂を呼び出す取っ掛かりは、いくつかある』

遺体や遺品、死んだ場所、対象の名前や異名。中でも、頭蓋骨は特に死者の念が強く宿るという……

『基本的に、古い魂ほど理性が剝がれ落ちて、感情的になってるんだ。そして死んだときの感情が色濃く残っている。大抵は負の感情がね。まともに話が通じるのはごく一部――だから、こちらが魔力を出して、補助してあげる必要があるんだ』

呼び出した魂を土台にして、元の理性を再現する技法。そういうのもあるらしい。

だが、呼び出した相手が素直にこちらの言うことを聞くとは限らない。むしろ同盟の兵士であれば、死んでも抵抗し、協力を拒むだろう。そうなれば別の技法の出番だ。対象の感情を封じたり、強制的に思念を読み取ったり、不必要な記憶を除去したり――

『安心して。ジルくんには、ぜーんぶ、教えてあげるからね……♪』

にんまりと笑いながら、エンマは言った。死霊術の真髄とは、おぞましい邪法のオンパレードだ。俺はこれから、そういった技術も身につけていかねばならない……

「……そういう意味じゃ、ただ呼び出して話をするなんて」

俺は念のため防音の結界を張りながら、自嘲した。

「おままごとみたいなもんだな」

ベッドに、頭蓋骨を5つ、並べる。それらを前に、床に跪《ひざまず》いた。

闇の魔力を練り上げて、門を開く。頭蓋骨を基点に、霊魂を探す。

──ああ。

すぐに、見つかった。

門に殺到してくる。

死せる戦士たちが。

オ　オ　オ　オ

ドス黒い闇の魔力をまといながら、門から霊魂が飛び出してくる。

彼らは憎悪の叫びとともに、俺に拳を叩きつけてきた。がつんがつん、と……彼らの拳は、全て防護の呪文に阻まれる。申し訳ないが、俺の魂を守るため使わせてもらった。

「──ウゥウッッ!!」

唸《うな》り声《ごえ》とともに、髪の毛を逆立てたリリアナが、浄化の光を放ちかけた。

「待て！　待て、待て！　彼らは悪《あ》しき者じゃない！」

悪いのは、俺なんだ。彼らは……もはや顔も、体の輪郭も、理性さえも曖昧のようだ。

だが、俺が誰なのかはわかっている。自分たちを殺したのが、誰なのか……

——よくも殺してくれたな！

——憎き魔族め！

——滅びろ！

言葉にならない怒りと憎しみが、声なき声が、響く。

「すまない……」

俺は頭を下げることしかできなかった。本来であれば、防護の呪文なんてかけずに彼らの気が済むまでタコ殴りにされるべきところだが。俺の魔力により、霊魂の外殻を強化されている彼らに、無防備に殴られたら後遺症が出かねない。

それは、駄目だ。俺の目的の障害になってしまう。だけどどうしても、謝りたかった。

一方的に殺して、霊魂を呼び出しておいてどの面下げてという話だが——

約束したかった。絶対に、魔王への復讐《ふくしゅう》を果たし、同盟を救ってみせると。

本当は全てを終えてから、冥府で頭を下げて回るつもりだった。しかしエンマによれば冥府は存在しないらしいし、霊魂はやがて擦り切れて世界の力の源に還《かえ》っていくという。

それが真実なら、今しかない。謝り、誓うには、今しかないんだ……

俺がひたすらに頭を下げていると、やがて、防護の呪文を叩《たた》く彼らの力が、弱くなっていった。……そして、止まる。

「……？」

顔を上げると、比較的輪郭のはっきりした真ん中の男が、他4人を抑えていた。

『ずっと――』

しわがれた声で、彼が口を開いた。

『妙な――夢でも、見ていた気分だ――』

輪郭だけではなく、意識もはっきりしているようだった。

『魔族の、――憎い、仇《かたき》のはずなのに――まるで、人族の勇者みてえな――』

視線を感じる。

『そんな――不思議な、野郎の――、夢をよぉ――』

教えてくれ……彼は言った。

『お前は――何者――なんだ。――最期に、言ったよなぁ――』

闇の輩《ともがら》に死を、って。お前自身、闇の輩のくせしてよ……

『俺ぁ――それが、気になって、気になって――おちおち、眠りにもつけねェ――』

そう、か……。そうだよなぁ。俺も、彼の――あの年かさの兵士の立場だったら、そうなるに決まっている。眠りを妨げて悪いことしたな……

「俺は――勇者なんだ。元人族の」

ぽつぽつと語った、魔王城強襲作戦に参加したこと。魔王に敗れたこと。気づけば魔族の王子に生まれ変わっていたこと――

そして自分自身の立場を利用し、魔王国を内側から崩壊させるために。

禁忌の魔神と契約して、さらに力を身につけるために。目の前の人々を見捨てているという罪を、告白した。年かさの兵士は静かに、他4人は困惑気味に聞いていた。もはや理性が曖昧な彼らが、俺の話を理解できたかどうかはわからないが。

——ふざけるな

——そんな話が信じられるか

——どこからどう見てもお前は魔族じゃないか

いや、むしろ彼らの怒りは再燃しつつあった。まあな……いきなり闇の邪法で霊界から魂を引きずり出されて、自分を殺した仇に、そんなこと言われてもな……

ああ、でも、ひとつだけ。勇者であることの、証明があった。

——光の神々よ、もしもあなた方にまだ慈悲があるなら。

「【聖なる輝きよ《ヒ・イエリ・ランプスイ》　この手に来たれ《スト・ヒエリ・モ》】」

俺の指先に宿った銀色の光に——憤る霊魂たちが、気圧《けお》されたように後ずさった。

——勇者だ

——聖なるひかりだ

——まぶしすぎる……

生前は、強力に彼らを守り導いた光も。死者となった今では、むしろ……

それでも、その輝きの真偽を確かめようとするかのように。

おずおずと近づいてくる者もいた。

彼は至近距離から、白い花のような光を覗《のぞ》き込み――

不意に、手を伸ばした。

「なっ――!?」

霊魂が焼かれてしまう――と俺は手を引っ込めようとしたが。彼が、聖なる輝きに触れる方が、わずかに早かった。銀色の光が、まるで炎のように、霊魂を包み込む。

ジャッ――と赤鉄を水に突っ込んだような音。アンデッドを著しく傷つけ、そして浄化するはずの聖なる輝きは――しかし、彼が身にまとっていた、俺のドス黒い闇の魔力を打ち払った。

『ああ――』

闇の魔力でぼやけていた霊体が、輪郭を取り戻していく。年若い、青年の兵士の顔が、はっきりと――明らかな意志を宿した彼の瞳が、俺を見据えた。

『……この野郎』

こつん、と彼の拳が、俺の頭を小突いた。彼の拳は、防護の呪文をすり抜けた。

なぜなら、それは――攻撃ではなかったから。

『故郷に――幼馴染《おさななじみ》を、待たせてたんだ――帰ったら結婚しよう、って――』

どこか遠くを見るように、目を細めて。

『あいつは――あれ、――名前、なんていうんだっけ――いや、俺も――』

……はっきりと人格を取り戻したように見えても、もう、彼の魂は、ほとんど擦り切れかけていたらしい。

『とにかく――お前にゃ――山ほど言いたいことも――あるが――』

そのまま、目を閉じる。

『同盟を……人族を、――俺の、好きなあいつを……守って、くれ――頼んだ――』

ざらぁ、とその体が崩れて、きらきらと輝きながら消えていく。

『…………』

また、別の霊魂が手を伸ばした。もやもやとした闇が打ち払われ、真剣な表情の、男の兵士が顔を出す。

『――妻と――娘を、残している――名前は――』

苦しげに、顔を歪《ゆが》めて。

『――イザベラ、と――ニーナ――だ、おれの――名は――……カ、イト』

僅かな記憶を振り絞るように。

『きっと――生活に――困って――もしも、機会があれば――』

「わかった、必ず助ける。必ず助けるっ……！」

『ありが――とう――』

ざらぁっ、と彼もまた消えていった。

『ちょうど、よ――』

別の兵士が、銀色の光に照らされて輪郭を取り戻す。

『お前さんみたいな、年頃の――弟が、いたんだわ――』

寂しそうに、俺の頭をぽんぽんと叩いて。

『がんばれよ――お前は――』

もっとあとから来いよ――、と言い残して。

彼もまた、燐光《りんこう》となって消えていく。

『正直、――お前のことは、今でも――憎い――』

幼ささえ残る、少年といっていい兵士は、俺をじろりと睨《にら》みつけた。

『――だけど――お前の、立場と――代われって――言われたら、オレは――ゴメンだな――……とてもじゃ、ないけど――』

俺の、聖属性に燃える手を、強く強く、握りしめて。

『――必ず――倒せよ、魔王を――じゃねえと、承知しねえからな――』

「……ああ。ああっ！」

『フッ……じゃあ――そんときまで……殴んのは、――カンベンして……や――』

それが限界であったかのように、ろうそくの芯が燃え尽きたように――

彼もまた、ざぁっと崩れ去っていった。

『………』

最後に、年かさの兵士だけが、腕組みして残っている。彼はまだ、しっかりと輪郭を残したままだ。

『――これだから、若え連中はよ――』

肩をすくめる年かさの兵士。

『お人好《ひとよ》しにも――お前をすぐ信用――しちまってよぉ――楽になりやがって――』

わざとらしく溜息《ためいき》。

『俺ぁ――もうちっと、――お前のそばで、眠っとくよ。――誰か、ひとりくらいは――見張ってねぇと、なぁ――？』

そう、笑って。そのまま、渦巻くようにして、彼自身の髑髏《どくろ》に吸い込まれていった。

――置物にしてても意味がねえ。俺のとまとめて、この骨も使いな。

最後に、ぶっきらぼうな言葉が、部屋に響いた。

「……ありがとう……」

俺はもう、それ以上、言葉にならなかった。

だが、目元を拭って、改めて誓う。

俺は必ず、魔王を倒す。

そして——人類を救うんだ。

†　†　†

死者との初対話を終えて、ぐっすり寝て起きたら、だいぶん頭がすっきりした。やっぱ睡眠は大事だな、気合も入り直したよ。

これまで以上に、打倒魔王に邁進《まいしん》していかねば。早速行動に移るぜ。

『と言っても、具体的に何をするつもりじゃ？』

今考えてるのは、ホブゴブリンの件かな。

ゴブリン・オーガ不要論に巻き込まれて、ホブゴブリンが魔王国の行政から排斥されようとしている。俺も、例の書類の取り違えで大迷惑を被ったから、アイツらに仕事を任せられないって夜エルフと悪魔たちの主張はわかるんだけどさ。魔王国の行政が健全化されちまったら、それはそれで困るんだ。勇者的には。

——なので、魔王に一言二言、具申しに行こうと思う。

「お出かけですか？」

今日の予定を変更する、と告げると、夜エルフのメイド・ヴィーネは目を瞬《しばた》かせた。

「ああ。父上のお仕事を見学するついでに、ちょっとお話したいことがあってな」

俺はわざとらしく肩をすくめて見せた。

「――ホブゴブリンどもについてだ。シダールには、この件には口を挟まないと言ったがな。俺も思うところがあったから、父上に所感をお伝えしたい」

嘘《うそ》は言ってないぜ。

「左様にございますか」

ヴィーネはニチャアと笑っていた。大方、書類の取り違えでお冠の俺が、ホブゴブリン排斥運動に加勢しに行くとでも思っているのだろう。

まあ、俺の立場なら、普通そうするよな。まさかホブゴブリンの肩を持ちに行くなんて夢にも思うまい。そして宮殿に足を運ぶ俺に、ソフィアともども、ヴィーネまで護衛役についてくるんだから、笑っちまうよ。

『悪趣味じゃのぅ』

お前も好きだろ？　この手の皮肉は……

『大好物じゃ』

アンテの顔は見えないが、きっと、悪趣味そのものな笑みを浮かべているだろう。

†　†　†

魔王の宮殿は、変わらぬ壮麗さで俺を出迎えた。

「ご機嫌麗しゅう、ジルバギアス殿下。本日はいかがなさいました？」

礼儀正しい山羊《やぎ》頭の悪魔の執事に出迎えられる。

「父上の政務を見学させていただきたい。無論、お取り込み中なら日を改める」

「本日は、通常通りの政務であられたかと。ご案内いたします」

ちなみにこの悪魔、魔王城で目にする悪魔の中でも指折りの上位悪魔だ。使役するなら相当な魔力を要するだろう。魔王子飼いの部下かな。

アンテ、こいつのこと知ってたりする？

『いや知らん。元はそこそこの格で、現世に来てから成長したと見るべきじゃろうな』

魔界の古参ではない、と。ソフィアのときみたいなのはゴメンだからな。

そうだ、ソフィアならこいつが何の悪魔かも知っているかもしれない。いずれ戦う羽目になるかもしれないし、魔王城戦力の事前調査も進めておくか……

豪華な装飾品が並ぶエリアを抜け、謁見の間を抜け、細々した実務エリアへ。魔王の執務室の前には、相変わらず長蛇の列が出来ている。俺は陳情者たちを尻目に、悠々と室内へ案内された。

「――ん？　どうした、ジルバギアス」

やや死んだ目で機械的にハンコを押していた魔王が、俺に気づいてキリッとした表情を作り、背筋を伸ばす。

「父上の政務をまた見学させていただきたいな、と思いまして」

「ふむ……お前も物好きだな。構わんぞ」

というわけで、部屋の隅に小さな椅子を持ってきて、魔王の仕事ぶりを見学。俺が顔を出してから気合を入れ直したみたいだが、随分とお疲れモードじゃねえか魔王……

こいつ、どのタイミングで休みを取ってるんだろうな？　奇襲するなら、心身ともに疲労がピークに達してるときが望ましい。

『仕事で疲労困憊《ひろうこんぱい》したところを息子に襲撃される――いったいどんな気分じゃろうな？』

さあな。わかんねーけど、襲撃する側は最高にゴキゲンだろうよ。

「陛下、前線よりの報告です」

おっと、早速気になる情報だ。俺もまた椅子に座り直して、耳を傾ける。


――相も変わらず、勝ち戦か。

魔王国は現在、三つの戦線を展開している。山岳地帯を中心に、ドワーフの王国を相手取った北部戦線。平野や森林を中心に、森エルフと人族を相手取った東部戦線。そして魔王国の支配を拒否した獣人国家群、及び人族連合を相手にした南部戦線。

領土を急激に拡大しすぎないという戦略のもと、三方面作戦を同時に展開しながらも、魔王国の戦いぶりは堅実だ。魔王国も同盟も、しっかり準備期間を置いての会戦だから、戦闘は激しいものになりがちだが、それでも魔王国は安定して勝ち続けている。

「諜報網《ちょうほうもう》によりますと、聖教会の支援のもと、北部戦線に新たな動きが――」

その一助となっているのが、夜エルフの諜報網だ。せっかく聖教会が反攻作戦を準備しても、筒抜けではなぁ。いずれ魔王国ともども滅ぼしてくれる……！

「ふむ。ご苦労」

いくつか書類にサインした魔王が、小さく溜息をついて、背もたれに身を預けた。

「少しばかり休憩にするか」

「お茶をお持ちします」

心得たとばかりに、執事が一礼して部屋を出ていく。魔王と俺だけが残された。

「――それで」

くるりと俺に向き直って、魔王。

「何か話でもあるのか？　ジルバギアス」

うん？　と片眉を跳ね上げてみせながら、少しばかり砕けた調子で。

「……父上には敵《かな》いませんね」

俺は、まるで内心を見透かされた子どものように、苦笑した。食事会の日程も無視してわざわざ急に訪ねてきたら、何事かあると思うのが普通だよな。

「ふん。父はその程度のことはお見通しなのだ」

ドヤる魔王だが、お前さん、重要なことを見落としてるぜ。目の前にいるのが、本当は誰なのかってことをよォ……！　俺はちょっと笑ってから、真面目な顔を作り、念のため防音の結界も展開して話を切り出した。

「お話したいことは他でもありません、ホブゴブリンについてです」

「……ふむ」

おっと、魔王が身構えたな。子どもの話を聞く顔から、魔王っぽい顔つきに変わった。

そして、俺がこの件に口を挟むことも、あまり快く思っていなさそうだ。

「最初に断っておきますが、俺はどの種族の肩も持つ気はありません。ただ、一連の流れを見ていて、今後の魔王国のあり方に思うところがありまして」

「ほう」

この言い方には興味を惹《ひ》かれたらしく、ゆったりと椅子に座り直す魔王。

「……魔王国は、我ら魔族のための国とはいえ、実際は多民族国家ですよね」

「そうだな」

「多種多様な種族の寄り合い所帯。そのような国家において、種族単位の排斥を許容するのは、今後の統治に悪影響を及ぼすのではないかという話です」

魔王は無言でうなずき、続きを促した。

「実は先日、ひょんなことから死霊王《リッチ》のエンマと知己を得まして」

「……よく知り合えたな。あんな地中深くに引きこもっているような奴《やつ》と」

「それが、真っ昼間に中庭で日向《ひなた》ぼっこしてたら出くわしたんですよ。なんでも、日光への耐性を得る実験をしていたとかで……」

「フフッ、変わった奴だ。お前もエンマも」

魔王が小さく吹き出した。日向ぼっこが趣味の魔族なんて、そうそういねーだろうからな。自分から日光に突っ込むアンデッドも。

「それで……少しばかり親交を深めました。なぜか俺は彼女に気に入られたらしく」

「ふむ」

「色々と話すうちに、エンマは、アンデッドの立ち位置が兵器としてのそれに偏重しつつあることに危機感を抱いており、戦争が終結すれば、ゴブリンやオーガのようにアンデッドも用済みとなって捨てられるのでは？　との懸念を漏らしていました」

魔王は唇を引き結んで、少しばかり天を仰いだ。勘弁してくれよ、とでも言わんばかりの態度。この様子を見るに、現時点では、アンデッドをどうこうするつもりはなかったみたいだな。……あくまで『現時点では』ってのがミソだが。

俺、つまり勇者にとっては、アンデッドとは聖属性で討滅できる存在だ。エンマみたいな例外はいるものの、充分な戦力で挑めば、必ず撃滅できるという考えがある。

だが闇の輩《ともがら》の視点に立った場合、連中がかなり厄介な存在であることに気づく。というのも、アンデッドは闇の魔法や呪いに強い耐性を持つ上、闇の輩が効率的に加害できる手段が、火属性しかないのだ。

そして全ての魔族が火の魔法を扱えるわけじゃない——魔王が火と闇の複合属性の持ち主なので、抑止力としては充分であるものの。それでもアンデッドたちが思い詰めて反旗を翻そうものなら、クッソ面倒なことになるのは目に見えている。

「種族を理由に排斥すると、他種族も動揺させかねん、と。そう言いたいわけだな？」

魔王は眉間を揉《も》みほぐしながら、俺に確認する。

「はい。俺としては――種族ではなく、あくまで個人の能力と適性を根拠に、ことを進めるべきではないかと思います」

無能なホブゴブリンは放逐されればよい。有能なホブゴブリンは残ればよい。それでも夜エルフや悪魔は、自分たちのポスト拡大のために声を上げるだろうが、連中はホブゴブリンよりも遥《はる》かに寿命が長い。強引に排斥を進めずとも、ホブゴブリンが引退して空いたポストに、『真に優秀な者』を順に据えていけば、自然と入れ替わっていく――

「その代謝には数十年かかるかもしれませんが、他種族の動揺も抑えられるでしょう。肝心なのは業務が健全化されることであり、いち種族を排斥することではないはず。ホブゴブリンたちも、真に有能な者には活躍の余地が残される……」

魔王の目を見据えながら、俺は慎重に言葉を続ける。

「父上が魔王国の未来をどのように見据えておいでなのか、俺には想像するほかありませんが、百年後、二百年後の統治のあり方を見据えるならば、そういったやり方もあるかもしれない、と思いました。……もちろん、下々の者が動揺しようが反旗を翻そうが、魔王の威をもってねじ伏せる――それもまた魔王国の正しいあり方かもしれませんが……」

「……お前の考えはわかった」

ふぅ、と小さく溜息《ためいき》をついて、魔王は背もたれに身を預けた。

「……一考に値する。エンマの情報も含めて、良い提言だった」

「ありがとうございます」

俺は目礼する。さて、言うだけ言った。後は野となれ山となれ。魔王が俺の考えを検討すれば、ホブゴブリンの排斥を最低でも二、三十年は遅延させられるだろう。

『――しかし、良いのか？　他種族との融和を魔王が意識し出せば、長い目で見ると魔王国がより強固になるやもしれんぞ？』

いや、実際のところそうでもないんだ。どうあがいても、魔族が他種族の上でふんぞり返ってる現状は変わらないんだから。

ドラゴン族は虎視眈々《こしたんたん》と逆襲の機会を狙ってるだろうし、アンデッドたちも腹の底では何を考えてるかわからない。夜エルフと獣人族は、そもそも魔王に逆らう気がないだろうし、悪魔に至っては魔族と共存共栄。

つまり、融和政策を取ろうが取るまいが、魔王国の構造には微々たる影響しか出ないんだ。ホブゴブリンがちょっと得をするかどうか、ってだけで。

「――陛下、お茶の用意ができました。……おや、お取り込み中でしたかな？」

と、執事の山羊頭悪魔が戻ってきた。室内の防音の結界に気づき、はたと立ち止まる。

「いいや、構わん。ちょうど終わったところだ」

何気なく魔力を込めて、俺の結界を破ろうとする魔王だったが、手を止めた。

「ジルバギアス、もういいぞ」

「わかりました」

俺は防音の結界を解除した。――勝手に結界を破るのは、術者の意向を蔑《ないがし》ろにする行いだからな。魔王が俺の顔を立てたのだ。天下の魔王が、息子とはいえ5歳児に対して。

「……そういえば、今更ではあるが子爵への昇進、めでたいことだ」

ティーカップにどっさりと砂糖を放り込みながら、魔王が思い出したように言う。

ちなみに、魔王国での叙爵権を握っているのは魔王だ。それが魔王の権力のひとつでもある。俺に爵位を授けてきたのも、書類にサインしたのもコイツ。

「ありがとうございます。……運が良かったのか、悪かったのか……」

「違いない」

書類の取り違えについては聞き及んでいるのだろう、魔王も苦笑気味だった。

「最近はどうだ？　例の一件で闇竜王《オルフエン》と交流があるのは聞いていたが、エンマとまで親交を深めていたとは知らなかったぞ」

美味《うま》そうに甘みたっぷりミルクティーをすすりながら、話を振ってくる魔王。

「ええ、まあ……」

曖昧にうなずく俺だったが、ふと好奇心が鎌首をもたげた。死霊術のことを話したら、魔王はどのような反応を見せるだろう？……そこまで隠し立てしてないし、プラティには話したし、幹部会でエンマが言うかもしれないし、どうせそのうち知られるよな。

言ってみよ。

「最近は、エンマに死霊術を教わってますね」

「ブふぉァ」

魔王が鼻からミルクティーを吹き出した。

……無敵の魔王もミルクティーごときで咽《むせ》るんだな。不意を打つなら、ミルクティーを飲ませてから何かとんでもないことを言って、咽させるのがベストか……？

「ウェッホ、エッホ……なんでまた、死霊術《そのようなもの》を？」

執事からハンカチを受け取って、鼻の周りを拭きながら魔王。

「なんでというか……興味本位でしょうか」

俺がそう答えると、魔王は逆立ちする猫でも見るような目を向けてきた。やっぱり魔族的には死霊術ってこういう扱いなんだな。

「俺は純粋な闇属性なので、適性は高いですし……別に死者を従えたいわけじゃありませんが、技術として興味がありましたので」

「お前は……本当に、変わった奴だな……。しかし大丈夫なのか？」

おかわりの茶をすすりながら、眉をひそめる魔王。

「あまり『死』を弄ぶと、死後、闇の神々の園へ招かれんかもしれんぞ」

――なんだと？　魔王は、闇の神々がまだ『いる』と信じてるのか？　悪魔が身近にいる以上、神々の概念化については知らされてそうなもんだが。

アンテ、概念化ってのは魔界じゃ常識じゃないのか？

『ひよっこどもは知らんかもしれん。悪魔の行き着く先は魔神だ、と思っておるのが大半じゃろうな。しかし仮に知っていたとしても、わざわざ契約者に教えるかどうかは別問題じゃ。相方の信仰を破壊してでも、特に利益にはならんじゃろうし……』

なるほど。魔王が闇の神々を真っ当に信仰してるなら──慎重に答えざるを得ない。

「──大丈夫です。術理は学びますが、積極的に実践するつもりはありません」

どの口でほざく、と自分で笑いそうになっちまうが我慢だ。

「どちらかと言うと……ここだけの話ですが、アンデッドをより深く理解する備えとして、の側面が強いです」

俺の言葉に、魔王はピクッと眉を跳ね上げた。

「……確かにな。彼奴《あやつ》らを利用しておきながら、我らの側に専門家がひとりもおらんのは問題かもしれん」

よし、なんかいい感じにまとめられたぞ。

「はい。剣聖の戦い方を学ぶために、剣術を学ぶようなものです」

「うむ。……待て、まさか剣術まで学んでおるのか？」

おっ、察しが良いな、魔王。ちなみに俺は今、腰に聖剣を下げてはいない。アダマスは部屋でお留守番だ。

なぜかって？　魔王を前に封印を維持できる自信がなかったからだよ！　『うおおお主《あるじ》

の仇《かたき》ッ!!』みたいなノリで本来の力を解放しかねない……！

「部下に夜エルフの諜報員《ちょうほういん》がいまして。その者は同盟圏で長らく活動しているため、剣術に長《た》けています。おかげで、多くを学び取っていますよ」

「そうか……お前は本当に勉強家だな。だが槍術《そうじゅつ》に変なクセがつきはしないか？」

「あー、まあ……」

……剣槍《けんやり》のことは、この場では言わないでおこう。

「一応、魔法抜きの槍勝負では、母上から一本取れました」

「なんと！」

これには純粋に驚いたようで、魔王が目を丸くしている。

「魔法抜きとはいえ、あのプラティからか？」

「ええ。なので、この頃は魔法ありの訓練に変わりました……」

「……いくら息子相手とはいえ、プラティが手を抜くとは思えん。信じがたいほどの成長ぶりだなお前は……。魔法ありということは、プラティの奥の手は見たか？」

ウッ、三本槍……ムキムキの腕……俺は頭痛に苦しんだ。

「……なぜ、母上が予備の槍を持ち歩いてるのか、よくわかりましたよ……」

「その調子だと本当らしいな……お前の将来が楽しみだぞ」

感心したようにうなずく魔王。

「それにしても、ジルバギアス。お前は今のままでも立派な戦士だ。だからこそ――死霊術に関しては、あまり外では言わない方がいい」

「ご忠告、感謝します。身内以外に話したのは、父上が初めてですし……ここだけの話ということでお願いします」

魔王が思ったより死霊術に忌避感を示したのは、興味深いな。魔族の中ではかなり先進的な魔王でさえこれなんだから、一般魔族どもがどう反応するか容易に想像がつく。

死霊術については極力伏せるとしても、バレたところで、俺がそれを使えることを前提に作戦が組まれる心配はなさそうだ。流石《さすが》に、戦場で死者の軍勢を率いて、人族を襲撃しろとか言われたら耐えられんぞ……！

『それはそれで、凄《すさ》まじい力が稼げそうじゃがな』

そういう問題じゃねえんだわ……！

「先の話にはなるだろうが、お前がどれほどの戦功を積み上げるか、想像もつかんな」

目を細めて、俺を見つめる魔王。

「いや、意外とすぐの話になるか？　お前とプラティのことだからな……」

クックック……と笑う。……できるだけ、先の話であってほしいとは思うんだが……

「懐かしいな。まったくもって、戦場を駆け巡った日々が懐かしい」

書類の山に埋もれながら、椅子にもたれかかって背伸びをする魔王。

「そろそろ、休暇でも取って——我も戦場に出てみるか」

傍らに立てかけた、黒々とした槍を眺めながら、何の気なしに言う。

俺はザァッと全身から血の気が引くのを感じた。魔王の出陣、それはもはや災害に近い。軍団のひとつやふたつは簡単に喰《く》われてしまう……！

「恐れながら――陛下が出陣なさると、『出番を奪うな』と下々の者たちから苦情が殺到いたしますぞ」

山羊《やぎ》頭の執事が茶化して言った。

「うぅむ……わかっておる……冗談だ」

不満げに嘆息する魔王。

よかった……俺は気づかれないうちに、肩の力を抜いた。

「ところで陛下……そろそろ、お時間の方が」

おかわりに、ポットの残りの茶を注ぎきりながら、執事がやんわりとした口調で。

「む……そうか……」

いそいそと砂糖とミルクを放り込み、グイッと茶を飲み干す魔王。名残惜しげに空っぽになったカップを見つめてから、ふと俺に視線を移した。

「……なあ、ジルバギアス。やっぱり父の仕事を手伝――」

「あ、俺も勉学の時間なので失礼します。今日はありがとうございました！」

俺は椅子から飛び降りて、ピューーッと執務室をあとにした。

去り際にチラッと振り返ったら、しょぼくれた顔でハンコを押してやがったぜ。

へへっ、意地でも手伝ってやるもんか。そのまま仕事に忙殺されるがいい、魔王よ！

†　†　†

「いかがでしたか？」

宮殿を出ると、ヴィーネとソフィアに出迎えられた。ヴィーネが心なしかワクワクした顔で尋ねてくる。

「俺の提言は『一考に値する』とのことだった」

「それはようございました」

ニチャァと嬉《うれ》しそうに笑うヴィーネ。きっと頭の中では、夜エルフ一族のさらなる栄達を思い描いてるんだろうな……悪いけど、邪魔するぜ。

「ところでソフィア、聞きたいことがあるんだが」

宮殿から一般区画へ続く長い長い階段を降りながら、ソフィアに質問。

「父上のそばで仕えている、山羊頭の悪魔は知ってるか？」

「ああ、【渇きの悪魔】ステグノスですね。魔王陛下が即位される前から使役されていて、付き合いはかなり長いようですよ」

ソフィアは即答した。アンテの顔さえ知っていただけのことはある、頼りになるな。

「へえ、渇きの悪魔……権能は？　喉をパッサパサにさせるとか？」

「いいえ、欲望に対する渇望という意味での渇きですね。欲求不満であればあるほど、力を得られるようで」

　なんか……魔王というより緑野郎にあってそうな悪魔だが……

「陛下はかなりストイックというか、我慢強い御方《おかた》ですからね。厳しく己を律されておられるので、相性が良いのではないかと……」

　なるほど、そう言われてみればそんな気もする。あの執事、ステグノスとやらもかなりピシッとしてたけど、いざとなったら欲望を解放させて大暴れしたりするのかな。

　そんなことを話すうちに、階段を降りきって一般区画へ。このあたりは、宮殿へ直通の階段があることもあり、広々としたホールになっている。一般魔族の姿も多いな。

「しかし、なぜそのようなことを？　ジルバギアス様」

「ん、いやただ気になっただけ――」

「――ジルバギアスだぁ？」

　何気なく歩いていると、横からだみ声が響いてきた。

　見れば、なんかガラの悪い魔族の青年たち――もしかしたら少年かもしれない――が、どことなくオラついた態度で近づいてくる。なんだコイツら……まさかとは思うが……

「銀髪に赤目……生意気そうな顔……こりゃ間違いねえな。オメーが、レイジュ族のジルバギアス殿下ってワケだ」

　真ん中の、かなりゴツい体格の金髪魔族が、じろじろと無遠慮な目を向けてくる。

　……すげえ！

俺はカルチャーショックを受けた。人族国家なら考えられないことだ。俺が魔王の息子であると知りながら、こんな口を利いてくる木っ端が実在するなんて!!

いや待て、ただ口が悪いだけで、俺にお近づきになろうとしている可能性も——

「なんか知らねーが、まだ戦場にも出たことがないくせに……ママのおかげで子爵に叙されて、調子クレてるらしいなオイ!」

……すげえ!!

俺は思わずソフィアと顔を見合わせた。こんな風に絡んでくるアホが実在したんだ!

事前にプラティには警告されていたものの、言うて我、魔王子ぞ? そんなに絡んでくるアホなんているか? と思っていたのだが。


『——おそらく、一定数いますね』

それに関しては、ソフィアもこう言っていた。

『ジルバギアス様が同格であるうちに苦手意識を植え付けられれば、レイジュ族一派から睨《にら》まれる可能性を考慮しても、終生大きな影響力を発揮できます。ハイリスク・ハイリターンの賭けといったところですね』

……そんな木っ端の影響下にある魔王子なんて、最終的には大した地位に就けなそうだし、リスクにリターンが見合ってなくないか?

『いえ、そういうのを仕掛けてくるのは、元から何も持ってないような連中なので、少しでも上に食い込めたら成果としては上々なのです』

ああ、いわゆる無敵のヒトってやつ……

『そして、そういった何も持たない木っ端連中を、そそのかして利用しようとする者も後を絶ちません。あることないこと吹き込んで義憤に駆らせたり、過小評価を招くような噂《うわさ》を流して、自分でも勝てると勘違いさせたり……』

俺は特に、実年齢も低いし、大人に比べりゃ見た目も若いしで、そりゃ舐《な》められるだろうなぁ。『コイツならいける』と思われても仕方ない、特に同格の魔力の持ち主には。

『どの派閥にも属せないまま、ただ利用されるだけの氏族なんてのもいるそうです。代々ロクなツテがないので正確な情報も得られず、踊らされてばかりの連中が……』

――そういう家に生まれなくて、つくづく良かった。魔王を倒すなんて、夢のまた夢になるところだった……それにしても、王子に対してよくそんな無礼が許されるよな。

『単なる暴力ではなく誇りの戦いですからね。下々の者に屈するような性根の持ち主は、最初から上に立つ資格がない。横暴が通るなら通した者の勝ち、そうでないなら、相応のしっぺ返しがあるだけです。魔族が魔王国を打ち立てる前よりの風潮だそうですよ。力が拮抗《きっこう》した者同士の格付けに、生まれや育ちは不要、と……』

うーむ……蛮族。

『で、そういった連中に絡まれて、対象が力を失えば儲《もう》けもの。失敗したところで、そそのかした側には何の害もないというわけです』

気持ちはわからんでもないが、現時点の俺は、そこまでする価値のある脅威か？

『他王子はともかく、その取り巻きや、母親たちが何を考えるかはわかりませんよ』

ごもっとも。


「――おい、だんまりか？　それともビビって声も出ねえのか？」

遠い目で回想していた俺だったが、だみ声で現実に引き戻される。残念ながら、その手のアホがまだ、目の前でガンを飛ばしてきていた。一《いち》か八《ばち》かの賭けに出たのか、何者かにそそのかされたのか、どうしようもなく愚かなだけなのか。

……『ママのおかげで子爵に』云々《うんぬん》言ってたし、そそのかされたクチかな？

さり気なく辺りを見回せば、年長の魔族たちはどこか面白がるように、夜エルフ・獣人の使用人たちは戦々恐々とした様子で、状況の推移を見守っている。

「ああ、まだいたのか」

いずれにせよ、こちらの対処は変わらない。

「用事があるなら手短に頼む、こちらも忙しい身でな」

「……あ？」

俺が腕組みして正面から見返すと、金髪野郎は頬をピクピクと痙攣《けいれん》させた。

……魔族にしちゃ珍しい金髪だと思ってたが、よく見ると、髪の毛の根っこ部分の色がちょっと違う。何らかの方法で金色に染めてるのか？　まさかとは思うが、同じく珍しい金髪の、現魔王ゴルドギアスにあやかろうとしてる……？

もしそうなら……お前の眼前にいる奴《やつ》はその息子だぞ……

「大先輩に対して、口の利き方がなってねえガキだな……！」

歯を剝《む》き出しにして威嚇しながら金髪野郎。

「貴様こそ礼儀がなっとらんようだな。知らない人には挨拶してから話しかけろと、ママに教わらなかったのか？　それとも、教わっても覚えておくだけのおつむもないのか？」

ビキッ、と青筋を立てた魔族が、ゆっくりと手を伸ばしてくる。

胸ぐらを摑《つか》むつもりか。それで体格差で抑え込むと。コイツの方が身長が高く、ガタイもいいしで面倒な一手だな。かといって、手を避けようと後ろに下がったりしたら、怖気《おじけ》づいたとか何だとか言われそうだし……ああ、もう面倒くせえ。

「礼儀？　礼儀だと？」

案の定、俺の胸ぐらを摑みながら、金髪野郎が凄《すご》む。

「オメーのどこに礼儀を尽くす必要があるってんだ。生まれを鼻にかけてるだけの、高慢ちきなガキによ……！　ママや手下にドラゴンを倒してもらって、それで地位を買ってご満悦な野郎に、下げる頭はねえ！」

距離が近すぎて、ツバが顔に飛んでくる。コイツの頭の中では、俺が他の連中にファヴギを倒させて、功績だけ掠《かす》め取ったことになってるらしい。

「ドラゴンは俺が屠《ほふ》った。それに対する正当な地位だ」

「へっ、フカすな！　とてもドラゴンの長なんか、倒せるようには見えねえよ！」

馬脚を現したな、とばかりに勝ち誇った笑みを漏らした金髪野郎は。

「自分でやったってんなら……その力、証明してみせな！」

ぐいっと俺の胸ぐらを摑み上げて、俺の身をわずかに宙に持ち上げてから――すかさず蹴りを放ってきた。うおっ、顔面狙いか。確かにちょうどいい身長差だけど、そこまでするか？　俺5歳児だよ？

『あの女の言う通り、従騎士《プラティ》はホントにお守りだったんじゃのー』

違いねえ。こんな環境に、5歳児の子爵をお出しする側に問題があるってわけだ。

俺は空中で身を反らして、限界まで威力を相殺しつつ、蹴りを顔面で受けた。けっこうな威力で鼻がツンとする、そして衝撃に逆らわず吹っ飛ばされる。

ゴロゴロと床を転がっていく俺に、金髪野郎は「ハッハァ！」と笑った。

「棒立ちで受けやがった、口ほどにもねえ雑魚だぜ!!」

手下たちを振り返りながら、大笑いしている。避けられなくした上でやったくせによく言うぜ。

「そういえば、名前を聞いてなかったな」

俺は鼻を押さえて、ビッと鼻血を飛ばしながら、何事もなかったかのように立ち上がり尋ねた。

「……あ？」

「そこまでの大口を叩《たた》くからには、それなりの戦士なのだろう？　名乗れ」

薄ら笑いを浮かべる俺に、金髪野郎は怪訝《けげん》そうに目を細める。この程度の傷で、俺が泣きべそかくとでも思ってたのか？

だがすぐに、俺をあざ笑いながら金髪野郎がおちょくってくる。

「イキがるなよ小僧。今の蹴りもかわせないようじゃ、ドラゴンどころか人族の兵士にさえ手こずるだろうよ」

……あ？

「おっと、ぼくちゃんはまだ戦場にも出たことがないんだったか。人族の兵士はとってもコワイんでちゅよ～、気をつけまちょうね～」

ゲラゲラゲラ、と大笑いする金髪野郎と手下ども――

ふざけんなよ。ぶち殺すぞテメェ。


「……言いたいことはそれだけか？」

俺は自分の目頭が痙攣していることを自覚しつつ、極力冷静に尋ねた。

「おっと、怒らせちゃったみたいだな。意地悪して悪かったよ、早くママのところに帰って安心させてやりな」

「やはり頭の出来が悪いらしいな。俺は『名乗れ』と言ったぞ。それとも自分の名前すら忘れたか、低能が」

俺はクイクイと手招きして見せる。

「かかってこい。貴様のゴブリン面にはうんざりだ。その角へし折ってくれる」

「……んだとコラァ、優しくしてやりゃ、つけあがりやがって！」

「それはこっちの台詞《せりふ》だ。ロクに名乗りもできん脳みそ惰弱野郎には、不要な気遣いだったようだがな」

「ほざけガキァ！」

これにはカチンと来たらしく、金髪野郎が鼻息も荒く駆け寄ってくる。

「――アノイトス族、メガロス子爵だ！　よく覚えておけ！」

堂々と名乗りながら。ここで俺も【名乗り】返したいところだが、この手のやり合いで魔法は禁じ手らしいので、実力でやるしかない。

だが、【名乗り】のブーストなんざなくても、コイツは素の実力で充分だ。

俺は全身の魔力を循環させ、勢いよく突っ込む。

「うおッ!?」

一瞬でゼロになった間合いに金髪野郎《メガロス》が驚いたような声を上げたが、すぐにニヤリと笑って掴みかかってくる。

あくまで体格差を活《い》かすつもりか。最初の一撃といい、陰湿な野郎だぜ。だが、それを逆手に取る。俺は逆らうことなく、メガロスに掴まれた。

「——へッ、雑魚が！」

拍子抜けしたような顔でメガロス。さっきと同じように俺を宙吊《ちゆうづ》りにして甚振《いたぶ》るつもりか、俺の身体《からだ》を持ち上げて——

「ちょうど揃《そろ》ったな」

顔の高さが。これでやりやすい。俺は右手の指をピンッと伸ばした。

手刀。腕そのものを剣に見立てて——メガロスの側頭部に、叩き込む。

「——チッ」

鬱陶しそうに左手で防御しようとするメガロスだったが。

その瞬間に、全身の魔力を指先へ注ぎ込む。

魔力の一点集中。剣槍《けんやり》で出来て、手刀《これ》で出来ない道理はない——！

振り上げられた左腕に、ゴリッと俺の手刀が食い込んだ。突き進む。腕の骨を粉砕しながら、なおも止まらない。俺の狙い通り、手刀がメガロスの角に直撃する——


パキャッ、と乾いた音が響き渡った。


「あっ——」

ぐるんと白目を剝くメガロス。俺を掴む手から力が抜け、へなへなと床に崩れ落ちる。

そしてその横に、からんからんと、割れ砕けた左側頭部の角が転がった。

「あっ……」

「なっ……」

「ええ……」

周囲の見物人たち、そしてメガロスの取り巻きたちが、絶句している——

「……あっ。……ああ、あああああッッ!?」

一拍置いて、意識を取り戻したメガロスが、床に転がる角を目にして絶叫した。

「あああ……あああああ!!　俺の……俺の角があああアァァァッ!!」

声にならない悲鳴を上げるメガロス。——その魔力は、先ほどよりも明らかに目減りしていた。やっぱ角って、ただの感覚器官じゃないんだなー。

「はっはっは、男前になったじゃないか！　ますますゴブリンに近づいたな！」

床で喚《わめ》き散らすメガロスに、俺は満面の笑みを向けた。

「それにしても、これには驚いた」

腕を広げて、見物客《ギャラリー》へのアピールも忘れない。

「まさか、素手で軽く小突いただけで折れてしまうとは。頭だけではなく、角の出来までお粗末だったようだ！　ハッハッハ！」

と、笑い飛ばしたが、見物の魔族たちは老若男女問わずドン引きしていた。

む……？　流石《さすが》にちょっとやりすぎたかな……？　ま、いいか！　ガハハ！

『気分爽快じゃな！』

アンテが満足気に言った。俺もだよ!!

†　†　†

魔王城北西部、居住区のとある一室――

それは、青を基調とした落ち着きのある部屋だった。

壁には青一色のタペストリーと魔王国領土の大きな地図。天井には大型肉食モンスターの骨に青の宝玉をあしらった（魔族にしては比較的）豪華なシャンデリアが吊《つ》り下げられている。本棚には農業や畜産、地政学の書籍が、ジャンルとタイトルごとに整理整頓されて納められていた。

部屋の主の思想を反映するように、インテリアから小物の配置に至るまで、全てが計算され尽くしたかのような、機能美と実用性を兼ね備えた空間。そんな自室で優雅にソファに腰掛けた第1魔王子アイオギアスは、ティータイムを楽しんでいた。

「やはりキャフェーはいい……」

香り高い、真っ黒な煎じ茶、キャフェー。アイオギアスはブラックで嗜《たしな》む派だ。

夕《あさ》のルーチンを終え、厳しい鍛錬の汗を風呂で洗い流し、続く自学や執務の前に、心と体を休める至福のひととき――

カップを傾けながら、何気なく窓の外に目を向けた。城下町の夜景と、地平の果ての、天をつかんばかりにそびえ立つ山脈が一望できる。

あの山脈の向こうに、魔族の故郷たる『聖域』があるという。

魔王国の礎——魔族の祖霊たちもまた、こちらを見ているということだ。実質的な次期魔王のアイオギアスとしては、景色を眺めるたび身が引き締まる思いだった。

——魔王国を、自分の代でさらに栄えさせねばならない。

アイオギアスが思い描く未来の自分の姿。それは国を富ませる魔王だ。初代魔王が興し、現魔王が拡《ひろ》げたこの国を、さらに豊かな強い国にする。

初代が魔族を率いて『聖域』を脱したのは、豊かな土地を求めてのこと。

現魔王が国を拡げたのは、土地を手中に収め、並み居る外敵を征伐した結果。

であれば、せっかく手に入れた土地を、有効活用しなければ意味がない。

——しかし今の魔王国で、それができているとは言い難かった。初代魔王が領地を褒美として無計画に配りまくったため、土地の管理が氏族ごとにバラバラで、全く統制が取れていないのだ。荒れた土地でちまちまと農業をしている勤勉な一族がいるかと思えば、豊かな土地を手つかずのまま放置しているような、どうしようもない輩《やから》もいる。

自分が魔王になった暁には、土地の管理を一本化するつもりだ。今は面積に比して人口が少ないので食料自給率も問題ないが、農業を国が管理すればもっと効率を上げられる。そうすれば、さらなる人口の増加——魔族に限らず、それを支える獣人や夜エルフたちも——が見込める。この大陸に、魔族の千年王国の礎を築くのだ——！

「……失礼します、殿下。お耳に入れたいことが」

と、アイオギアスが魔王国の未来を思い描いていると、扉がノックされ、子飼いの部下が入室してきた。

「弟君、ジルバギアス殿下についての情報です」

「聞こう」

「ジルバギアス殿下と、アノイトス族のメガロス子爵が衝突しました」

「アノイトス族……」

アイオギアスは記憶を辿《たど》ったが、ピンとこない名前だった。

「記憶にないな」

「留める価値もございません」

木っ端の一族か——アイオギアスは無駄が嫌いなので、その名を忘れることにした。

「叙爵早々、同格に絡まれたか。エメルギアスによれば、末弟もそれなりに育っているとのことだったが——それで？」

優雅にキャフェーのカップを口に運びながら、続きを促すアイオギアス。

「はっ。それが……ジルバギアス殿下が、相手の角を素手でへし折った、と……」

「ブふぉァ」

アイオギアスは鼻からキャフェーを吹き出した。

†††

「――素手で角をへし折ったぁ？」

　自室で報告を聞いていた第２魔王子ルビーフィアは、素っ頓狂な声を上げた。

　彼女の部屋はきらびやかだ。父の思想を深く理解しているルビーフィアは、装飾品を置くことに躊躇《ためら》いがない。それでいて彼女は一線級の戦士でもあり、武具も愛している。

　だから宝飾品や芸術作品を並べる傍らに、ズラズラと無骨な予備の槍が立てかけられたりしていて、さらには謎の燃える石なども置かれていた。とにかく、混沌《こんとん》とした熱気あふれる空間。レッドドラゴンの住処《すみか》と言われても信じてしまうかもしれない。

「もうちょっと詳しく説明なさい。どういう状況だったの？」

　ソファの上で足を組み替えながら、改めて部下に問うルビーフィア。

「はっ！　目的は不明ですが、ジルバギアス殿下は早晩、単独で宮殿入りされ陛下の執務室を訪ねられたご様子。一時間ほどして去られたようですが、ここでどのような会話がなされたかは不明です。そして、宮殿から降りた『絢爛《けんらん》の間』で、アノイトス族のメガロス子爵に因縁をつけられたのが、事の発端だそうです」

「アノイトス族――あのアホどもか」

　何かイヤな思い出でもあるのか、野性味あふれる美貌を歪《ゆが》ませ、渋い顔をする。

「ハハハハッ、姫様《ひいさま》も苦労させせられてますからな」

おどけた様子で言う部下に、ますます渋い顔のルビーフィア。

「戦場じゃ恐れ知らずだから、『槍』としてはそれなりに使えるのよ、連中。問題は突き刺さる先を時々見誤ることね」

嘆息してソファの肘掛けに頬杖《ほおづえ》をつき、「それで？」と先を促した。

「はっ！　メガロス子爵は、ジルバギアス殿下が生意気である、地位に対し実力が見合っていないなどと因縁をつけ、その功績も詐称であると糾弾。正当な地位だと反論したジルバギアス殿下に、実力を証明してみせろと——鼻っ柱に蹴りを入れたそうです」

「あら痛そう」

ルビーフィアはわざとらしく頬に手を当てたが、ジルバギアスが幼い身空で厳しい鍛錬を積んでいることは知っている。その程度で音を上げるようなタマではないことも——

「ジルバギアス殿下は即座に反撃。メガロス子爵に摑《つか》みかかり——、こう」

シュッ、と手刀を振り下ろす部下。

「一撃で、左角を打ち砕いたそうです」

——無意識のうちに、ルビーフィアは己の角に手を伸ばしていた。魔族にとって、角を失うことの意味は大きい。魔力の感覚器であり、人格と尊厳の象徴でもあるからだ。

「確認するけど、素手で、なのよね？」

「報告によれば、はい。魔法や呪い、武具の使用は確認できなかったと複数の筋から証言があります」

「へぇ……アノイトス族は大騒ぎでしょうね」

「ええ、すぐさまレイジュ族へ抗議と治療要請の使者を送ったそうですよ」

そう言って肩をすくめる部下は、同情半分、嘲り半分といったところだった。

「それに対し末弟側は？」

「殿下いわく、『ちょっと小突いただけなのに折れてしまった。脆《もろ》さを事前に予想できなかったことは誠に遺憾。治療は可能だが、どうせまたすぐに折れてしまうだろう。本人のためにも槍働きから身を引かせては如何《いかが》』と返したそうで……」

あまりにも容赦ない口ぶりに、ルビーフィアは笑ってしまった。

「取り付く島もないわね。よりによってレイジュ族だし」

角の欠損は、転置呪によって治療可能ではある。他の誰かに――健全な状態の角を持つ魔族に、『角が折れた状態』を押し付ければいいのだ。そしてこの治療は誰かが身代わりに自分の角を失うことも意味する。よほど人望ある魔族でなければ、そのまま捨て置かれるのが常だ。『角折の刑』に処された罪人でもいない限りは――

で、そういったアレコレを一手に引き受けるのがレイジュ族だ。メガロス子爵も、まさか喧嘩《けんか》で角を失うとは思っていなかったのだろうが、あまりに相手が悪かった。

「……それにしても、素手で、ねえ」

氏族間紛争で槍を交えた際に、とか、私刑にあった者が折られた、という話は聞くものの、魔族同士の喧嘩に限っていえば前代未聞だ。しかも、それを為《な》したのが――

「あたしの記憶が正しければ、あの子ってまだ5歳よね？」

「自分の記憶も正しければ、そうですな」

部下はあごひげを撫《な》でながら可笑《おか》しそうに答える。

——そもそも、魔族の角はそう易々《やすやす》と損傷しないものなのだ。魔力の源でもあるがゆえに強度は相当高い。大公のルビーフィアをして、素手で、魔法も抜きに、誰かの角を折ってみせろと言われたら……ちょっと大変だなという気がする。

「昔の記録で、拳聖とやりあった戦士が、角を殴り折られたってのを見た気がするわ」

思い返すのは、末弟ジルバギアスの姿。

……そんなに強いか？　ファラヴギとの戦いを経て、ちょっとは成長したらしいと聞くが、拳聖と同等の一撃を繰り出せるようには思えなかった。

「案外、ホントにメガロスの角がどうしようもなく脆かったのかもしれないわね」

「正直なところ、同感ですな」

ルビーフィアと部下は忍び笑いを漏らした。アノイトス族たちは今頃カンカンだろう。これから『脆弱《ぜいじやく》な角の一族』と陰で笑われるに決まっている——誰にそそのかされたのか知らないが、ヤブをつついてとんだ蛇を出したものだ。

「誰の指図かしらね」

「姫様《ひいさま》一派ではないですな、少なくとも」

「そりゃあそうよ、あたしの指示抜きにやったなら締め上げてやるわ」

フン、と鼻を鳴らすルビーフィア。

ルビーフィアの派閥としては、現時点ではジルバギアスを静観している。だが、ルビーフィアの子飼いの部下はともかく、傘下のダイアギアスとトパーズィア、そしてその部下たちまではわからない。

現時点で、ジルバギアスを潰すような真似《まね》に利点があるとは思えないが……

「いずれにせよ、将来が楽しみね、あの子の」

いくら惰弱な輩が相手だったといっても、素手で角をへし折るような実力・気概を兼ね備えた5歳児だ、信じられない。

「あたしの傘下に降《くだ》ってくれたらいいんだけど……」

――思い出すのは、初顔合わせのときの、あの目。冷え冷えとした――血を分けた弟とは思えないような――

「楽しみだわ」

ルビーフィアはぺろりと唇を舐《な》める。まるで血に飢えた肉食獣のように。

†　†　†

「うゅあ～～……」

アンテが赤ら顔で、ぐでーっと横になりながら妙な声を上げた。

「うぅ～……我ぇもぉ、ナデナデするぅ～のぉ～！」

そして、ソファに寝転がる俺の腹に、ぐりぐりと頭を擦り付けて甘えてくる。

あの、傲岸不遜な禁忌の魔神が！　まるで幼女みたいに頬を膨らませて！

「はいはい……」

さっきから全然勉強に身が入らねえ。俺は本を傍らに置き、アンテの頭をナデナデしてやった。今は人化してるので汗ばんだような熱気が感じられる……体温高えなコイツ……。

「あっひゃひゃっひゃひゃ、文字がブレてるぅぅ～～！」

一方、テーブルでは、空になった酒瓶を前に、赤ら顔のソフィアが本を読みながら爆笑していた。当然ながら、彼女も人化している。へべれけ状態だ。

「うひぇ……ひぇひぇひぇ！　あっ、このページはぁ、……さっきもう、読んでたんでしたぁ！　あっひゃっひゃっひゃっひゃ!!」

笑いすぎで、読書さえままならない。

あの、好奇心の塊の知識の悪魔が！　さっきから１ページも進んでいない！

「えぇ……」

ソフィアの対面で文字の書き取りをしていたレイラが、顔を引きつらせて椅子ごと身を引いている。ふと、俺とレイラの目が合った。なんとかしてください……とばかりに困り顔のレイラに、俺はお手上げのポーズを取ってみせた。

「ちゃんとぉ、我のこと見なきゃ嫌《や》～ぁ～！」

と、熱っぽいアンテの手が、ガシッと俺の顔を掴んだ。

「もっとぉ、ナデナデするのぉ～……！」

駄々っ子みたいに絡みついてくるアンテ。もちろんアホみたいに酒臭い。

「ちゃんと見てるよ……」

いつも世話になってるからなァ……と、俺は介護でもするような気分で、アンテの華奢《きゃしゃ》な身体《からだ》を抱きしめてナデナデを継続する。なんでまた、こんなことになっちまったのか。


話は、数時間前に遡る――アノイトス族のアホの角を叩《たた》き折ったあと。ついでに転置呪で鼻の怪我《けが》もお返ししてからサヨナラしたが、それで一件落着とはならなかった。

喧嘩で角をへし折ったのは前代未聞らしい。しかも5歳児が、素手で。

……5歳児に喧嘩売ってきた奴《やつ》も前代未聞らしいけど。前代未聞の特盛かよ。

角は魔族にとって人格と尊厳の証《あかし》。魔王国では死刑に次ぐ重罰に『角折の刑』なんてのもあるらしいし、人間で言えば目やタマを潰したようなもんだ。目撃者も多かっただけに方々に波紋を呼んだらしい。ただ、意外にも、やりすぎだと俺を非難したり、メガロスに同情する声は少なかった。

『同格とはいえ成人前、授爵したばかりの年下に先制攻撃しておきながら、このザマだもの。末代までの笑い者だわ』

俺の報告を受けたプラティは、そりゃあもういい顔で笑っていた。

『それにしても鮮烈な社交界デビューを決めたわね、ジルバギアス』

しゃ、社交界……！　俺が知ってる社交界と違う……！

『素手で角を、ってのは流石《さすが》にわたしも驚かされたけど……これでもう、底抜けの馬鹿か怖いもの知らずでもない限り、あなたにちょっかいをかけてこないはずよ』

そんな感じで、プラティからはえらいえらいされた。そして、アノイトス族からの抗議が来ることも予想されたので、対策も考える。

『――ちょっと小突いただけで、ポキッ！　でしたからね。どうせ治してもまたすぐ折れるから無駄、って言ってやりましょう』

『それはいいわね！　傑作だわ』

プラティは爆笑し、俺の思いつきがそのまま正式な回答として採用された。角だけじゃなくて左腕も折れてるし、何なら鼻もどうかしてるんだけどなアイツ。角は放置で、治療順もめっちゃ後回しにされそうだ。哀れ……。

『あなたが強い子で本当に良かったわ、ジルバギアス。今日はゆっくりなさい』

俺をよしよししてから、プラティは上機嫌で去っていった。

魔族の文化というか風潮というか、ちょっと面白い特徴だが、戦闘を終えたあとはのんびり過ごすモノらしい。普段は情け容赦なくキッツい訓練を課してくるくせに、こういうときは妙に寛容だ……。

『それじゃあゆっくりするかのぅ！』

と、アンテが俺から飛び出てきた。

『お前いつもゆっくりしてんじゃん』

『いーや、今回は特別じゃ！　そろそろ飯時じゃろ？』

ヒュンッと人化して、アンテはニヤリと笑った。

『せっかくじゃ！　お主の華々しい社交界デビューを祝い、乾杯しようではないか！　酒を持て酒を!!』

そうしてアンテは、俺の夜食《ランチ》にあわせてまだ夜も更けていないのに酒をかっくらった。

『んー、この葡萄酒《ぶどうしゅ》とやらは甘くて美味《おい》しいの。しかしこの、蒸留酒やら麦酒やらは美味かと問われれば、わからんのー』

最初は、多種多様な酒をちまちま利き酒しながら、アンテも理性を保っていた。

『む……何やら少し暑くなってきたやもしれん。これが暑さというものか……』

アンテは普段から紐《ひも》みたいな際どい格好をしているが、ただでさえ隙間だらけの胸元をさらにパタパタさせ、――それでもこの時点では、赤ら顔くらいのもんだった。

『あ～……頭がポヤポヤ……してきたのぅ～』

人化アンテは酒に弱かったらしく、ワイン3杯目くらいで目がとろんとし始めた。今思えば、このときに止めておけばよかったんだが、俺は読書中だったので……

え、俺？　もちろん呑《の》んでないよ。だって5歳だし。

そもそも前世からあんまり呑む習慣なかったしな。

ともあれ、俺が本に没頭していると、アンテがソファに飛び込んできた。

『んぁ〜〜〜……』

腑抜《ふぬ》けきった妙な声を上げつつ、猫のように丸まる。

『どうしたお前』

『……我も』

『え？』

『我もぉ、ナデナデしてぇ〜！』

どうしたお前!?　と部屋の全員が顔を見合わせたもんだ。

『なんで!?』

『いっつもぉ、駄犬と猫ばっかりぃ、ズルぅい〜〜〜！』

俺に馬乗りになって駄々をこね始めるアンテ。「お前も撫でてやろうか」って前に冗談めかして言ったら、「5億年早いわ小童《こわっぱ》め！」とか言ってたくせに!!

『おうおう、わかったよ』

あとで死ぬほどからかってやろう、くらいに、俺も面白がっていた。

『あのアンテ様が、ここまで精神に変調をきたすとは……』

興味深いですね……とソフィアがここで参戦。レイラの勉強を見つつ、グラスで蒸留酒を計量して、肉体への影響を調べるという実験を始めた。

『ケホッ、気化したアルコールが肺に流れ込むと、呼吸さえままならないんですね』

『ほうほう、味はこのような……』

『……？　少し視界が揺れているような感覚……これが酩酊《めいてい》感というものですか』

感心しつつ盃《さかずき》を重ね――

『ン……ふふっ、なんか楽しくなってきましたね……んふひっ……』

『……アッ、酔っ払ってます！　私いま、酔っ払ってまーす!!　あははっ』

『あっ、そーだ！　本も読んでみましょ!!……あれ？　本が出せなーい、あっ、そうか今、わたし人族なんでしたー！　あっはっはっはははひゃ！』

うん……ここで止めておくべき……だったんだろうな……俺も面白がって見てたもんだからさ……そこからふたりとも、段々エスカレートしていき――

「うゃ～～～～～……」

現在に至る。とろんとした目で、俺にほっぺたをグリグリモミモミされながらよだれを垂らすアンテ。時折首を巡らせて、俺の首や腕にかじりついてくる。

「うぃひっひひひ……あはっ、ひゃっひゃっひゃ、こっこの挿絵、こんな馬鹿みたいな顔っしてましたっけぇ？　えっひぇっひぇひぇ！」

何の変哲もない挿絵に爆笑し、バンバンと机を叩くソフィア。

「くぅ～～～ん」

リリアナがアンテを見ながら、ちょっと困った顔をしている。俺の膝の上という定位置を取られちゃったからな。

「リリアナ……こいつらの酔い、どうにかできないか……？」

「わう？」

首を傾《かし》げてる。うん……これが、二日酔いで苦しんでるとかなら話は別なんだろうが、ただクダを巻いてるだけだし、『治療すべき状態』とは認識できないようだ。

「……そろそろ、ふたりとも、人化を解除したらどうかと思うんだが」

人化さえ解除すればシラフに戻るだろうとの判断。いい加減見るに堪えない状況になりつつある。アンテにかじられるのも地味に痛えし、なんか雰囲気も怪しいし……

「いやじゃぁ～～！　このままぁでぇ、いるのぉ～～!!」

「えぇぇ～～⁇……まあ、それもぉアリかもしれませんねぇ!!　えいっ！……あれ、どうやって解除するんでしたっけ？」

アンテは駄々をこねるし、ソフィアに至っては、魔法の使い方を忘れていた。

忘れていたのだ!!　あの、知識の悪魔が!!　魔法の使い方を!!

「あひゃひゃひゃぁ！　わかんなくなっちゃいましたぁ！　えひぇひぇひぇ!!」

本人は爆笑していたが、俺はある意味、恐怖したよ。人化の魔法は使い方次第で、悪魔の権能さえ上書きしてしまうヤベー魔法だということが判明した瞬間だった。

「んにゃァ～！　我だけぇ、見ててぇ!!……お主は……我だけのモノじゃ～……」

軟体動物みたいに絡みついてくるアンテ。俺の耳にかじりつきながら、「ずっと、ずっと……我だけのモノじゃ……」などと囁《ささや》きかけてくる。

「くぅ～～ん……」

普段なら「わたしもわたしも～」と近づいてくるリリアナだが、何やら近寄りがたいものを感じているらしく、俺の前をウロウロしながら困ったように鳴いている。

「えひぇひぇ！　レイラぁ、どうですかぁ～!?　お勉強はかどってますかぁ～!?」

「ひぇっ。はっ、はいぃ……はかどってますぅぅ……!!」

ぜってー嘘《うそ》だぞ!!　真っ赤なソフィアに肩を組まれてビビり散らしているレイラが、助けを求めるように俺を見てきたが――

「我の……我のぉ……我のぉぉ……」

俺はアンテを御するので手一杯だ……!!　すまん、レイラ……!!

――結局、ソフィアとアンテが酔い潰れるまで、それから2時間ほどかかった。


とりあえずふたりとも、俺のベッドに放り込んでおいた。ソフィアは盛大にいびきをかいてるし、アンテはむにゃむにゃ言いながらソフィアを抱き枕にしている。

「くぅーん」

ソファの定位置に戻って、のびのびとゴロゴロしだすリリアナ。「わたしも撫《な》でて撫でて！」とでも言いたげな様子だったので、ナデナデしてあげる。ふんすふんすと鼻を鳴らしながら、目を細めてご満悦だ。

「やれやれ、酷《ひど》い目に遭ったな」

「は、はぃ……」

苦笑まじりに俺が話を振ると、レイラは恐る恐るうなずいた。ヘタに賛同したら、あとで怒られるんじゃないかとでも思ってるみたいだ。……これだけでも、以前の環境に察しがついて泣けてくる。

「大丈夫だよ、その程度でヘソ曲げるような連中じゃない」

仲良くいびきをかく悪魔娘ふたり（うちひとり魔神）を示して、安心させるように微笑《ほほえ》みかけると、レイラはにへらと愛想笑いを浮かべた。

「…………」

当然のように会話は続かない。というか俺が喋《しゃべ》ってるだけだ。ちょっとずつ手元に視線を戻し、書き取りの練習を再開するレイラ。あんまりじっと見つめられていても落ち着かないだろうと、俺はリリアナを撫でながら読みかけの本を手に取った。視界の隅にレイラを収めつつ、読み進めるも――内容がいまいち頭に入ってこない。

「……最近、どうだ？」

レイラの書き取りが一段落したところを見計らって、尋ねてみる。

「えっ。えっと、その……」

いかん。なんか娘と最近話せてない父親みたいな言い方になってしまった。

「……新しい環境に、慣れてきたかな」

「あっ、はい。……皆さん、とても……良くしてくださってます」

取り繕ったような愛想笑いではなく、はにかむような笑みで答えるレイラ。……以前が酷すぎたんだろうと思うと、素直に喜べない。

「それは良かった。……もし、何か要望があったら、遠慮なく言っていいからな」

「とっ、とんでもないですぅ……！　ホントに、ぜんぜん……！」

プルプルと首を振るレイラ。

「皆さん、わたしにも優しくしてくださって……ご飯は美味しいですし……柔らかい枕もベッドも……お洋服だっていただきましたし……もう、今のままでも、わたしの身に余るくらいで……」

分不相応、とでも言いたげだった。

しかし断じてそんなことはない。レイラは良くも悪くも別格だ。人化を解除すればドラゴンになるという一点で、そこらの使用人とは隔絶した立ち位置にいる。

俺がレイラを贔屓《ひいき》しても、誰も文句を言わないだろう。強いということは、魔王国においてそれだけ価値を持つからだ。

冷静に考えたら、俺の部下で今のレイラに勝てるのって、ヴィロッサくらいじゃないか？　ブレスが吐けず空を飛べなくても、暴れ回るドラゴンなんて手に負えないからな。

「そうか……きみが満足してくれているなら、いいんだ。でも本当に、ちょっとしたことでも構わないからな？　食事にデザートで甘いものが一品ほしい、とか……それこそお酒を呑んでみたい、とか」

俺が冗談めかして言うと、流石《さすが》のレイラも苦笑していた。

「お酒って、怖いものなんですね……」

テーブルの上に残された酒瓶に、劇薬でも見るような目を向けている。どうやらふたりの悪魔の痴態は、強烈な印象を残したらしい。

「それに……その、甘いものとかも。ガルーニャが、よくおやつをわけてくれるんです。クッキーとか、干し果物とか……」

ちょっと申し訳無さそうに、そして恥ずかしそうに言うレイラ。

ガルーニャ……！　お前って奴《やつ》は……！　俺は涙を禁じ得なかった。

あとで密《ひそ》かに褒めておこう。そしておやつも増量しよう。それがたぶん、一番レイラに気兼ねなく、食べさせてあげられる手段だろうし。

「……そういえば、人の姿でご飯を食べ続けていて、ドラゴンの姿に戻ったら、急にお腹《なか》が空《す》いたりはしないのか？」

ふと疑問に思って尋ねる。どう考えても、人形態と竜形態じゃ食事量に釣り合いが取れてない。

「あっ……それは、特に、そういう感じはしません。今の時代、ドラゴンも、ご飯は人の姿で食べることが多いです」

レイラいわく、最近はドラゴンの姿で肉を貪り食う方が稀《まれ》だという。人化した方が量は少なくて済むし、調理済みの食品の方が安全だし、美味しいからだそうだ。

「昔は……料理の仕方もよくわからなくて、お肉を人の姿でそのまま食べるとお腹を壊したり、美味《おい》しく感じなかったりで、『ドラゴンの姿で食らう肉こそ至高』『人化を使うのは飢えた貧者のみ』みたいな、価値観だったらしいんですけど」

魔王国の傘下に入って、料理が安定供給されるようになり変わっていったとか。美味しく安全に食べられるなら、食材の量が少ない方が効率いいもんなそりゃ……

「……しかし、そうしてみると人化の魔法って、大概インチキだな」

「そう……かもしれません……」

アンテも言っていたが、本来なら現世に存在するだけで相応に魔力を消費する悪魔も、人化すればご飯さえ食べておけば体を維持できるようになる。エネルギーの節約という一点で、他の追随を許さない奇跡みたいな魔法だ。

もちろん、能力が人族並に劣化するのが最大のデメリットだが。

戯れに、俺も人化の魔法を使ってみる。途端に世界が色褪せた。魔力が知覚できない。

「わう？」

リリアナが俺の匂いをスンスンと嗅いで、ペロッと頬を舐《な》めてくる。俺は彼女に、頬を擦り寄せた。角がないから、気兼ねなくこういうこともできるのだ。続いて、ソファに寝っ転がり、横向きに肘掛けに頭を預ける。

「この魔法のおかげで、横向きにも寝られるようになった。返す返すもありがたい」

「……魔族の方々は、かなり突っ張ってらっしゃいますもんね、角が」

自分の頭に手をやりながらレイラ。彼女は側頭部に角を残しているが、ドラゴンらしく斜め後方にシュッと伸びた角なので、あまり邪魔にはならなそうだ。

ちなみに俺も何回か練習したら、角を残したまま人化できるようになった。ただし魔力は弱まるし、横向きに寝られないし、変装にもならないし、あらゆる点で意味がない。

「ホントは、いつも人化して寝たいんだが、いざというとき危険だからやめろって、母上もソフィアもうるさいんだ」

俺が唇を尖《とが》らせると、レイラはくすくす笑っている。――そのあどけない笑みに、俺は胸が締め付けられる思いだった。

俺は彼女の父の仇《かたき》なのに。そう考えずにはいられない。俺がレイラの立場だったら――とてもじゃないが、あんなふうには笑えないだろう。

もちろん、性格や環境の差はある。だがレイラのそれは、闇竜たちによって念入りに、反骨心と闘争心を折り砕かれた結果だ。肉親を殺された恨み、怒り、そういったものはなかったことにして、見ないフリをして――強い者におもねることしかできずにいる。

あの笑顔の下の、レイラの魂は、どれだけ傷つき血を流していることか――俺はそれが悲しくて仕方がなかった。

――ここのところ、俺はずっと、ファラヴギのことで悩んでいる。

アイツの霊魂を呼び出すかどうかを。どうあがいても傲慢な振る舞いにしかならないが、可能ならレイラとファラヴギを会わせてあげたい。ファラヴギにも不幸な行き違いを詫《わ》びつつ、レイラを立派なドラゴンにするから安心して眠ってほしい、と伝えたい。

だが、俺に恨みを抱いて死んだであろうファラヴギは、呼び出せばまず間違いなく俺に襲いかかってくる。その怒りを鎮めるには、おそらく俺が真実を告げるしかない。

――そうすると問題が発生する。ファラヴギは有名すぎるのだ。

エンマのような卓越した死霊術師なら、簡単にファラヴギを呼び出せてしまう。

そして俺が真実を告げてファラヴギを霊界に帰したら。

その上で、エンマがふと興味を覚えて呼び出しでもしたら。

俺の情報が漏れる可能性がある。それは断じて避けねばならない……

ではどうする？　ファラヴギの霊魂を使役して俺の手元に置くのか？　それとも聖属性で滅してしまうのか？　いずれにせよ、……それは、あまりに、あまりにも……。

むごい。

そしてこの手段を取るなら、レイラも完全に信頼できなければならない。父を通して俺の真実を知ることになるからだ。果たして彼女は許してくれるだろうか。勇者ならなぜ助けてくれなかった、と糾弾されたら、俺は返す言葉を持たない……悩めば悩むほど答えが見えなくなる問題だった。

今さらじゃのぅ、と普段なら、俺の魂に間借りする魔神が言うことだろう。

……独りの状態だと、なんだか張り合いがないな。そんなことを思いながら、チラッとベッドを振り返ると。

「ぐ……ギ……げ……」

アンテが青ざめた顔で泡を吹いていた。

「ぐが～～～……」

見ればソフィアが、大いびきをかきながら、抱きついてきたアンテの首に関節技をキメているではないか。

「……いや死ぬがな！」

脆弱《ぜいじゃく》な人の身でそれはアカン！　ソフィア寝相悪すぎか!?

俺は慌てて立ち上がり、アンテ救出に走った。

†　†　†

——おとなたちが、かっこよく見えた。

力強く翼を羽ばたかせ、大空へ舞い上がる姿に憧れていた。

幼竜は生後しばらく、自分にも翼があることに気づいていなかったりする。レイラが翼を自覚したのは、生まれてから半年ほど経《た》ってからのこと——らしい。自分ではもう覚えていないが、父と母はそう言っていた。

『きゅー、きゅーっ』

おとなたちの真似《まね》をして、パタパタと翼を動かしてみる。ぴょんと翼を広げて岩棚から飛び降りたが、うまく滑空さえできず、べしゃっと地面に落ちてしまった。

『きゅ？』

幼いとはいえドラゴン、その程度、痛くも痒《かゆ》くもない。

『まあ！　この子ったらもう飛ぼうとしてるわ！』

母がぺろぺろとレイラの顔を舐めてきた。くすぐったくて、気持ちがいい。

『はっはっは。きみに似ておてんばだな』

父がからかうようにして言う。

『あら、心外ね。どこかの腕白坊主に似たのかも』

顔を見合わせて笑う両親。

『ほら、レイラ。こうするんだよ』

父が立派な翼を広げて、ゆっくりと羽ばたいてみせた。

『やってごらん』

『きゅー？』

一生懸命、真似したのを覚えている。

『おお！　その調子、その調子だ』

『上手よ、レイラ』

両親が嬉《うれ》しそうなので、自分まで嬉しくなった。

『きゅーっっ！』

興奮して、何かこみ上げるものがあって——口からぽふんと煙を吐いた。

『まあ！　ブレスまで！』

『すごいな！　おお、熱い熱い！』

両親は大喜びだった。それが嬉しくて、レイラは得意げに、口からぽふんぽふんと煙を吐いてみせた。

『きっとこの子は、立派なドラゴンになるぞ！』

『ええ！　きっと——私たち一族を、導いてくれるわ』

不意に、両親が匂わせた深刻な気配に、『きゅ？』と首をかしげる。

『……なんでもないの。レイラ。何も心配いらないわ』

『そうとも。それっ、お父さん張り切っちゃうぞ！』

後ろ脚で立ち上がった父が、力強く翼を羽ばたかせる。

バッサァと強烈な風が吹き渡り、小さなレイラは『きゅーっ！』と飛ばされてしまう。

ごろごろ、ぽすん。地面を転がって。幼くともドラゴン、もちろんこの程度、痛くも痒くもないが。

『もう、あなたったら!!』

『はっはっは、ごめんごめん』

立派なホワイトドラゴンの両親が、近くに来てペロペロとレイラの鱗《うろこ》を舐める。

『かわいいレイラ』

『どうか元気に育っておくれ』

『きゅー……』

両親が何を喋《しゃべ》ってるかなんて、よくわからなかったけど。幸せな時間——

不意に、レイラの頭に影がさした。

ばしん、と頬を叩《たた》かれる。

『痛っ』

いつの間にか、レイラは人の姿になっていた。暗い洞窟。黒一色のローブを身にまとった男たちが、レイラを取り囲んでいる。

『忌々しい白竜どもめ……！』

『後ろ脚で砂をかけるような真似を！』

『いったいどれほど我らに迷惑をかけるつもりなのだ！』

怒声、罵声が浴びせられる。

『ごめんなさい！　ごめんなさい！』

レイラはただ伏して謝ることしかできなかった。だがさらに、バシンと鞭《むち》のような一撃が加えられる。竜形態に戻った一頭の尻尾が振るわれたのだ——呆気《あっけ》なく吹き飛ばされ、あまりの衝撃に呼吸ができなかった。
『おいおい、死ぬぞ』
『構いやしねえよ。死んだら食っちまえばいい』
『痩せっぽちだが肉は柔らかそうだぞ』
グッグッグッ、と金属がこすれるような下卑た笑いに、レイラは震え上がる。
『ごめんなさい……ごめんなさいぃ！』
泣きながら、転がるようにして、逃げ出した。
果てしない——奥の見えない、真っ暗な洞窟を——
『逃げたぞ！』
『やはり薄汚い裏切り者だ！』
『殺してしまえ!!』
恐ろしい地響きが、足音が、背後から迫ってくる。
振り返らずともわかる、牙を剝《む》き出しにしたドラゴンたちが追ってきているのだ。
『たすけて……お父さん……誰か……！』
人の姿は、すぐに息が上がってしまう。そう長くは走り続けられない——！
『あうっ』
そして足がもつれて、レイラは転んでしまった。
（たすけて……!!）

誰か――！　そう願った瞬間、『大丈夫か？』と若い声。

見れば、洞窟の果て――明るい出口で、角を生やした少年が手を差し伸べている。

『こっちへ！　逃げるんだ！』

這々《ほうほう》の体《てい》で、その手を取ったレイラは――暗い洞窟を脱し――

『そうら』

少年が、不意に意地悪な笑みを浮かべた。

『お前の父親だ』

明るい部屋には、テーブルの上に、父ファラヴギの首。

レイラは立ちすくんで、悲鳴を――


「――いやぁぁぁ!?」


跳ね起きた。薄暗い小部屋のベッドで。

「…………あ」

肩で息をしながら、レイラは小窓から覗《のぞ》く夕焼け空を、しばし呆然《ぼうぜん》と眺めた。

暖かな太陽は沈み――これからは、闇の輩《ともがら》の時間。そうだ、自分はもう、闇竜たちの手を離れ、魔王子ジルバギアスに引き渡されたのだった、と。

もう何度目になるかわからない。現実を思い出す。

「……ひどい夢」

諦めたように、疲れた笑みを浮かべたレイラは、小さくつぶやいた。

†　†　†

レイラがジルバギアスの傘下に加わって、しばらくが経つ。

信じられないことに、まだ五体満足で生きている。当初は闇竜たちが自分をさらに絶望させるために仕掛けた罠《わな》かもしれない、などと疑っていたが――

「おはよう、レイラ。よく眠れたかにゃ？」

故郷の訛《なま》りを出して、親しげに話しかけてくる先輩・ガルーニャを見る限り、そういうわけでもなさそうだ。他はともかく、この獣人《ヒト》は、そんな器用な真似はできそうにない。

「うん……よく眠れたよ、ありがとう」

レイラは微笑《ほほえ》んで答えた。実際よく眠れている。あんな悪夢にうなされても、ちゃんとした個室をあてがわれているだけ、竜の洞窟で暮らしていたときより何倍もマシだ。近くを通り過ぎるドラゴンにわざと大きな音を立てられ、眠りを邪魔されるようなことはなくなったから。

魔王城において、窓のある個室を割り当てられるのはかなりの好待遇だ。巨大だが住人も多いこの城では、大概の下働きは窓もない薄暗く湿った部屋に詰め込まれている。

今、レイラが住んでいる小部屋も、ジルバギアスの母プラティフィア大公妃が、不意の来客に備えて用意していたものだ。罪人ファラヴギの娘に対し破格の厚遇と言えよう。

「あ、そだ。レイラ、これ上げるにゃ」

目覚めの食事を食べ終わったあたりで、ガルーニャが巾着袋を手渡してきた。中身は、ナッツ類をシロップでコーティングしてある、たくさんのクッキーだった。

「えっ。こんなにいっぱい……いつも悪いよ……」

普段から何かにつけてガルーニャはおやつをくれるのだが、レイラは本気で申し訳なく思ってしまう。しかも今日は特別に量が多い。流石《さすが》に遠慮しようと――

「だいじょーぶにゃ！　ご主人さまが、『普段頑張ってくれてるからボーナスだ』って、おやつを増量してくださってにゃー」

ニコニコとご満悦なガルーニャだったが、ちょっと困ったように苦笑する。

「でも、このクッキー美味《おい》しいんだけど、私《みー》は食べすぎると、体が痒くにゃってくるんだにゃあ……ソフィア様が、そういう体質もあるって言ってたにゃ」

「あっ……そ、そうなんだ……」

「私《みー》はたくさん食べられないから、せっかくだしレイラに食べてほしいにゃと思って」

……本当だろうか。自分に気兼ねさせまいとしているのでは。などと思ってしまうが、それはレイラが好意を受け取り慣れていないからだ。

特に、ガルーニャが向けてきてくれる、どこまでもまっすぐで純真なものは。それはレイラを困惑させるが……同時に、胸の奥をぽかぽかと暖かくしてくれる。

「ありがと……美味しく食べるね」

「うん！　さあ、今日もお仕事頑張るにゃー！」

食器のトレイを手に、元気に立ち上がるガルーニャ。……闇竜たちは、口さがなく言っていた。獣人たちなどは取るに足らない、脆弱《ぜいじゃく》で卑しい種族だと。

だが——レイラからすれば、そう言って笑っていたドラゴンたちよりも、ガルーニャの方がよほど高潔な精神の持ち主に思えた。

「あっ、そだ。仕事中にヴィーネさんの前でもしゃもしゃ食べると、お説教されるから気をつけるにゃ」

「あ、……えと……」

思い出したように振り返って、付け足すガルーニャ。

「……誰がお説教するって？」

しかしその背後には、食器トレイを手にした当のヴィーネが憮然《ぶぜん》として立っていた。

「あっ。おはようございます！」

獣人らしい身体能力を発揮し、ピューーッと去っていくガルーニャ。

「まったく、あの子は……」

嘆息するヴィーネは、続いて、ちょっと困ったような顔をレイラに向けてくる。

知らず識《し》らずのうちに、レイラは身を固くしていた。魔王国において、上流階級であるドラゴン族には、夜エルフの使用人がつくことが多かった。

レイラが洞窟で暮らしていたときも、夜エルフたちは積極的にいじめてはこなかったが、助けてもくれなかった。ただただ、冷たい氷のような眼差《まなざ》しと鉄仮面のような無表情で、レイラに接し続けていた――

「別に、奥方様や殿下の前で、意地汚く食べなきゃ文句は言わないわよ」

しかしそんなレイラの内心など知る由もなく、ヴィーネは肩をすくめながら、テーブルの斜向《はすむか》いに腰掛けた。

「まあ、あの子は獣人だから、私たちよりお腹《なか》が空《す》きやすいんでしょうけどね。それにしたって節度は大事だわ。いくら気心が知れたご主人さまでも、普段からちゃんとしておかないと、急の来客があって使用人が口をモゴモゴさせたりなんかしてたら、格好がつかないし主人に恥をかかせちゃうでしょ」

「は、はい……」

朝食のスクランブルエッグをスプーンですくい取って口に運びながら、ヴィーネがとくとくと語る。レイラはただうなずくしかなかった。

「……だから、逆に、見つからないぶんにはいいのよ。でもあの子、口を酸っぱくして言わないとすぐ忘れちゃうんだもの……」

「あ、なるほど……」

「それにね、お仕事中に小腹が空かないコツがあるのよ」

ヴィーネはメイド服のポケットから、似たような巾着袋を取り出した。

「目覚めの食事と一緒にガッツリ食べておくのよ」

干し果物をポイポイと口に放り込み、ヴィーネはニッと笑う。……洞窟にいた頃は、夜エルフは、血も涙もない殺戮《さつりく》兵器のような種族だと思っていた。だって、笑うところなんて見たことがなかったから。

今でも、他の使用人や、夜エルフでありながら剣を極めたヴィロッサとかいうヒトは恐ろしく感じるが……このヴィーネという先輩使用人に限っては、なんというか、親身になってくれている気がする。

――ちなみにヴィーネからすれば、自分を黒焦げにした白竜の娘ではあるが、ほとんど記憶がないし、目が覚めたら全部片付いていたし、憎きハイエルフの聖女のお世話をするのに比べたら、大抵の人物はおおらかに受け入れられる気分だった――

おしゃべりは終わり、とばかりに食事に専念し始めたヴィーネを横目に、テーブルに置かれたクッキーの巾着袋に視線を落とす。

さくっ、とかじってみた。ほんのり甘くて、ナッツが香ばしくて――美味しい。

ぽり、さくっ……と幸せそうな顔でクッキーを頬張るレイラを、ヴィーネもまた、密《ひそ》かに横目で見て、小さく微笑むのであった。

食事を終えれば、仕事の時間だ。

といっても、レイラはアイロンがけくらいしか、使用人らしいことはしない。

洞窟では、他のドラゴンのローブをアイロンがけするのが、レイラの役割だった。

ちょっとでもシワが残っていたらネチネチといびられ虐《いじ》められるので、必死で腕を磨いた結果アイロンがけだけは本当に上手になった。

正直、まったくいい思い出のない仕事なのだが、獣人の使用人のおばちゃんたちが、「あらまっ上手！　あんたすごいねぇ～！」と掛け値なしで褒めてくれたときは、「自分の経験も無駄ではなかったんだなぁ」と感慨深く感じたものだ。洞窟では、どんなに完璧に仕上げても、それが当然で、褒めてもらえることなんてなかったから……

あとは、主人たるジルバギアスの傍《そば》に控えたり、知識の悪魔ソフィアに勉強を見てもらったりが、レイラの日常だ。

「ぬがぁぁぁッッ!!」

母プラティフィア大公妃と、訓練という名の死闘を演じるジルバギアス。

背中から半透明な腕を生やし、暴風のような三本槍《やり》の乱れ突きを見舞うプラティフィアの攻勢を、剣槍《けんやり》と人骨製の籠手《こて》で必死にいなしている。

「があぁぁぁッ！」

傷をつけられて、激痛を生み出す呪いをかけられながらも、歯を食いしばって耐え戦い続ける王子。相手をする大公妃もまた、汗だくで鬼気迫る表情だ。

……闇竜たちは、魔族をこう評していた。『他種族を足蹴にする、傲岸不遜な支配者。

初代魔王が築き上げた地位に、あぐらをかいてふんぞり返る、身の程知らずの地虫ども』と。だが目の前で、冗談抜きで死ぬほど鍛錬を積んでいる魔王子ジルバギアスを見ていると、それが全く不当な評価であったと言わざるを得なかった。

「よし！　今日はここまでにしましょう」

ジルバギアスが力尽き、膝をついたのを見て、プラティが手を止める。

「呪いへの対処も身についてきたわね。流石よジルバギアス、その調子で精進なさい」

「はい……母上……！」

息も絶え絶えの様子のジルバギアスが、プラティフィアの細かい傷まで転置呪で引き受けて、ぶっ倒れたところに「うわんうわんっ！」と聖女リリアナが駆けつける。

「……いつもありがとな……」

微笑んで、リリアナの頭を撫《な》でるジルバギアス。ドラゴンたちに、陰で『悪逆非道』と呼ばれる魔族とは思えないような——慈愛に満ちた表情を——

「……そうだ、レイラ」

ふと、ジルバギアスと目が合った。

「ついでにレイラも、ちょっと訓練していくか？」

「あっ……はい！」

レイラはメイド服のリボンを、しゅるりと解きながらうなずいた。

今の自分の立場にはまだ慣れていないし、感情の整理だってついていないけれど。

それでも……自分にできる、何かをしなければ。

少なくともジルバギアスが、あれだけ頑張っているのだから、とレイラは思った。

そして翼を広げて、自由に飛べるようになったところで――

その先に何が待ち受けているかは、わからないけれど。

それでも、今できることに専念していれば、迷う必要もないのだ。

メイド服を畳んで置いて、人化の魔法を解く。

竜の姿に戻りながら、レイラは夜空を見上げた。

（……そうだよね、お父さん、お母さん）

どこか両親の白銀の鱗《うろこ》に似た――優しい銀色の月を見上げながら。

胸の内で、レイラは小さくつぶやいた。

†　†　†

――俺は炎天下で、畑の草むしりをしていた。

何かのイタズラに付き合わされて、バレて、そのお仕置きだったと思う。

汗を拭いながら一息つく俺の横で、ガサガサと茂みが音を立てた。

『ね！　アレク！』

ぴょこんと、全ての元凶が顔を出す。俺をイタズラに巻き込んだ張本人が。もはや顔も、名前も、おぼろげな幼馴染《おさななじみ》の少女が――

『なんだよ。俺は今いそがしいんだ』

半ばうんざりしたように、幼い俺は答えた。

『それにお前、おしおきはどうしたんだよ』

『ふふーん！　そんなのとうぜん、抜け出してきたわ！』

ドヤ顔の幼馴染。威張るようなことじゃない。どうせすぐにお仕置きが2倍、3倍になって、ベソかくのが目に見えている。

『ね！　聞いた？』

『何をだよ』

『――兄と～姉が結婚するんだって！』

名前のところは、かすれて、よく聞こえなかった。だが俺はそれに気づかなかったように『へぇ！』と目を丸くする。

『今聞いたよ。……おい、まさかと思うけど』

『ね！　ふたりの門出を祝うのに、サプライズが必要だと思わない!?』

『カンベンしてくれよ!!』

俺は天を仰いだ。

『今度何かやらかしたら、タンコブで頭がもうひとつ増えちまうよ！』

親父《おやじ》に食らったゲンコツのせいで、未《いま》だ痛む頭を指差しながら俺は言う。

『しかも結婚式を台無しにしちまったら、おしおきじゃすまされないぞ！』

『だいじょうぶよ！　バレないようなのを考えたから！』

『そんなイタズラするの俺たちしかいないっつーの!!』

『いーから！　ね、話だけでも聞いていきなさいよ――』

幼馴染のトンデモイタズラ計画を聞かされる俺。

……どうせ今回も、何だかんだで付き合う羽目になるんだろう。彼女が暴走しないように、俺がそばで見張って止めるんだ、とか、色々と理由をつけて――

だが、俺の記憶が正しければ、その『結婚式』は、ついぞ挙げられなかった。

なぜなら――その前に、俺の村は――


「――ジルバギアス様、あの、夕方ですぅ……起きてくださーい……？」

ゆるゆる、と揺り動かされて、俺は目を覚ました。

「ん……」

目を開けると、メイド服姿のレイラが、おっかなびっくりといった様子でパッと俺から手を放した。

「あ……おはよう、ございます……」

「ああ……おはよう」

目をこすりながら起き上がると、外はもう日が沈み、ほとんど真っ暗だった。

……久々に、昔の夢を見た。転生直後は毎日うなされてばかりいたけど、この頃は……あまりあの夢を見なくなっていた。ひとつには今の生活に慣れてきたこともあるんだろうが……俺の記憶そのものが、もはや擦り切れつつあるのではないか、と……

俺は恐れている。

だが。それでも。胸の奥底で燃える、この怒りの炎だけは決して絶やさない——！

「……今日は、すっかり寝坊してしまったな」

「昨日は、その、ずいぶんお疲れのようでしたから……」

にへらと愛想笑いしながら、俺の独り言に答えるレイラ。

最近は、俺が無理に話しかけなくても、色々と会話に乗ってくれるようになった。打ち解けてきた——のだと、信じたい。

悪魔娘酒乱騒ぎから、しばらく経《た》つ。

俺は変わらず、魔族的に充実した日々を過ごしている。訓練したり、訓練したり、魔王ファミリーの食事会に出席したり、訓練したり、死霊術の講義を受けたり、訓練したり、訓練したり……いや、ほとんど訓練です……充実ってか充血なんだよなぁ。

『あああぁァァ——————ッ!!』

にしても、目を覚まし、シラフに戻ったアンテの悶絶《もんぜつ》ぶりは見ものだった。

『ああ……ッ！　ぬぅあぁァァ——ッ!!』

ベッドに寝転がったまま、頭を抱えて足をジタバタさせている。まあ、いつも余裕カマして、太古の魔神面してたくせに、幼児みたいな甘え方しちゃったもんな。

『なっ……何も……覚えてない……ッッ!!』

そしてソフィアも、死ぬほど衝撃を受けていた。

『記憶が……まるで、まっさらに……ッ！　ヒィィ……!!』

知識の悪魔である彼女は、一度見聞きしたものは忘れない。――にもかかわらず『酔っ払ってきましたー！』と叫んだのを最後に記憶がふっつりと途切れ、何が起きたのか全く覚えていないのだという。

『な、なんてこと……あっ、あわわわ……!!』

アイデンティティどころか自身の根幹、権能さえ揺るがしかねない事態にめちゃくちゃ動揺していた。

『あーッ！　そうじゃ、我も！　酔っ払いすぎて何も覚えとらんわー!!』

ガクガクと震えるソフィアの横で、ガバッとベッドから起き上がりアンテが叫ぶ。

『なーんか醜態を晒《さら》した気がせんでもないが、いやーおっかしいのー！　これが酒の魔力というものかー！　ぜんぜん覚えとらーん！』

そんなぐるぐる目で言われても説得力ゼロなんだが……？

『……我もナデナデ』

ボソッと俺が呟《つぶや》くと、アンテは『コヒュッ』と〆《しめ》られた鶏みたいな声を上げた。

『……お主は我だけのモノぉ』

『かはッ――』

絶命したように、白目を剝《む》いて倒れ伏すアンテ。

『お、……お酒なんて……お酒なんて、もう……!!』

その横で、ひとり恐怖におののくソフィアは、悲痛な声で叫んだ。

『――もう、何かを忘れたいときしか吞《の》みませんッッ！』

まだ吞むつもりあるんだ!?

俺の手勢に、人の身で堕落した酒乱悪魔が誕生した瞬間でもあった。

それにしても人化の魔法の恐ろしさよ。種族はおろか性質さえ書き換えてしまう。俺は前世が人族だから違和感を覚えないけど、他の種族にはかなり影響があるんだろうな。ドワーフが人族になるところとか、想像もつかない――

……人化の魔法は、他種族でも習得できる。

なら、アンデッドはどうなんだろう……？


「――いやー！　やっとジルくんをお招きできるよ！」

俺の前で、るんるんと足取りも軽やかに死霊王《リッチ》が螺旋《らせん》階段を降りていく。

数日後、俺はとうとうアンデッドどもの根城にお招きに与《あずか》ることになったのだ。

「ホントに長いな、この階段」

身体能力に恵まれてる魔族の俺でさえ、段差に嫌気が差してきたぞ。……登って帰らなきゃならんのが今から気が重いわ。

そんな俺の隣では、付き添いのソフィアがふわふわ浮かびながらついてきている。クソッ、物の理《ことわり》を無視して横着しやがって……!!

「大丈夫だよ、そろそろ着くからね」

「ホントかー？」

さっきから扉が見えては、「それ竜の大洞窟の非常口」とぬか喜びさせられたもんだ。

「いやー、それにしても準備には苦労したよ」

大袈裟《おおげさ》な身振り手振りで、エンマが嘆息する。

「掃除して、一応換気したものの、本当に生者を呼んで大丈夫なのか、誰もわからなかったんだよね。だってボクたちみんな息してないんだもん」

エンマがおどけて繰り出す死人ジョークに、思わず引きつった笑いが出る。

「いやいや、それが笑い事じゃなくってさ。もし万が一、空気に毒が残っていて、キミがぶっ倒れでもしたら――尋常じゃなくマズいだろう？」

「マズいな。父上や母上がどう出るかわからない」

「うん。だからお招きするにあたって、こんなに時間がかかったのはね、確認作業に手間取ったこともあるんだ。……鉱山で空気が毒を持ってないか調べるのに、小鳥が使われるのを知ってるかい？　そんな感じで鳥を何羽か、必死こいて捕まえてきたんだ。明かりをつけた状態で数日おいて、ちゃんと生きてるかどうかを確認して、ようやく換気が上手《うま》くいってることと、生者にも害がないことがわかったってワケさ」

俺を呼ぶためにずいぶん苦労したみたいだな……

「だから決して、ゴミ屋敷だったとか、そういうことじゃないんだからねっ！」

ビシッ、と俺に指を突きつけて宣言するエンマ。どうやらそれが一番言いたいことだったらしい――と、話しているうちに、ついに段差が途切れる。

「お待たせしました、到着でーす！」

重厚な金属の門。そして左右に列をなして控える、重装鎧《よろい》の番兵たち。

「魔王子様のおなーりー！」

芝居がかったエンマの声に、ザッ、ガシャンと一糸乱れぬ動きで、番兵たちが剣を掲げて最敬礼する。

重装スケルトンか。鎧に全然隙間がねえな、おそらく中身も詰め物がしてあって骨格が厳重に守られている。光も火も、聖属性にさえも、かなり耐える造りと見た。

勇者視点で観察する俺をよそに、番兵たちがうやうやしく門を開く。ゴウッ、と空気が動いた。階段の上から、本拠地に風が流れ込んでいく。

「ようこそ殿下。我らの本拠地へ――記念すべき初の生者のお客様にございます」

大仰に一礼するエンマ。俺は彼女にならい、せいぜい王子様らしくふんぞり返って、足を踏み入れた。

巨大な大理石の山である魔王城と打って変わって、この深さともなると、壁や床を構成する岩の種類が違った。花崗岩《かこうがん》って奴《やつ》かな。キレイにくり抜かれて、磨かれている。

——広い。ところどころに巨大な柱があって、天井もアーチ状になっているとはいえ、地下深くにこの広さの空間があって大丈夫なのかちょっと不安になるくらいだ。

……ってか、最悪、この柱を崩しただけで魔王城崩落しねえかな……？

『それもひとつの手かの？』

問題は、俺がやったら逃げられねえってことだ。魔王城の直下にアンデッドが住むことを許可したのは、明らかに魔王の失態だな。エンマの奴め、その気になればいつでもやれるぞ、ってことを俺にアピールするのが狙いか……？

「あっちがね、色々と素材を保管してる倉庫なんだ。あの奥の通路は霊安室も兼ねてて、生者には匂いがキツいかもしれないから密閉してあるよ。それでこの部屋はね——」

疑いの目を向ける俺をよそに、エンマはガラス玉みたいな瞳を輝かせながら、自慢気に早口で色々と説明していた。まるで玩具《おもちゃ》を見せびらかす子どもみたいなはしゃぎっぷり。

まさかと思うが……気づいてない、のか……？

そこではたと思い至った。コイツにとってこの拠点は、ようやく手に入れた自分の城なのではなかろうか。コイツにとっても大事な場所なのかもしれない。

……いや、腹の底では何を考えてるかわからないのもまた、エンマだ。俺としては最悪を想定しておくべきだろう。いずれにせよ、魔王にこの情報を垂れ込めばアンデッドへの警戒心をはね上げられるし、エンマが気づいていないならそそのかしてやって、魔王城を札遊《トランプ》びの山みたいに崩せるかもしれない。いい情報が手に入ったぜ。

　そんな危なっかしい場所に、俺もまた暮らしてる事実に目を瞑《つぶ》ればなァ……！

「そして、こっちは資料室で、ボクが収集した魔法関連のいろんな本があるよ。もちろんジルくんは自由に入っていいからね、そっちの悪魔さんも！」

「ええっ、いいんですか!?」

　――そして、俺の次にそういうことに気づきそうな知識の悪魔は、あっという間にたぶらかされて、完全に気を逸《そ》らされていた。おいソフィアぁ！

「じゃあゆっくりお話でもしようか。まずはお茶でもどうだい？」

　資料室とは反対側の部屋へ、俺を誘うエンマ。

「アッ……アッ、アッ……」

　ソフィアが、『後ろ髪をひかれる』と表現するには、あまりに悲痛な顔で俺についてこようとする。

「まずはお茶にするんだろ？　その間、ソフィアは資料室に行っててもいいぞ」

「やったぁ！　ジルバギアス様ばんざい!!　いやっほぅ！」

　資料室へ飛んでいくソフィア。……あの調子だとアイツも気づきそうにねえな……

『あやつは知識の悪魔であって、知恵の悪魔ではないからのぅ』

　アンテが苦笑していた。

『問題を出されれば苦もなく解けるが、自分で問題を見つけられない。そういう奴じゃ』

うーむ……思い当たる節はある……ちょっと抜けてんだよなソフィアって。

「……あれで構わないか？」

ソフィアを見送って、今更ながら確認。エンマは鷹揚《おうよう》にうなずいた。

「もちろんさ。それに、ボクとしても、キミとふたりきりの方が……んふふ♪」

「え？」

「何でもないよ！　さあこちらへ」

いや、バッチリ聞こえてるんスけど……アンテもいることは、言わないでおくか。

『今ここで飛び出て、我は常にふたりきりじゃぞ！って言ってやりたいのぅ』

やめろ！　事態をいたずらに複雑化させるのは!!……ただ本拠地を訪ねてきただけなのに、なんだってこんなに疲れてんだ俺は。絶対、階段だけのせいじゃねえぞ……

俺は溜息《ためいき》を嚙《か》み殺しつつ、エンマが手招きする部屋に入った。


――なんで地下深くにこんな部屋が、ってくらい可愛《かわい》らしい空間だった。

俺は、この手の装飾には疎いので何とも言えないが……少女趣味っていうんだろうか、こういうの……部屋の造りそのものは生活感皆無なんだが、全体的にゆるゆるふわふわというか、白をベースにこれでもかと配された――

『ピ、ピンク……！』

アンテが恐れおののいたような声でつぶやいている。

「えへへ……客間なんてなかったから、新しく造らせたんだぁ」

振り返り、はにかむようにして笑うエンマ。

今日は頬紅までつけてるせいで、死人のくせに妙に生気と色気がある。

「ど、どうかな。部下たちの意見も取り入れてみたんだけど。……やっぱり魔族的には、惰弱、かなぁ？」

指をいじいじさせながら、どこか不安げに、上目遣いでこちらを窺《うかが》うエンマ。

俺に……どう言えというのだ……。ここで「惰弱の極み！」とかブチギレだしたらどう反応するんだろう、とよからぬ好奇心が鎌首をもたげたが、今エンマとの関係が悪化していいことなんてひとつもない。

「い、いいんじゃないか……斬新で」

俺は素直に、困惑まじりに答えた。

「魔族には装飾を惰弱と蔑む風潮があるが、父上は問題視されておいでだ。魔王国は文化的にも強国たるべしとお考えらしい」

「へえ……そうなんだ」

しおらしい表情を引っ込めて、エンマが興味深げに相槌《あいづち》を打つ。

「俺個人としても、いつまでも蛮族のままではいられないと思う。なので装飾に対して俺がどうこう言うことはないぞ。こういう部屋も……いいのではないかな、可愛らしくて」

「……良かった。魔王国の未来は明るいね」

うふふ、と微笑《ほほえ》むエンマ。うーん。なんか胡散臭《うさんくさ》いんだよなぁコイツ。

「それでは王子様、お席にどうぞ」

部屋の真ん中の席を勧めつつ、エンマが小さな呼び鈴を取り出した。

「【お茶をお願い】」

りりぃん、と鳴らしながら魔力を込めた声を発するエンマ。俺の感覚が正しければ今、エンマの前に小さな【霊界への門】が開いたぞ。

「……今のは？」

「流石《さすが》、目ざといねジルくんは」

自分も椅子に腰掛けつつ――机を挟んで反対側じゃなくて、椅子を引きずって俺の斜め隣へ距離を詰めながら――エンマがうっすら笑う。

「ボクたちアンデッドがよく使う連絡手段さ。精神界は物質界に比べて距離や時間の概念が曖昧なんだ。生者が使うには、かなり訓練が必要かもね」

「なるほど。俺としては、呪文もなしに【門】が開いたことに驚いた」

「まあ、ボクくらいの死霊術者にもなると、あれくらい無詠唱でイケるんだよ」

えへん、とわざとらしく胸を張るエンマ。

……やっぱ手強《てごわ》いなコイツ。死霊術を自分で学んでみてわかったが、この術理体系には他の魔法ほどの速効性がない。

その場でガンガン死者の軍勢を生み出して戦う、なんて真似《まね》はできない。門を開いて霊魂を呼び出して、交渉するなり無理やり従えるなりして支配下において、死体に憑依《ひょうい》させて命令を組み込んで……と、とにかく時間と手間がかかるのだ。

だが、エンマは、やろうと思えばその場でもやれるはずだ。【門】を無詠唱で開ける奴が、他はきちんと詠唱して手順を踏まなきゃできないなんてことはないだろうからな。

「……どうしたんだい？　そんなに見つめられたら、照れちゃうよ」

俺の眼前で、しなをつくりながら頬に手を当てるエンマ。

「おっと。すまない」

いつの間にか凝視していたことに気づき、そっと目を逸らす。

「いいんだよ。もっとじっくり見てくれたって！」

バッと手を広げるエンマ。どっちだよ。

それにしてもアレだな……今日の髪型、編み込みがすごい凝ってんな……

「おっと、さては、ボクの横顔に見惚《みと》れちゃったのかなぁ？」

ふふーんと得意げな顔をするエンマ。

「いや、髪のセットは自分でしてるのかな、って思ってさ」

「あー、それは、えっと」

途端に、目を泳がせ、たじたじになる。

「じ、実は、部下の中に、そういうのが好きな娘がいてさ。手伝ってもらったんだ……」

「へえ。すごく手間がかかってるんだろうな、と思ったんだ」

「ま、まあね。でも似合ってるだろう？」

「ああ。とっても。高貴な雰囲気で、落ち着きがあっていい感じだ」

中身と釣り合ってるかと聞かれりゃ疑問だが……

「えへへ……今日は、手間をかけた甲斐《かい》があったね」

「ん？　毎回けっこう手間かかってるんじゃないのか？　死霊術講座の初日から、髪結ったりしてたじゃないか」

「……気づいてたの？」

俺の言葉に、目を丸くするエンマ。そりゃ気づいてたさ、観察してるもんな。

「もちろん。結って肩から前に垂らしてたやつ、あれも家庭的で落ち着きがあった」

「へ、へえ。ちゃんと、見てたんだね……てっきり何も気にしてないのかと……」

落ち着きなくペンダントを指でいじりながら、何やら挙動不審になっていく。

「そりゃ見てるさ。なんかアクセサリーとか、爪の色とかも細かく変えてるし……」

「えっ、あっ、そ、そこまで……!?　気づいてくれてたの……!?」

「？　まあ、一応……」

何をコイツは焦ってるんだろう。

「え？　えーと、じゃあ初日のボクのアクセサリーって何をつけてた……？」

「シルバーのネックレスにピンククォーツじゃなかったっけ」

何かの魔法の品じゃないかと思ってチェックしてたんだよな。

「あっ、……すごい、……ちゃんと、見てくれてたんだ……」

敵《かな》わないなぁ……とつぶやきながらうつむくエンマ。

……なんだコイツ、まさか俺の観察眼を試してたのか？　油断ならねえな。死霊王《リッチ》ともあろうものがどんな装備を身に着けてるか、把握しておくのは勇者として当然の行いだ。見覚えのある呪具や魔法の品なら対策できるかもしれないし。

『お、お主……』

ん、どうしたアンテ。

『……いや、なんでもない……』

どうしたんだよ、お前まで奥歯に物が挟まったような言い方しやがって……なぜか急に黙り込んでしまって、落ち着きなく髪を撫《な》でたり、服の皺《しわ》を伸ばしたりし始めたエンマとそのまましばらく過ごしていると――コンコン、とドアがノックされた。

「お茶をお持ちしましたぁ」

扉越しにくぐもった声。

「あっ！　お茶だ！　お茶が来たね！」

エンマが椅子を蹴倒さんばかりの勢いで立ち上がる。

「実はこの体、お茶も飲めるんだ！　そういうふうに調整してさ！」

凝ってるなぁ。きっとそれにも手間をかけたんだろう。……人化の魔法は、竜の生き血を口にするのが習得条件だ。ということは、もしかするとアンデッドでも――

「師匠ー！　両手がふさがってるんで開けてくださーい！」

「あ、ああ、わかったわかった」

あたふたと扉へ近づいて、ノブに手をかけるエンマ。

「──わあ、すっごいイケメン！」

そして扉が開かれ、茶器のトレイを手にした少女が、顔を覗《のぞ》かせた。


俺は、目の前が真っ白になった。

薄れかけていた記憶が、掠《かす》れて消え去りつつあった心象風景が──

不意に、閃光《せんこう》のように色鮮やかになって蘇《よみがえ》った。


「この方が、師匠の意中の人……!?」

「やめたまえ!!　そんな紛らわしいことを言うのは!!」

エンマが憤慨しながら、少女の手からティーセットを奪い取る。

つかつかとテーブルにやってきて、トレイを置いて、溜息《ためいき》ひとつ。にこやかな表情を作ったエンマが、改めて話しかけてきた。

「すまないねジルくん。彼女はボクの弟子の中でも若手で、まだアンデッドになって三十年にも満たない小娘なんだ。礼を失するかもしれないけど、大目に見てあげてほしい」

「あ！　師匠ひっどーい、殿方の前でレディの歳《とし》を明かすなんてサイテー！」

大げさに顔に手を当てて、ひょうきんに振る舞う彼女は、

あまりにも、あまりにも、

「そういうところだよ！　まったく、仕方がない。改めて紹介するよジルくん――」
エンマの言葉を待たずして、厚かましくズイと前に進み出た少女は。

「はじめまして、、、、!!　魔族の王子様！」

――あの日と、まったく変わらない、底抜けに明るい笑顔で――

「わたし、死霊王見習い《リッチ》の――」
ちょっと大人びて、変わり果てた、あいつが、
「クレアっていいます！」

――幼馴染《おさななじみ》の彼女が、そこにいた。

――この頃ちょっと、ジルバギアスの様子がおかしい。

そう思っているのはレイラだけではないはずだった。

「…………」

窓際で、測量学の本を読んでいたジルバギアスが、いつの間にか上の空になって外の景色を眺めている。遠い目だ。それでいて何かを思い詰めたような表情。

まだジルバギアスとの付き合いが『長い』とはとても言えないレイラだが、それでも、ちょっと変だと感じていた。ジルバギアスが唐突に何かを悩み始めたり、考え込んだりすることは、まあいつものことだったが、数分でケリをつけて復帰するのが常だった。

これほど何も手につかず、長時間思案するのは珍しい――とジルバギアスが幼い頃から面倒を見ているソフィアやヴィーネは言っていた。

……今でも幼いのでは？　という指摘はさておくとして。この『異変』が始まったのは、先日ジルバギアスがアンデッドたちの拠点に招かれてからのことだ。

『――まさかと思うけど、死霊術のせいで精神に変調をきたしたんじゃないでしょうね？それともアンデッドどもに何かされた？』

大公妃プラティフィアが心配するのも当然のことだったが、アンテとソフィアはそれを否定した。

『我の存在圧が魂への干渉は跳ね除《の》けておるがゆえ、精神に変調をきたしたわけではない。それは保証しよう』

『私も、ほとんど常にそばで見張っていましたが、特に何か呪いをかけられたような様子は見受けられませんでした』

ソフィアは死霊王《リッチ》の蔵書を漁《あさ》るのに少し席を外していたそうだが、それにしてもアンテがジルバギアスの中に常駐していたので、妙な干渉を受けていないことは確かだった。

『魂に居座ってるあなたなら、考えがわかるんじゃないの？』

と、プラティフィアはジルバギアスの考えを聞き出そうとしたが、アンテは『我は契約者ファーストじゃ』と黙秘。となれば、やはり本人に聞くしかない。いつものようにプラティフィアは聡明《そうめい》な息子に説明を求めた。

『……流石《さすが》に母上にでも、話したくないことはひとつやふたつあります』

ところが珍しく、ジルバギアスは言葉を濁した。

『……もう少し心に整理をつけたら、お話しします』

と、どこか苦し紛れに。プラティフィアも、息子の意思を尊重して身を引いたが、一週間経《た》っても状況は変わらなかった。……どころか、むしろ悪化したように思える。

奇妙なことに、ジルバギアスは勉学が手につかないほど上の空なのに、鍛錬にはより一層打ち込むようになった。今までも、年齢を考えればありえないほどストイックに、悲痛なまでに血みどろの鍛錬に身を捧《ささ》げていたジルバギアスだったが。

最近ではプラティフィアが気圧《けお》されるまでに鬼気迫る表情で挑むようになった。

『……頼もしい、わね』

それ自体は喜ばしい、とプラティフィアは考えていたようだ。５歳でありながら大公妃を、それも実の母を気迫で圧倒するほどの胆力。

さらには、意志の力で苦痛の呪いなどもねじ伏せるようになってきた。ただでさえ高かったジルバギアスの戦闘力は、さらにメキメキと伸び始め、魔族の戦士としての完成度が上がりつつある。

だがそれは、己の肉体をかなぐり捨て、痛みや苦しみを度外視しているような、どこか自暴自棄さも感じさせるものだった。ひたむきと呼ぶにはあまりに凄惨、あまりに悲痛。己が母に槍《やり》を突き入れるその瞳には、修羅が宿っていた。

――というわけで、やっぱりおかしいと、防音の結界を張った上で母と子の話し合いの場が持たれた。

……のだが、短い話し合いののち、今度はプラティフィアが呆然《ぼうぜん》としたような顔で出てきた。側近に話しかけられても上の空で、まるでジルバギアスの異変が感染したかのようでもあった。

「……結局、あれ、何だったの？」

「それがにゃー……」

使用人の共同浴場で温まりながら、レイラがガルーニャに尋ねると、彼女は人目を気にするように周囲を見回してから、囁《ささや》いた。

「私《みー》も又聞きだから、それは踏まえてほしいんだけどにゃ」

「うん」

「ご主人さま、アンデッドに一目惚《ひとめぼ》れしちゃったらしいにゃ」

「……へぇ？」

　あまりにも予想外過ぎて、レイラも呆然としてしまった。

「話によると――」
・エンマの部下を紹介された
・ひと目見て、目の前が真っ白になるほどの衝撃を受けた
・気がつけば彼女のことばかり考えてしまい、何も手につかなくなった
・あまりにも経験がない事態なので、これはいわゆる一目惚れというやつではないか
　――というようなことを、ジルバギアスがプラティフィアに打ち明けたらしい。

「なので、ご主人さま自身も困惑されてるらしいにゃ」

「えぇ……」

「で、もちろん、アンデッドになんか恋してもしょうがないのは、ご主人さまも頭ではわかってるから、気持ちの整理をつけようと色々考えたり、忘れるため訓練に打ち込むようになったらしいにゃ」

　それは……、とレイラは思った。奥方様も呆然とされるわけだ……

と同時に、ジルバギアスの『異変』もある程度、納得がいった。すぐに打ち明けず、黙っていたのも理解できる。ガルーニャが知ってるくらいなので、ジルバギアスの部下や側仕《そばづか》えの者たちにも、この情報は知れ渡っていた。

あまりにも突拍子のない話だが、ジルバギアスは元から変わり種だったので、皆が皆、「そんなこともあるのか……」とどこか呆然と受け止めた。

リリアナを所望するくらいには女好きだし、魔族に稀有《けう》な素質として、他種族に偏見がないのがジルバギアスだ。元人族のアンデッドに一目惚れすることが、『絶対にない』とは誰も言い切れない。

口さがない者などは、こっそり「ダイアギアスの再来」などと話していた。だがダイアギアスと違って、ジルバギアスは自身の感情を消化しようとしている。プラティフィアをはじめ、周囲はそっと見守る構えだった。

（……でも、本当に、そうなのかな？）

しかしレイラだけは、どこか釈然としないものを感じている。あの、遠くを見るような目。そこに浮かぶ感情は――本当に、ただの恋煩いによるものだろうか？

確かに、ジルバギアスの言うことが事実なら、最初から悲恋なので悲痛な色があってもおかしくないが。きっとあれはそういうものじゃない、とレイラは思った。

恋というよりも、……もっと切実で、どうしようもならない、

諦めと悲しみと――

澄んだ水に、ぽたりとインクを垂らしたかのように、薄く広がりゆく――
怒りと憎しみ。
そう、なのではないか、と半ば直感的に、レイラは思った。なぜそう思ったのか？
それはおそらく――他ならぬレイラが、常に苛《さいな》まれている感情だったからだ。
そして、周囲の者たちと違い、レイラは、
聡明な息子を信頼しているプラティフィアや、
ジルバギアスに忠義を捧げているガルーニャや夜エルフたちとは違い、

――ジルバギアスを、盲信していない。

†　†　†

それは、飛行訓練を終えた、ある日のこと。

レイラは、かなり空を飛ぶ感覚を摑《つか》みつつあった。今や助走なしでも離陸ができ、加速もできる。ただし継続して飛ぶには、翼を羽ばたかせる動作が安定しない。

それでも、もう少し頑張れば、自由に飛べるようになるという確信があった。

――そんなとき、ジルバギアスに「ふたりで話したい」と持ちかけられた。

人払いをして、防音の結界まで張って。ソファに腰掛けたジルバギアスが、静かな目でレイラを見やる。

(……あ)

どくん、とレイラの胸が鼓動を速めた。

……あの目だ。皆が勘違いしている、でもレイラだけが、たぶんわかっている、あの目を——他ならぬレイラに、向けてきた。

「……これは、きみにとって不快な話になるだろう」

身を乗り出して、ジルバギアスは口を開いた。

「……だけど、腹を割って話したい。……きみの、お父上についてだ」

レイラは息を呑《の》んだ。その話題に触れられたことは——今まで一度もなかったのだ。

「知っての通り、俺は死霊術を学んでいる」

そうだ、それは言われるまでもない。だけど、それが今、父の話と何の関係が?

………………まさか。

「きみは……お父上に、会いたいか」

ジルバギアスは顔を歪《ゆが》め、まるで血を吐くようにして、言葉を紡ぐ。

「……今の俺なら、呼び出せる」

父、ファラヴギの霊魂を。

きみが望むなら、と。

†　†　†

──クレアと再会したあの日。

最初の衝撃を乗り越え、どうにかやり過ごそうとする俺に対して、ふたりは──

『あ！　王子様ったら、人族のカワイイ子にびっくりしちゃったかな？　てへっ☆』

『ちょっとクレア！　相手は子爵様だからね!?　ボクが馴《な》れ馴《な》れしくしてるのは、ボクが伯爵だからなんだよ!?』

『ええっ、子爵様!?　これは大変なご無礼を!!』

『ってかそもそも王子様だからね!?　わかっててやってるだろキミ！』

怖いもの知らずも大概にしたまえ！　と怒るエンマに、「てへっ☆」と懲りずに舌を出しておどけるクレア。

ああ、いつもこんな調子なんだろうな、と思わせる賑《にぎ》やかさで。ピンク色のファンシーな部屋に、お茶のセットと、見た目は可愛《かわい》らしい人族の女がふたり。

うちひとりは、俺の幼馴染《おさななじみ》がちょっと成長したような姿で。コロコロと表情を変えて、ひょうきんに立ち回るクレアは──当時の俺をそうしていたみたいに、エンマさえも振り回していた。

俺は頭がどうにかなりそうだった。自分が誰だかわからなくなりそうだった。

『オッホン。それじゃあ今日は、せっかく我らが拠点にお招きしたことだし──』

だが、お茶で一息ついてから、いつもの調子に戻ったエンマは。

『表では、できないようなことをやろう。さらなる実践編だよ、ジルくん』

ニンマリと邪悪に笑う。

――この、地の底の、アンデッドの巣窟で。

忌むべき邪法の手ほどきが、始まった。

『今日はゴブリンを用意したよ』

『ジャジャーン！　活《い》きの良いゴブリンでーす！』

……講師エンマに、助手のクレアまで加わって。

別の部屋に移ると、ゴブリンが鎖で拘束されていた。猿ぐつわを嚙《か》まされ、床に転がされ、血走った目で必死に逃げ出そうともがいている……

『あ、脱走ゴブリンだから安心してほしい。合法だよ合法』

今日はこのゴブリンを使って色々やろうね、とエンマはこともなげに言った。

『それじゃあまず、生きた身体《からだ》から魂を引きずり出す術から――』

『はいはい！　わたしやりたいでーっす!!』

クレアが元気に手を挙げて立候補。

『もちろんいいよ。クレアはゴブリンが大好きだからね』

『ちょっとぉ、師匠！　そんな誤解を招くようなこと言わないでくださいよー！』

唇を尖《とが》らせたクレアは、ニタリと笑った。

あの日みたいに――とびきりの悪巧みをしているような、だけど、それとは似ても似つかない、おぞましい笑みを。

『それに、わたしが好きなのは――ゴ、ブ、リ、ンを壊す、こ、と、なんですぅ』

そして淀《よど》みなく呪文を詠唱したクレアは、闇の魔力の手で、ゴブリンの霊魂を身体から引きずり出した。半透明のゴブリンの霊魂が、視《み》える。闇の魔力にがんじがらめにされて、目を白黒させている――

『死霊術には速効性がないけどね。ご覧の通り、魔法抵抗が皆無に等しい下等生物なら、この手の呪法で簡単に殺せるんだ。正確には、身体はまだ生きてるけど』

エンマの言葉通り、白目を剝《む》いたゴブリンの肉体が痙攣《けいれん》していた。

『じゃあ、ちょっと戻してみようか』

『はーい！』

クレアが荒っぽく霊魂を戻すと、床に転がっていた肉体も息を吹き返す。

『フーッ！　フーッ！　グガッ、グゥゥ！』

荒い息で、恐怖に震えながら、俺たちを見上げるゴブリン。

『あはっ。この低脳も、自分が今、死、ん、で、たってわかってるみたいですねぇ！』

クレアは清々《すがすが》しい笑顔で、ゴブリンを見下ろしていた。

『ね！　どう、怖かった？　苦しかった……？』

かがみ込んでゴブリンに語りかける。

『……大丈夫だよ。まだまだ序の口だから』

ガラス玉みたいな瞳に、愉悦を滲《にじ》ませて。

『だって、今日は何してもいい、ってお師匠様に言われてるんだぁ！』

――その言葉通りになった。

魂を引きずり出す呪文。心臓を止める呪文。霊魂を拘束する呪文。魂に苦痛を与える呪文。快楽を与える呪文。感覚を削《そ》ぎ落とす呪文。自我を破壊する呪文――

『あっははは！　見てくださいよ王子様！　あの顔！』

がんじがらめに縛り付けたゴブリンの魂を、闇の呪いでさらに万力のように締め上げながら、クレアは笑っていた。

『――ッ！――ッッ!!』

ゴブリンの霊魂は必死でもがいていた。声なき声で、絶叫を振り絞っている。魂を歪められ、崩壊寸前まで捻《ね》じ曲げられた霊魂――想像を絶する責め苦――

『趣味が悪いなぁ。ボクは無駄に苦しめるの好きじゃないんだけど……まあ、クレアの気持ちもわかるけどね。これも場合によっては必要な手法だし……』

エンマは呆《あき》れ気味に眺めながら、ブツブツつぶやいていた。

『でもそろそろ限界みたいだね。楽にしてあげなよ、クレア』

『はぁい』

ちょっと残念そうにしたクレアが、一言二言唱えた。

『──ッ』

呆気《あっけ》なく崩壊し、粉砕されるゴブリンの霊魂。続いてクレアが【霊界の門】を開くと、排水口に流されるゴミのようにして、霊魂の残滓《ざんし》が吸い込まれて消えていった。

『はい、これでおしまい。ね！　簡単でしょ、王子様？』

無邪気に、笑いかけてくるクレア──

──彼女は、確かに、いつもイタズラばかりしてるような、悪ガキだったけど、虫の手足をもいで苦しみもがくのを、笑って見ているような、
そんな子では……なかったのに……

……クレアは、エンマの配下で、自我のあるアンデッドだ。

それはつまり、エンマの思想に共感したということで──

『人間なんて、生きてるより死んでた方がマシ』

そんな考えに行き着くほど、クレアもまた、苦しんだ証左に他ならず。

彼女がどんな最期を迎えたのか、俺は、もう、考えたくなかった。

†　†　†

そんなことがあって、いつも通り振る舞うのはとても無理だった。

馬鹿みたいに何も手につかなくなった。だからといって理由を正直に話すわけにもいか

ない。苦し紛れに、アンデッドに一目惚《ひとめぼ》れした、なんてひねり出して。

いや、ありのままの衝撃を語っただけだから、あながち嘘《うそ》でもないんだが。

俺が変わり者であると認知されていたおかげで、なんとかことを収めて。

——そして俺は、変わらず、死霊術を習い続けた。

見なかったことにしてもよかった。死霊術なんて、もうやめてもよかった。

……でも、できなかった。

『これらの呪文、それぞれ似ててややこしいですけど、こうして文頭だけ並べたら、語呂合わせみたいで覚えやすいですよ王子様！』

『へえ、それは思いつかなかったな』

『ね！　これならやりやすいでしょ？……あ、やりやすいですよね？』

『……今更いいよ、言葉遣いなんて。無理しなくても』

『えへっ、さっすがぁ王子様！　師匠が言ってた通り話がわかるぅ！』

どんなに変わり果てていても。

クレアの振る舞いは、やっぱり、彼女そのもので。

一緒にあれこれしていると、あの日が戻ってきたみたいで——

どうしようもなく、楽しかった。

たとえ、それが、イタズラの準備なんかじゃなく、魂を弄ぶ実験や、邪法の勉強だったとしても——

俺は禁忌に手を染め続けた。霊界から適当に引っ張り出した人の成れの果てのような霊魂を加工したり。監獄で死んだ森エルフの魂を、人骨に憑依《ひょうい》させて操ったり。

惜しみなく与えられた死霊術の真髄を、吸収し続けた。

『素晴らしい才能だ。ボクの見込み通り、いやそれ以上さ！』

『すっごいですね！　王子様、やっぱり魔族は違うなぁ！』

俺は半ば、麻痺《まひ》していたんだと思う。どうすることもできなくて、優柔不断で。

だから、その罰が下ったんだ。

『そろそろ、高位霊体への干渉も始めたいね』

俺の肩に手を載せて、労《いたわ》るようにふにふにと揉《も》みほぐしてきたエンマが、ふと思い立ったように。

『――そういえばキミは、ドラゴンの長を屠《ほふ》ったんだよね。ファラヴギ、だっけ』

ああ。俺は血の気が引いたよ。

『当然、素材は持ち合わせてるよね？　じゃあ次の講座では――』

エンマが俺の耳に囁《ささや》きかけた。

『ファラヴギを呼び出して――色々してみよっか』

目をつけられた時点で、もう終わってたんだ。

エンマは、ファラヴギを認知した。

†††

ベッドに寝転がって、俺はアンテと話し合う。

――俺はレイラを、ただペットにするため手元に置いたわけじゃないんだ。彼女を味方に引き入れたい。そのためには、俺はファラヴギの件で筋を通す必要がある。

『それは、もちろんわかっておる』

アンテも悩ましいとばかりに嘆息した。

『父を殺しただけでは飽き足らず、その魂まで弄んだとなれば――信頼関係など夢のまた夢じゃからな』

……俺は、どうしても、レイラには真の意味で味方になってほしいんだ。

彼女の移動能力があれば、リリアナだって逃がせるかもしれないし、同盟圏に魔王国の情報も流せるかもしれない。

他のドラゴンじゃ、こんなことムリだ。絶対に秘密なんか守ってくれない。

それをなしえるのは、レイラだけなんだ……!!

『……じゃが、根本的な問題として』

アンテは静かに口を開く。

『本当に、それは必要かの？』

……どういうことだ。

『聖女を逃がしたり、同盟へ情報を流したところで何になる？　それは魔王国を倒すため真に必要なことではあるまい』

…………。

『ここしばらくの――お主の成長ぶりは、目を見張るものがある』

ハッ、とアンテは短く笑った。

『我がどれほどの力を預かっておるか、見せてやりたいくらいじゃ』

……禁忌の対価。

『この調子でいけば、数年、数十年後には――お主は自力で魔王を倒せるようになるじゃろう。……のう、本当に必要か？』

不意に、幻となって出現したアンテが、俺を見据えた。

『あの娘《レイラ》の力、本当に、必要か？』

今のままでも――充分ではないか？

「…………」

俺は、言い返せなかった。なぜなら。

『そう。お主も頭ではわかっておるはずよ』

俺が、焦っているのは。

『今ならまだ間に合う、と思っておるのじゃろう』

――そんな、憐《あわ》れむような目で俺を見るな!!

『憐れむとも。……苦しかろうな。今ならまだ、あの娘と、生前と限りなく近い父を会わせてやれる。――手遅れだった自分と幼馴染《おさななじみ》とは違って。そう考えておるのじゃろう』

…………。

『気持ちはわかる。我も一心同体。痛いほどにわかるわ』

じゃが、と幻の手が、俺の頬に触れた。

『お主の本当の目的は、なんじゃ？』

――魔王を倒し、人類を救うこと。

『本来の目的を、見失うでないぞ。勇者よ』

……そうだ。俺は……誰が、なんと言おうと……

勇者、なんだ……

†††

そんな思いとは裏腹に、ますます勉学が手につかなくなった。

だから鍛錬に打ち込むようになった。忘れようとしたんだ。

八つ当たりのように、プラティと力任せに戦った。

――肉体の痛みなんて、所詮、危険信号にすぎない。

こんなもの、真の苦しみとは程遠い。

意志が肉体を超越したような感覚があった。痛みを何とも思わなくなった。どころか、身体《からだ》に変調をきたすような魔法的干渉さえも、全て力任せに引きちぎれるような気がした。力任せすぎて、指から血が吹き出るようなことがあっても――こんなの、苦しくもなんともない。そう思えば、あとは楽だ。

俺は強くなった。強くなったんだ‼

いつしか、笑っていたと思う。プラティが怯《ひる》んで見えたのが、愉快でたまらなかった。何事もない日常が全て焼け切れたように思えてきて、大好きだった暖かな日差しが、ますます眩《まぶ》しく俺の身を焦がすように思えてきて、というかそもそも、俺は魔族の王子なわけで、そうか、別にどうってことはない。

このまま突き進めば――俺はいつか――

ははははは。

はははははははは！

はははははははははははは！

『――もうよい』

そして、次の死霊術講座が目前に迫ったある日、アンテが言った。

『……意志が強すぎるのも考えものじゃな。ただでさえ継《つ》ぎ接《は》ぎだらけでボロボロの魂が、張り裂けてバラバラになりそうじゃ……』

無茶のし過ぎで、お主が壊れてしまうよりマシじゃ、と。

『……お主の好きにせい』

魔神は、折れた。

†　†　†

……ちょっと正気に返った俺は、アンテとさらに話し合い、妥協することにした。

レイラを味方に引き込む布石として、父の件に筋を通す。だが、俺の正体までは現時点では明かさない。そういうことになった。

俺が正体を明かさず真実を伏せたままでは、正直、怒り狂うファラヴギの霊魂を抑えられるかわからない。奴《やつ》の霊魂を呼び出すのは、言うまでもなく危険だ。

だが、その場にレイラが居合わせれば。そして彼女が呼びかければ。

ファラヴギも理性を取り戻すかもしれない。ファラヴギと対話さえできれば、その魂を彼の遺品に封印するような形で『保護』できるかもしれない――

そしてエンマの講義でファラヴギが呼び出せなくても、「惰弱な奴め、もう霊魂が消え失《う》せよったか！」みたいなノリで誤魔化せばいい。

「……今の俺なら、呼び出せる。きみのお父上、ファラヴギの霊魂を」

まあ、それも、これも。

「……きみが望むなら」

目の前のレイラが、応じればの話だが。

「………………なんで」

長い長い沈黙の末。対面、椅子に腰掛けてうつむいていたレイラは。

膝の上でギュッと手を握りしめ、おずおずと顔を上げた。

「……なんで、今さら……」

それはまるで、遠慮がちな上目遣いだったけど。

ああ。俺は、不意に共感を抱いた。

レイラの瞳に浮かぶ、その色は――

怯《おび》えながらも、半ば諦めながらも、それでも抑えきれない――

「なんで、今さら……そんなこと言うんですか……！」

確かな怒りと、憎しみの炎。

†　†　†

——自分で言ってて、これはまずいと思った。

「……なんで今さら……そんなこと言うんですか……！」

だけど、口が止まらなかった。言った。言った。言ってしまった。

レイラは全身から血の気が引いていくのを感じた。

誰かに楯突《たてつ》いたのなんて、どれだけぶりだろう。小さい頃に両親にわがままを言ったのが最後かもしれない。前の環境ならどんな叱責や仕置きが飛んでくるかわからなかった。

だけど——

「…………」

レイラの言葉を受け止めた、魔王子ジルバギアスは。

激昂《げきこう》するでもなく、ただ沈痛な面持ちで、唇を引き結ぶのみだった。

——わかってたんだろう？

自分の心の冷めた部分が、皮肉な声で告げた。それはどこか、あの恐ろしい闇竜王オルフェンの声に似ていた。

——この王子様なら、自分を酷《ひど》い目に遭わせたりしない。それがわかっていて、お前は怒りを露《あら》わにしたんだ。

卑怯《ひきょう》者《もの》め、とせせら笑われる。……その通りだ。レイラは己の罪深さに震えた。

前の環境では、思いもしなかった。自分は責められて当然、グズでのろまの役立たず、薄汚い裏切り者の娘。自分が酷い目に遭うのは全てそのせい、だから諦めきってしまって、怒りや憎しみなんて、これっぽっちも湧いてこなかった。

だけど——今の新しい、温かな環境が。

渇ききって、ひび割れていたレイラの心を、癒やしてくれて。

それまでは全てが灰色に見えて、うつむき加減でビクビクしていたレイラが。

今では、普通に顔を上げて、前を見ながら歩けるようになった。

——でも、血の巡りを取り戻した心とともに、醜い感情まで蘇《よみがえ》ってしまって。

自分を見つめ直したレイラは、気づいてしまったのだ。他でもない、今の環境を与えてくれたジルバギアスへの、感謝や親愛の情に混じって——


父を殺された、怒りと憎しみもまた、存在するということを。


必死で気づかない振りをした。だって。恩知らずにもほどがある。ジルバギアスがどれだけ寛容な人物か、レイラはよく知っている。あんなに優しい魔族なんて、他にいない。ともすれば慈善が甘さ、弱さと見なされかねない魔族の風潮にあって、自分を害した反逆者の娘をここまで厚遇してくれるなんて、奇跡としか言いようがない人格の持ち主だ。

——わたしは悪い子だ。

寝る前に何度、自分自身に言い聞かせたかわからない。

これ以上、罪深い惨めな存在になる前に、悪い感情なんて捨ててしまえ、と。しかし、どんなに見ないふりをしても、その感情はくすぶり続けて、自らの存在を主張し続けた。

――レイラを悩ます悪夢は、決まって、ジルバギアスが笑いながら父の生首を見せつけてくるところで終わる。

夢の中みたいに、ジルバギアスが他者を、ましてや自分をあざ笑うところなんて、見たこともないというのに……

「なんで……」

だからこそ、レイラは、やるせなさをぶつけずにはいられなかった。

――なんで、今さら父のことを言うの。

必死で見ないふりをしていたのに。気づかないふりをしていたのに。

当の本人が言い出したら……もう直視するしかない……

「……すまない」

苦しげに、絞り出すように、ジルバギアスは頭を下げた。

……なんでこのヒトは、わたしなんかに、こんなに下手《したて》に出るんだろうと、レイラは他人事《ひとごと》のように思った。「せっかく父に会わせてやろうと思ったのに、この恩知らずめ！」と激昂し、自分を叩《たた》き出しても誰も文句を言わないだろうに。

「……俺がどれだけ謝ろうと、お父上が生き返るわけではない。だからこれは意味のない言葉だ。きみが俺の謝罪を受け入れる必要はない」

一瞬、瞑目《めいもく》したジルバギアスは、キッと表情を引き締めて話し出す。

「なぜ俺が、今になってこんな話を切り出したのか。それは死霊術講座のせいだ」

……それと自分に何の関係が？

やっぱり他人事のように、どこか実感がないまま聞いていたレイラだったが。

「——講師の死霊王《リッチ》が、高位霊体の取り扱いを学ぶため……次はファラヴギの魂を使おうと言い出した」

続くジルバギアスの言葉に、頭を殴りつけられたような衝撃を受けた。

ジルバギアスが死霊術を学んでいると聞いても常識的な忌避感を覚えただけで、レイラは大して気にも留めていなかった。魂を弄ぶ外法と聞いても眉をひそめるくらいで、どこか他人事だった。

それがどういう意味だったかを、今、理解した。

父の魂を——使う？　それが何を示すのか、死霊術の知識がないレイラには、正確にはわからなかったが、ロクでもないことだけは確かだった。死してなお——殺されてなお、まだ冒瀆《ぼうとく》されるというのか？　安らかに眠ることさえ許されないというのか!?

「そんな……!!」

目を見開いて、気の毒なくらい青ざめた顔で、唇を震わせるレイラ。講義で使われる前に、父と最期の別れを告げさせてあげようという魂胆なのか——？

（……どうすれば、何を言えば）

父の魂を助けたい。死んでまで苦しめないでほしい。

何をすればいいの。どう言えばいいの。レイラは半ば恐慌状態に陥りつつあった。

「……落ち着いてくれ。俺はきみのお父上を……救いたいんだ。……どの口でほざくと言われても、致し方ないことではあるが……」

あまりにも自罰的な、鬱々とした表情で言われて、レイラの思考はまた止まる。

「確かに俺は死霊術を学んでいるが、学術的な興味が最大の理由だ。禁忌の手法にはいくらか手を染めたが、だからといって、きみをことさらに苦しめたいわけじゃない……！」

そう言う本人が、今まさに、我がことのように苦しんでいるようにも見えた。

「エンマがお父上《ファラヴギ》の存在を認知してしまった。それだけで、もうどうしようもないんだ。俺が抗弁して講義を遅らせることはできる。ファラヴギには手を出すな、と命じることもできる。だけど、それは確実じゃない。アイツは近くの棚に手を伸ばして、本を取り出すくらいの気軽さで、霊魂を呼び出せる……！」

いつ気まぐれを起こしてもおかしくない。その上で、何をするかわからない……！

「だから、お父上の魂を保護するなら……今しかないんだ」

ジルバギアスは言った。父の霊魂を呼び起こし、物品に憑依《ひょうい》させるなどして現世に留《とど》めて、第三者に呼び出されないようにする、と。……最期に別れを告げさせてやろうという趣旨ではなかったらしい。本当にレイラを思っての申し出だったようだ。

「……そんなこと、言われたら、……断れないです」

うつむきがちに、レイラは答えた。ジルバギアスの心遣いに、礼を言うべきだと理性は告げていたが、どうしても素直に言えなかった。

――甘えているな。『断りようがないのに、わざわざ自分の意志を確認するような真似《まね》をして！』と非難がましい口調になっているぞ。

レイラの冷酷な部分が嘲笑する。言われるまでもなく、レイラもそれには気づいていて激しい自己嫌悪に襲われた。だけど、父の魂を呼び出してくれてありがとうございます、だなんて。

殺した張本人に向かって言うのは、どうしても――喉が詰まるような感覚が――

「すまない……！」

ジルバギアスが、再び頭を下げた。

――もう、謝らないで！

レイラは泣きそうだった。あなたは悪くない。悪い子はわたしなんです……

†　†　†

白い粉末を取り出したジルバギアスが、呪文を唱える。

闇の魔力が溢《あふ》れ、粉末が動き出し、床に円陣と模様を描き出した。

話によれば、あれは骨粉らしい。死者の霊魂を閉じ込める結界の一種だそうだ。

「……それじゃあ、今からきみのお父上を呼び出す」

ジルバギアスが静かに告げた。

「一応、対策はしてあるが……ほぼ確実に、仇《かたき》である俺に襲いかかってくるはず」

……レイラは胸元で、ぎゅっと手を握りしめた。

「もしも、理性が吹っ飛んでいて、ブレスでも吐こうとしたら一大事だ」

自身の光で消滅しかねない、とジルバギアスが苦い顔を見せる。

「だから……きみの説得だけが頼りだ。俺の言葉は、絶対に届かないだろうから」

ジルバギアスの、宝石のような真紅の瞳が、レイラを見つめる。

「……はい」

レイラは、こくんとうなずいた。殺意を剝《む》き出しにするであろう父の霊と再会するのは、
やはり、恐ろしく感じられた。

でも――父の魂を救うには。

それしか道は残されていなかった。


ぞわっ、とジルバギアスの身体《からだ》から、闇の魔力がほとばしる。

「【アオラト・テイホヌス・ポ・ホリズィ――】」

朗々と詠唱するジルバギアス。骨粉の結界内で、霊界への門が開く。そして、その果てしない門の奥へと、闇の魔力の手を突っ込んだジルバギアスは。

「【ファラヴギ】」

その名を、喚《よ》んだ。

——来る。

あの、向こうに。

懐かしい気配を感じる。

だけどそれは、同時に、どこまでも荒々しく——

不可視の霊界の門から溢れ出す、突き刺さるように押し寄せる、危機感。

混じりけのない殺意。

『——ガアアアアァァァァアアァッッッ！！！』

レイラの知る父とは似ても似つかない、どす黒い闇の魔力を纏《まと》った竜の首が、霊界の門から顔を出した。そのままジルバギアスに食らいつこうとして、結界に阻まれる。竜の体ゆえ全身を出すことは叶《かな》わず、悪趣味な竜の生首が出現したようにも見えて——レイラは思わず、口元を手で覆った。

「ぐ——ッ！」

防護の呪文を唱え直したジルバギアスが、結界に闇の魔力を注ぎながら呻《うめ》く。

「——早く！　レイラ！　抑えきれない!!」

必死で言われて、レイラもハッとした。震えている場合ではない!!

「お父さん！」

レイラは声を振り絞って、父の霊に呼びかけた。しかし——

『ガァァァアアアァァァッ！！！』

父は、ガチンガチンと結界を突き破らんばかりの勢いで、顎を鳴らしている。

『殺す貴様だけハ絶対に殺ス殺すコロス——ッッ！』

「お、お父さん!!　私だよ!!」

『グガアアァァァアァッッッ!!』

ビリビリと部屋の空気が震える。実体のない存在とは思えないほどの狂乱状態。霊魂を封じる結界の前に、防音の結界の方が破れてしまいそうだ——

『皆ヲ返せ！　妻を返せ！　魔族モ、闇竜モ許せん——ッ！』

理性なんて欠片《かけら》も感じられない瞳で、ジルバギアスを見据えたファラヴギが口を開く。

『ガァァ——』

まずい。

「ブレスを吐こうとしてる!!」

ジルバギアスが上擦った声を上げた。闇の魔力に輪郭を与えられた霊体でありながら、光のブレスを吐きでもしたら――霊魂が消えてしまう!!

「お父さん！　わたしだよ!!　聞いて!!」

必死で目の前で手を振り、気を引こうとするレイラ。しかしファラヴギはまったく意に介さない。自分が人の姿だからか？　こんなに呼びかけても、気づいてくれないのか？

理性を失って荒れ狂う父の姿、死霊術の虚《むな》しさ、悲しさ、そういったものが一気に押し寄せて――レイラはもう泣きそうだった。

『アアァァァッ皆を――ッ、レイラをッ、娘を返セ――ッッ！』

が、あろうことか、本人を前にしていながら、レイラの名まで呼び出す始末。

「お父、さん……ッ！　わたしだって、言ってるじゃない!!」

やるせなさと無力感が限界を突破し、レイラは――

カチンと来た。

そういえば生前から、父にはこういうところがあった。

肝心なところで抜けている上にヒトの話を聞かない――!!

「その娘が、目の前にいるでしょ!!」

涙目でファラヴギを睨《にら》むレイラ。こみ上げてくるものがあった。

そんなだから、そんなことだから――!!

「――お父さんのバカァッ！」

レイラの魂の叫びと同時に、ぼわっ、とささやかな光の魔力が放射された。

レイラの口から。

結界を突き破った光の魔力のシャワーが、ファラヴギの霊体にふりかかる。ジュワ！と灼《や》けた鉄に水を浴びせたような音。『グワッ』と仰《の》け反《ぞ》って悲鳴を上げるファラヴギ、「ええっ!?」とレイラを振り返るジルバギアス。そして何が起きたかわからないという顔で、口を押さえるレイラ。

「……ドラゴンって人化してもブレス吐けるのか!?」

「さ、さあ……?」

目を丸くするジルバギアスに、レイラは困惑しながら首をかしげた。

「いや、『さあ』っていうか……」

今のブレスじゃん、と半ば呆然《ぼうぜん》とつぶやくジルバギアス。確かに……赤ちゃんドラゴンのそれみたいな弱々しいものだったけど。しかし人化した姿でブレスを放つなんて聞いたこともない。レイラはジルバギアスと顔を見合わせる。

『……レイ、ラ……?』

――と。金属のきしむような声。

「……お父さん!?」

見れば、父の霊が結界内で、寝ていたところを叩《たた》き起こされたような顔でふるふると頭を振っていた。顔面から、ブスブスと闇の魔力の煙を立ち昇らせてはいたが――

『レイラ、なのカ？　その声ハ……』

概《おおむ》ね、正気に戻っている。信じられない、とばかりにレイラを見つめてきた。

「そうだよ！　お父さん……よかった……」

へなへなと力が抜けて、床に尻もちをついてしまうレイラ。

『ここ、ハ……？』

「魔王城だ」

一歩前に出て、ジルバギアスが語りかける。

「俺がお前の霊魂を、死霊術で呼び覚ましたんだ。白竜の長、ファラヴギよ」

『っ貴様ハ……！』

牙を剝き出しにして唸《うな》るファラヴギ。いつ、また怒り狂い始めるか、レイラは気が気でなかったが――父は敵意を露《あら》わにしつつも、どこか困惑しているようにも見えた。

たった今まで霊界で眠っていて、それを引きずり出されたのだから、無理もないことだとは思うが――いや、それにしては。何か、困惑の質が――違う……？

『――魔王子ジルバギアス、であったカ』

先ほどの狂乱ぶりが嘘《うそ》のように、どこか慎重に口を開くファラヴギ。

「……そうだ」

緊張した面持ちでうなずき返すジルバギアス。

『……どういうことダ』

ボソッ、とつぶやくようにして、ファラヴギが言った。

『我は、最期に見たぞ、ジルバギアスよ』

……何を？　と小首をかしげるレイラの横で、ジルバギアスが、身を固くする。

『貴様、魔族であろウ。それなのになぜ――』

怪訝《けげん》そうに目を細めながら、ファラヴギは問う。


『――なぜ、聖属性を使っ、タ？』

†　†　†

――バレた。冷や汗が止まらない俺の横で、レイラが「？・？・？」と首をかしげている。

父親が何を言っているのか理解できなかったらしい。

……今が最後のチャンスだ。全力で誤魔化すしかない！！

「なんのことだ？」

『たわケ』

俺がすっとぼけると、さらに目を細めたファラヴギは、唸るように。

『最期に見タ、あの白銀の輝き――貴様ノ刃に宿っタ光。そして、我が首を断ち切っタ、焼けるような痛み……！』

視界の隅で、尻もちをついたままのレイラがギュッと手を握りしめるのが見えた。

『あれは紛れもない、聖属性であっタ。勇者たちが使ウところを何度も見タわ！』

「……気のせいじゃないか？」

『いや、勘違いなどではなイ！　我も聖属性ハ何度か受けたことがある！　あの感覚は、絶対にそうだっタ!!』

頑として譲らないファラヴギ。

コイツ、仮に勘違いだったとしても我を曲げるつもりねえぞ！　厄介な！

『ぬ……それに、思い出しタぞ。貴様、我が全力のブレスを盾で防ぎおっタな!?』

「……そりゃ他に防ぎようがなかったからだ」

『あっ、しかも剣まで置いておル!!』

さらに、無駄に目ざとく、部屋の片隅に立て掛けてあった聖剣アダマスの存在に気づくファラヴギ。そしてビビーン！　と雷に打たれたような顔で、ハッと俺を見つめてくる。

『貴様……さてハ、魔族になリすました勇者か!?』

俺は絶句してしまった。

ファラヴギは――直情的なヤツだ。あまり考えずに直感で動くタイプ。

これまで、そんな性格のせいで、勘違いや思い違いを量産してきたんだろうが。

今このときに限っては——理屈をすっ飛ばして真実を言い当ててきやがった……！

何か言い返さねば、と思うが、あまりのことに口が動かない。

そっと霊界の門を閉じようとしたが、ファラヴギの巨大な霊体が引っかかってうまく行きそうになかった。畜生め。

いや、だが、ここでファラヴギを叩き出したら事実と認めたようなもんだし。

そもそもこのままファラヴギを霊界に放り出すわけにはいかない……！

この疑いが、情報が漏れるのはまずい！　どうにかうまい手はないか。考えを巡らそうとする俺だったが。

「ああ……」

溜息《ためいき》のような声が聞こえて、隣を見下ろすと。

反対に、俺を見上げるレイラと目が合った。

その瞳には——ある種の『納得』があった。

……反逆者の娘でありながら、なぜ自分《レイラ》がこうも厚遇されていたのか。

ずっと不思議に思っていたはずだ。

だが、それも、聖女リリアナの扱いも、剣へのこだわりも——

俺が勇者であることを前提にすれば——

全て辻褄が合ってしまう。


『なんということじゃ』

俺の中で、アンテが嘆いた。

『まさか、このような……いや、起きてしまったことは仕方がない。これでもエンマの前で言われるよりは数倍マシな状況じゃ』

……確かに。俺は、今日の決断がなければ、死霊術の講義でこれが起きていたであろうことに気づきゾッとした。

『ここに至っては、覚悟を決めよアレクサンドル』

アンテは厳かに。

『こやつらを味方にするか、あるいは……口封じにまとめて滅するか』

その二択じゃ、と。

そんなの実質、一択じゃねえか。俺は息を吐いた。細く、長く。

「……そうだ」

防音の結界を改めて確認しながら、俺は観念してうなずいた。肩の力を抜き、傲慢な魔族の王子としてではなく――戦友のような気持ちで、ファラヴギを見据える。

「お前とともに、魔王城強襲作戦に参加した……元人族の勇者だよ」

ファラヴギとレイラが、揃《そろ》って目を見開いた。

†††

レイラは、信じられない気持ちで聞いていた。

ジルバギアスは語った。自らの過去を、その正体を。

5歳児とは思えない、と常々思っていたが、理由がわかった。

それもそのはず、精神年齢はレイラよりも上だったのだ……

『なんト……そのような……』

見事ジルバギアスの正体を言い当てた父も、転生は想定外だったようで絶句している。

『……なぜ、なぜあノとき！　それを言わなかっタ!?』

そして当然のように怒り出す。

『我らハ、手を組めたはずではないカ!?』

「お前が出会い頭にブレスをぶっ放してきたんだろうがよ……！」

歯を剝《む》き出しにして、負けじと言い返すジルバギアス。

これにもレイラは驚いた。いつも冷静で、己の感情を制御しているように見えたジルバギアスが、ここまでわかりやすく直情的に振る舞うところは初めて見た。

と、同時に、いつもの振る舞いが、仮の姿であることがはっきりと浮き彫りになった。

「それに……言えなかったんだ」

口惜しげに表情を歪《ゆが》めて、ジルバギアスは続ける。

「お前は知らなかっただろうが……俺には護衛の魔族の戦士たちもつけられていた。遠巻きに見守っていた連中も、お前のブレスを見て大慌てで馳《は》せ参じた。しかも、さらにそのあとには、お前の討伐任務を受けた魔族の王子までやってきやがった」

兄のひとりがな、と吐き捨てるように。

「お前と協力することももちろん考えた。だが……そのためには、俺の現在の部下、俺の護衛を全て口封じに殺さねばならなかった。しかもひとりも逃さず、完璧に」

俺は天秤《てんびん》にかけた、とジルバギアスは言う。

チラッとレイラを見下ろして、苦しげに、だがハッキリと。

「全てのリスクとリターンを考えた上で……俺は……お前よりも、今の自分の地位と部下を取った！　だからお前と戦い、殺した……！　全ては――」

魔王を倒すために……！

『グッ、ウウゥゥウッッッ……!!』

ファラヴギが唸る。わなわなと顎が震え、今にも怒りだしそうな様子だった。だがジルバギアスの立場の特異性と、自分と共通する目的から、理性を辛うじて働かせ、耐えた。

「俺たちは、……本当にどうしようもなく運が悪かったんだ……」

ぽつりとジルバギアスがうつむきがちにつぶやく。

「なんで……お前もサッサと移動しなかったんだよ……」

『……あと数日、力を蓄えレば、翼の呪いを振り払えそうだっタのだ』

ファラヴギもまた瞑目《めいもく》し、悔しげに言葉を絞り出した。

『いつもなら、騒ぎになる前に行方をくらませてぃタ……だガ……あのとき本当に、あと少しだっタのだ……。まもなく別の王子も到着しタ、という話が真実であれば、いずれにせよ遅すぎたようだガ……』

種族は違えど、似たような沈痛の面持ちで黙り込むジルバギアスとファラヴギ。

「……お父さん」

黙って聞いていたレイラも、ようやく、父に話しかけられた。

『おお、レイラよ』

ファラヴギが、痛々しい笑みを浮かべてこちらを見つめてきた。

『……すまない。お前には……本当に迷惑をかけてしまっタ』

「お父さん……なんで、お城を出て行っちゃったの」

ファラヴギが白竜一派を引き連れ出奔した――レイラは、ずっとオルフェンにそう言い聞かされてきた。ずっとそれを信じ込まされていたが、今となっては、いくら直情的な父でも、一族の未来を担う立場でありながらそんな短絡な決断をするとは思えなかった。

レイラの問いに、ファラヴギの目が憎しみに染まる。

『グッ、ガァ、ガァァァ……ッ！　オルフェン、憎き闇竜どモ……！』

「お、お父さん！　落ち着いて……！」

『ッ、すまない……！』

怯《おび》えたような娘の声に、即座に我に返る。

『……この状態でハ、感情がますます荒ぶル……冷たき闇が、我を苛《さいな》むのダ……』

それは、そうだろう。レイラは心の底から父に同情した。

もともと光属性なのに、ここまで強く濃い闇に覆われていては……

『……闇竜どもに、担がれたのダ』

ぽつぽつと、父は語り始めた。戦場での役割分担や物資の分配などを巡って、白竜派のあまりに不当な扱いに、一族を率いて抗議に赴いたファラヴギだったが。待ち構えていた闇竜の一派に、人化していたところへ錯乱の呪いをかけられてしまったらしい。

ファラヴギはどうにか耐えたが、未熟なドラゴンたちが抗しきれずに人化を解いて竜の姿で暴れ出し、これ幸いと襲いかかってきた闇竜と、なし崩しで戦闘に。

『いつものような派閥争いではなく、本当の殺し合いになっタ……！』

乱戦のさなか、若者が数頭、さらにはファラヴギの妻――フレイアも殺された。母の名に、レイラも唇を噛《か》みしめる。

『そして、収拾がつかなくなっタところに、あの憎きオルフェンが現れタのだ……！　お前を、レイラの身柄を押さえタ、と……！　我らが退《ひ》けばこの場を収めてやルと言われ、我は……お前を置いて、一族とともに、尻尾を巻いて逃げるしかなかったのダ……!!』

ぽろぽろと闇色のしずくを、両目からこぼしながら、ファラヴギは言う。

『すまなかっタ……！　レイラ、我が不甲斐《ふがい》なさゆえ、お前をこんな目ニ……！　我は、あのときまで、闇竜どモを、憎いながら同族と思っておっタのだ。だが、あやつらは……我ら白竜を、敵としか見ておらんかっタ……』

それを見抜けなかった。油断していた自分の責任だ、と。

『お前に、本当に苦労ヲかけてしまった……すまない、レイラ。すまない……！』

結界に阻まれながらも、レイラに、限界まで頭を擦り寄せて謝るファラヴギ。

「お父さん……！　そんな、悪いのはお父さんじゃない……!!」

レイラも、涙をこぼしながら、震える声を絞り出す。

『それデ……一矢報いるため、人族と手を組み……』

ファラヴギが、ジルバギアスに視線を戻す。

『あとは……知っての通りダ。レイラには、ますます迷惑をかけテしまったダろう。……むしろ、今まで無事に生きていてくれて、良かったと思えるほどダ……』

そのとき、ふと気づいたように。

『しかし、なぜレイラが貴様のところにいるのダ？』

「……落ち着いて聞いてほしいんだが」

ジルバギアスが、慎重に、ゆっくりと説明する。

「お前が俺を……この魔族の王子を害したことに対する謝罪と賠償として、オルフェンがドラゴン族を代表して、レイラを献上してきたんだ」

『…………』

ファラヴギの顎が、ガコンと落ちた。あまりのことに呆然《ぼうぜん》としてしまったらしい。

そして理解が追いつけば、当然——

『グッ——ガアアァァアアアァッッ！　オルフェン、舐《な》め腐りおってエェェエェッッ!!』

激発。凄《すさ》まじい怒りぶりに結界が吹き飛びかねなかったが、その勢いで口からブレスになりかけた光属性が漏れ出し、自らの魔力に焼かれたファラヴギが『グワアアァッ！』とうめいて、また大人しくなる。

『ぐ、グウウ……』

ブスブスブス……と口から煙のような闇の魔力の残滓《ざんし》を吐きながら、苦しげに。それはかつての白竜の長とは思えないほど……あまりにも痛ましく、惨めな姿だった。己が思うように、振る舞うことさえできない……

「俺のできる範囲で、娘さんは……大事にさせてもらっている」

ジルバギアスがファラヴギに頭を下げた。

「そして、今になってお前を呼び出したのは、それが関係していたんだ」

『どういうことダ……？』

「実は、俺は死霊術を学んでいてな……」

自分が次の講義の教材に選ばれた、と聞いてファラヴギは愕然《がくぜん》としていた。レイラでさえ恐れおののいたぐらいだ、当の本人が受けた衝撃はいかばかりか想像もつかない。

『なっ、ならバ、我は……どうなるのダ』

「落ち着け。悪いようにはしない。……そもそも、俺の正体を知られた時点で、お前の魂を野放しにはできないんだ、当然ながら」

レイラとファラヴギを交互に見るジルバギアス。

「だから……お前さえよければ、俺の術でお前の魂を何かに封入して、こちらで保護できればいいと考えている」

『…………』

父は——ファラヴギは、黙り込んでレイラを見下ろした。

レイラもまた、固唾を呑《の》んで見守る。

『……な、るほド』

やがて熟考の末、顔を上げたファラヴギは。

『その申し出、ありがたく思ウ、勇者よ』

父の答えに、安堵《あんど》の溜息《ためいき》をつくレイラ——


『——だが断ル』


しかし頑とした姿勢で続いた言葉に、レイラもジルバギアスも目を剝いた。

レイラは啞然《あぜん》とした。なんで……せっかく、レイラのそばにいられるように、ジルバギアスが取り計らってくれるというのに……

「……ファラヴギ、お前が誇り高いドラゴンなのは重々承知している」

いち早く立ち直ったジルバギアスが、なだめるような口調で話しかけた。

「アンデッドとなり、俺に使役される立場となるのは屈辱だろう。……その気持ちはわかるが、ここは、娘さんのためにもグッと堪《こら》えて――」

『それだけではなイ』

ジルバギアスの言葉を遮るファラヴギ。

『それだけではないのダ、勇者よ』

――思いのほか穏やかな顔で。

『貴様にハわかるまい。今この瞬間モ、刻一刻と己が剝がれ落ちていくのを感じル。耐え難い喪失感が、延々と続くのダ……補われる感覚はあるが、それはもはや我ではナイ』

レイラたちは息を吞んだ。光の魔力を生み出すファラヴギの霊魂と、闇魔法の真髄たる死霊術は、あまりにも相性が悪い……

『時が経《た》てば経つほどに、我は我に似た何かへと変わっていくだろウ。そしてその結果、失われていくものを思えバ――』

しばし瞑目したファラヴギは。

不意に――光の魔力を強める。

「待て、何をするつもりだ」

『……レイラ』

慌てるジルバギアスをよそに、レイラへ向き直るファラヴギ。

『死の間際に、父が悔いたのハ——お前に何も教えてあげられなかったことダ。幼さゆえニ、我が血統に伝わる魔法モ、太陽や星を見て方角を知る術《すべ》も、果ては泳ぎ方までも——何も教えられなかっタ』

困惑するレイラに、ファラヴギは優しく笑いかける。

『知っているカ。我らドラゴンは、海で泳ぐこともできるのダ。だがお前は……海を見たことさえなかろウ』

遠い目をして。

『父は若かりし頃、妻《フレイア》とよく遊びに出かけたものダ。砂浜で日光浴をしたり、気ままに泳いだり。いつかお前も大きくなったら、家族みんなで遊びに行こうと思ってい夕……』

「……お父、さん？」

レイラは、ざわざわと嫌な予感がした。

なぜ父はこうも穏やかなのだ？　まるで——これでは、まるで——

『だから、レイラ』

力強く、ファラヴギの言葉が響く。

『我が魔法ヲ、我が知識ヲ、お前に継承する』

──光の励起。

ジュウッ、と灼《や》けるような音を立て。

ファラヴギの魂が、自らの光に燃え始める──

「おい！　お前まさか──」

ジルバギアスが顔を引きつらせた。

「──光魔法なんて使ったら、霊魂が消滅しちまうぞ！」

「やめて、お父さん！」

レイラは思わずファラヴギにすがりついて止めようとしたが、ジルバギアスが張っていた結界に阻まれる。

『ハハハッ！　我が子に、持てる全てを遺《のこ》して逝けルなら、それで本望よ！　そして貴様にとってモ都合が良かろう』

ますます燃え盛りながら、いっそ清々《すがすが》しい顔でジルバギアスを見下ろす。

『我が消滅すれバ、忌まわしき死霊術で秘密が漏れることもあるまイ！』

目を剝《む》きながら、ぐっと言葉に詰まるジルバギアス──

「──待て、早まるな！……そうだ、人化の魔法はどうだ!?　アンデッド状態で試したら、人として存在を保てるかもしれない！　そうすれば魂を焼く苦痛だって──」

『くどイ！　我は誇り高きホワイトドラゴンぞ！　心意気には感謝するが、勇者よ──死霊術で飼い殺しなど御免こうむルわ！』
高らかに笑ったファラヴギは、
『【我こそは《パラディソス》　光の化身《コズモス》】』
霊体とは思えないほどのまばゆい光を、
『【しかと目に《エゴケントウリ》　焼き付けよ《インペリファス》！】』
まるで真昼の太陽のように、

「お父さ――」
光の奔流が、レイラへ。
……ああ。流れ込んでくる。
父の持てる知識が、技術が、魔法が、
その想《おも》いが――光に乗せられて、色鮮やかに心へ映し出された。
レイラは星を見る術を知った。父が老ドラゴンに教わったように。記憶の風景で、若い父とともに夜空の岩山に腰掛けて、しわがれ声で語られる星座の物語に耳を傾けた――

若かりし頃の、父と母の出会いを知った。狩りにかこつけて皆には内緒で待ち合わせして、ふたりで海に遊びに出かけていた。見たこともない海の潮風を浴び、レイラもまた、水の心地よさと塩辛さを――

仲間たちと一緒に、太陽まで届くか飛び比べをした。高高度では羽ばたいても飛べなくなることを知り、空気の薄さと氷のような冷たさに驚かされた。結局、誰も太陽には届かなくて、笑いながら滑空して、大地が実は丸いことを知った――

様々な思い出が、知識が、目まぐるしくレイラの中へ注ぎ込まれる。

脈々と受け継がれてきた一族の魔法とともに。

――レイラが誕生した。可愛《かわい》くて可愛くて、たまらなかった。娘の一挙手一投足がただただ嬉《うれ》しくて。まだ赤ん坊なのに飛ぼうとして、ブレスまで吐いてみせて。

自分を超える立派なドラゴンになるに違いないと、愛《いと》おしさと誇らしさで胸がいっぱいになった。世界の果てにでも飛んでいけそうな気分だった――

『レイラ。可愛いレイラや』

キラキラと――

光り輝く、温かな思い出。
いつしかレイラは、心のなかで。
父と寄り添い、それらを見上げていた。
優しく、父が鼻先を擦り寄せる。
ゴツゴツとした鱗《うろこ》を撫《な》でて、レイラは抱きついた。
『……お前に、持てる限りを授けることができてよかった』
憑《つ》き物《もの》が落ちたような穏やかな声で、父は言う。
『失われる前に、変わり果ててしまう前に、全てを――』
「お父さん……」
そこまで自分を大切に思っていてくれた。
父は、自分を見捨てたわけではなかった。
全てが伝わってきて、でもそれは、父の魂を代償にしたもので――
あまりのやるせなさに、ぽろぽろと涙があふれた。
『大丈夫。わかっているよ、レイラ』
すべて、伝わっているよ。
「……!!」
顔をくしゃくしゃにして、レイラは父にしがみつく。
だけど――あれだけ力強かった、父の存在は。

だんだんと、薄れていって……


「あ……」

『今度こそ、お別れだ』


消えていく。

父が、――消えていく。


「……いやだ」

薄れていく父を、必死で抱き寄せようとしながら。

「いや！　こんなのいやだよぉ！」

レイラは叫んだ。

「なんで！　なんで、……せっかくまた会えたのに……!!」

いかないで。

もっとあとになってからでもよかったじゃない。

お父さんの想いは、ぜんぶ伝わってきたけど。

それでも、もっと――

「もっとお話したかったよぉ……！」

次から次に、話したいことが浮かんでは消えていく。

言葉にならなくて、レイラはただをこねるように泣きじゃくるしかなかった。

『我も本当は、そうしたかったよ』

父の声は、だんだんと遠く。

『だがそうすると――ますます別れが辛《つら》くなる。我は誇り高きドラゴン、そう自分に言い聞かせて――やっと踏ん切りがついたのさ』


こんな情けない父ですまない。

そう苦笑いする父は――

ああ、もう手が届かない――


「お父さん！　行かないで……！　お父さん……ッ！」

本当に、遠くへ行ってしまう。


『レイラ……お前は……』

かすかな父の気配が、口づけするように、レイラの額に触れて。

『お前は、復讐《ふくしゅう》なんて……誇りなんて、考えなくていい……』

だから……

『ただ、幸せに――』


お前はただ幸せに、生きてくれ。

そして、かすかな笑い声とともに――

父の、ファラヴギの気配は――

薄れていって――

「……お父、さん」

つぶやいても、
返事はもう、なくて。

二度と戻らないのだとわかってしまって。

「ぅ……ぅっ、ぁあ、ああああああ――――っ!!」

とめどなく、瞳から熱いものがあふれ出してきた。

――誇りなんて考えなくていい。

――ただ、幸せに生きてくれ。

優しい言葉が蘇《よみがえ》った。父が遺したものは、確かにレイラの胸の内に息づいている。

「……ありがとう、お父さん……でも、」

ぐすっ、と鼻をすすりながら、レイラは無理に笑ってみせた。

「……わたし、悪い子だから、お父さんの言うことなんて聞かないもん……！」

涙を拭って、顔を上げる。

「わたし……わたし、いつかぜったいに……！」

お父さんを超えるような、立派なドラゴンに。

「誇り高き、ホワイトドラゴンに……！」


――なってみせる。

†　†　†

――俺は、僅かな親子の時間に水を差さぬよう、部屋の片隅に身を引いていた。

光魔法の継承は、一瞬だった。最期の別れと言うには、あまりにも短すぎるほどに。

レイラはわんわんと声を上げて泣いている。あそこまで、彼女が感情を露《あら》わにしているところは初めて見た。

俺は……ただ、ファラヴギに敬意を表することしかできない。ファラヴギ、お前の生き様を、その眩《まばゆ》い精神を、しかと目に焼き付けたぞ。娘のためなら、魂が消滅することさえ厭《いと》わぬ覚悟。

立派な父親だった。誇り高きホワイトドラゴンだった。

俺もまた全力で、お前の分まで、レイラを守ろう。

だから……どうか……！

魂が消えてしまったとわかっていても、祈らずにはいられない。

だからどうか、安らかに、と。


『……さて、これからじゃな』

ぽつんとアンテがつぶやいた。

そう、だな。これで終わったわけじゃない。むしろ始まりと言っていい。

やがて、涙を拭ったレイラが顔を上げ、俺を見つめてきた。

金色の瞳。そこに宿る、確かな光。

……こんなに、強い目ができる子だったんだな。

「レイラ」

「あの」

　ふたりして同じタイミングで口を開いてしまい、「あっ」と声を上げる。

「どうぞ」

「いえ、お構いなく」

「いやいや、俺が聞くよ」

　ぺたんと床に座り込んだままのレイラに、視線の高さを合わせて膝をつきながら、俺は先を促した。

「……ありがとう、ございました」

　レイラが――静かに頭を下げる。

「父を喚《よ》んでくれて。最期に、別れを言わせてくれて……」

　儚《はかな》く微笑《ほほえ》んだ。

「ありがとうございました」

　……礼を言われるようなことじゃない。

　本当に、それしかなかったんだ、俺にできることは……。

「言えてよかった」

　表情を歪《ゆが》めないよう必死で耐える俺とは対照的に、ホッとして肩から力を抜くレイラ。

「――わたし、あなたのことが憎かったんです」

　何気なく続いた告白に、俺は心臓が止まりそうになった。だけど言葉とは裏腹にレイラの表情は穏やかで。

「こんなに、わたしに良くしてくださっているのに。精一杯に気遣ってくださっているのに。父を殺されたことが、どうしても頭から離れなくて、自分でもどうしたらいいのか、わからなかったんです」

「……それは、当たり前のことだ。きみが気に病むようなことじゃない」

俺は、そう絞り出すのがやっとだった。

「『良くしてる』だなんて言っても、俺の使用人扱いがせいぜいで……きみのお父上の命を奪ったことの、償いにもならない……」

「ガルーニャに聞いたんです。書類の行き違いがなかったら、わたしは他の魔王子に献上されていただろうって」

窓の外、夜空を見上げるレイラ。

「そしたら、わたしどうなってたんでしょう？……今頃もう、いじめ殺されていたかもしれません……」

ふっ、と俺に視線を戻す。

「だから、わたし感謝してるんです。それも、本当なんです。その上、こうして最期に、父に別れを告げられて、ちょっとだけでも、お話ができて……」

うる、とその瞳にまた涙が滲《にじ》んだが、ごしごしと拭うレイラ。

「今でも、正直、全部が吹っ切れたとは言えませんけど。でも、いつまでもメソメソしてたら父に笑われちゃいますっ」

にへっ、と笑ってみせて。

「——わたし、父に誇れるような、立派なドラゴンになります」

……ああ。もう、俺に守られるだけの子ではないんだな。

そこにいたのは、自らの足で立とうと、自らの翼で羽ばたこうと——


「——だから、あなたも。もう気に病まないでください」


…………敵《かな》わないな。俺の立場じゃ、何も言えないよ。

「わかった。ありがとう、レイラ」

ふっと心が軽くなって。

俺はそれで、自分がどれほど重圧を抱え込んでいたのか、初めて自覚した。

「……ありがとう」

本当にありがとう。こんな俺でも、許そうとしてくれて。

……俺たちは、どこか不器用に微笑みあった。それは、想像以上に心地良い時間だったけど——残念ながら、いつまでもこのままというわけにはいかない。

「話を、しようか。これからのことを」

表情を引き締めて俺が言うと、レイラも「はい」と真摯な顔でうなずいた。

「床じゃなんだから、きみもソファで楽にして」

「あっ。はい、ありがとうございます」

隣り合ってソファに腰掛け、空っぽになった骨粉の結界を眺めながら、これからの方針を話し合った。

「それでは……あなたは、魔王国を」

「ああ。滅ぼす」

俺はうなずいた。

「少なくとも、魔王とその後継者たちを倒せば、この国は勝手に崩壊する。今の俺の立場を最大限に利用するつもりだ」

「それを知っているのは」

「俺の中のアンテ。リリアナ。そしてきみだ」

俺の言葉に、レイラがちょっと変な顔をした。

「あの……リリアナさん、って……」

「ああ……今はあんなだけど」

部屋の外で『待て』をしているであろうリリアナを思い描く。

「夜エルフの監獄から助け出したとき、一時的に彼女の記憶を封じたんだ。今は、魔法は解除してあるんだけど、その、本人があの立場に甘んじているというか……」

あまりにも凄惨な経験をしてきたがゆえに、おそらく本人が記憶を取り戻すことを拒んでいるのだろう、と俺が話すと、レイラは悲痛な顔でうつむいた。

「……わたし、自分が世界で一番不幸かもしれない、って思ってたんですけど、甘かったです。上には上がいるんですね……」

いや〜〜〜〜〜確かにリリアナの境遇はめちゃくちゃ悲惨だったけど……

きみも大概だったと思うよ……？

「……まあ、そういうのは、比較できるようなことじゃないだろうからね……」

「そう、ですね。すみません」

「いやいや、謝らなくていいよ。……ともあれ、彼女がいつか、立ち直れる日が来たら、俺は彼女を逃してあげたいと考えているんだ」

そして、レイラの顔を見据える。

「そのためには……俺の部下たちから完全に切り離されて、独立して移動する必要があったんだけど……」

ピンと来たらしい。

「なるほど……！」

レイラは、ぎゅっ、と両の拳を握りしめる。

「わたしの出番というわけですね……！」

「うん。そのときは、協力してくれたら嬉《うれ》しい……！」

「もちろんです！」

よかった。『誇り高きドラゴンを目指してるんで、人を乗せるのはちょっと……』とか言われたらどうしようかと思った。

「でも……」

ふと、表情を曇らせるレイラ。

「部下、ということは……。いつか、……裏切ることに、なるんですよね。ヴィーネさんもガルーニャも」

俺は急所を突かれたように、一瞬、呼吸ができなかった。

「……そういうことに、なる」

歯を食い縛って、認めた。

「……俺は前世で、父を第４魔王子エメルギアスに、母を夜エルフに殺された」

今度はレイラが息を呑《の》む。

「そして、夜エルフの諜報網《ちょうほうもう》は、同盟圏をシロアリのように蝕《むしば》み、不和と混乱の種をばら撒《ま》いている。魔族はもちろん、夜エルフたちにも、相応の報いを受けてもらうつもりだ」

敢《あ》えて、俺は自らの心情を隠さなかった。

だけどレイラの顔を真《ま》っ直《す》ぐ見つめる勇気も、情けないことに、出せなくて。ただ真横から向けられる彼女の視線を、強烈に意識していた。

「ヴィーネは、俺が小さい頃からよくしてくれている。だけど……それとこれとは、話が別なんだ……」

そして、ガルーニャは。

「彼女は……俺を主として慕ってくれて、優しくて活発で、俺にはもったいない忠義者だと思ってる。……本当に、俺にはもったいないほどの」

俺個人としては、猫系獣人に対して敵意はないんだが。

「だけどガルーニャの白虎族は、人族に迫害された歴史を持っていて、人族を憎み、恨んでいる。……俺にとっての、魔族や夜エルフみたいなものなんだ……」

「………」

「ガルーニャは……俺は、どうしたらいいのかわからない。ここに至って、自分でも情けなくて仕方ないんだが……」

魔王は殺す。後継者たちも根絶やしにする。夜エルフには報いを受けさせるし、ダークポータルだってどうにか破壊する。魔王国は崩壊させる。

だけど……獣人族については、本当に……魔王国の庇護《ひご》を失った彼らがどのような目に遭うか、容易に想像はつくが……それでも……

「どうしたらいいのか……俺には答えがわからない」

恐る恐るレイラの顔を見ると、彼女は俺を気遣うような表情をしていた。

「……もしここで、『あいつらなんて知ったことではない』とか言われてたら……きっとわたしは、ちょっと怖く感じていたと思います」

彼女もまた、恐る恐るといった様子で、俺の肩に手を置いた。

じんわりと、温かい。ちょっと小さめな、レイラのてのひら。

「…………」

だけどそれ以上は、レイラもどう言っていいのかわからないようだった。

そう、だよな。簡単に答えが出せたら苦労しないよな……

「それに関しては、追々考えていくとして」

先延ばしに過ぎないことは自覚しながらも、俺は話を続ける。

「俺の方針は、そんなところだ。魔王子としての立場を最大限に利用して、魔王国を打ち倒す。可能ならばリリアナも逃して、同盟圏にいくらか情報を流したい。流石《さすが》に夜エルフの諜報網も、森エルフの国には食い込めてないみたいだからな……」

人にはなり済ませても、皮肉なことに、森エルフには変装できないからな。

「……ドラゴンたちは、どうなんでしょう」

レイラが、少し緊張気味に尋ねてきた。

「……ちょっと複雑な話になる。俺がきみを厚遇することについて、建前として母上にした話だが――」

「……母上？」

「あ、いや、プラティフィア大公妃のことだ」

俺はハッとして口を押さえた。おいおい。……俺は今、アレクサンドルだぞ！

「プラティたち上位魔族も、ドラゴン族の反乱を警戒している。そこで――」

俺はレイラを旗頭として元白竜派を味方につける、という『建前』の話をした。

「白竜派……」

レイラは、いまいち実感がわかないという曖昧な表情で、その単語を咀嚼《そしゃく》する。

「……わたしが、ドラゴンの洞窟にいたときも。……あまり嫌がらせには加担しないで、ただ遠巻きに見ているだけの竜たちがいました」

どこか遠く、そして暗い目で。

「……思えば、彼ら彼女らが、そうなんでしょうね」

あまりにも他人事《ひとごと》のような口調。

「正直に言って……その、『立派なドラゴンになる』だなんて宣言したあとに、可笑《おか》しいことですけど」

レイラは申し訳無さそうに肩を縮める。

「わたし……ずっとこの姿で過ごしていたので、あんまり、自分がドラゴン！って感じがしないんです。父と母は、別ですけど……ドラゴンの洞窟の彼らも、なんだか別の種族みたいな気がしてしまって……」

……なんてことだよ。オルフェン……お前さぁ……

「わたし、それでもやっぱり、誰かを憎みたいとは思いません。それはとっても……苦しいことですから」

胸に手を当てて、レイラは語る。

「ただ、そんなわたしでも、闇竜たちなら、どんな目に遭ってもたぶん気にしません」

ためらいがちに、しかしはっきりと言った。あの連中はどうでもいい、と。

「もちろん、わたしにそれほどきつく当たらなかったヒトたちは、いたずらに傷ついてはほしくないと思いますけど……」

「そう、か。まだ具体的なことは考えていないんだ。だけど……おそらく、俺は闇竜たちが魔族と衝突するように仕向けると思う」

俺がそう言い切ると、レイラは「はい」とうなずいた。

その瞳はどこまでも真面目で、闇竜たちを「ざまみろ」なんてあざ笑うような気配すらなかった。闇竜たちよ……お前たちは、自らを救う可能性を、自らの手ですでに摘み取っていたんだ。

後悔はするまいな。

「そんな感じかな。まだ話したいことはあるけど、そろそろ皆に怪しまれそうだ」

俺は扉の外を気にして言う。

「とりあえず、俺のことは、内緒で」

「もちろんです」

ぎゅっ、と両手を握りながらレイラがうなずく。

「きみが飛べるようになったら……空で秘密の会話もできるかもしれないね」

「……父から、飛び方も受け継ぎました。だから近日中に、たぶん、飛べるようになると思います！」

　レイラにしては珍しく、力強い口調。そうか、そんなものまで……！

「それはよかった……！　あ、でもプラティに説明しないとなぁ」

「？　何をですか？」

「いや、きみが完全に信用できることを、何らかの形で証明というか……その、プラティはきみが裏切ることを心配していたから」

「ああ……」

　それはそうだろうな、という顔でうなずくレイラ。

「証明って、どのようにするつもりだったんですか？」

「きみに論理的な思考法を教え、ドラゴン族の未来を語り、俺の政治的な利害関係に絡め取る形で味方に加えるつもりだった。プラティに対しては」

「……つまり、わたしがあなたを絶対に裏切らない、と、その、奥方様が信じられるような理由付けが必要、なわけですよね？」

「そうだな。……何か考えが？」

　思案顔のレイラに、ダメ元で尋ねてみる。「そうですね」とうなずいたレイラは。

「わたしと、つがいになったことにしましょうか？」

「んふぅ!?」

　全く想定していなかった提案に、俺はそのまま噴き出した。

終章

「──おかしいね」

恐ろしいほど無表情でエンマが言った。

「キミがファラヴギを仕留めたのは、そんな昔の話じゃないよね？」

族長クラスがそう簡単に消滅するとは思えない、とつぶやいて。

「ちょっと失礼」

俺の横に立ったエンマが、どろっ、と俺とは比較にならないほど濃密でおぞましい闇の魔力を練り上げた。

「【──出《い》でよ、ファラヴギ】」

俺が開いた霊界の門にエンマの魔力の腕──というか、触手が何本も殺到するが。

「……おかしい。本当に気配がないね」

「実のところ、心当たりはある」

興味深げなエンマとクレアの目が、俺に向けられた。

「へぇ？　どんな？」

「アイツは最後に、『魂が消えても構わぬ』みたいなことを言いながら、何か奥義っぽい光魔法を使ってたんだ……」

俺はしたり顔でそう語る。──清々《すがすが》しいほどに嘘《うそ》は言っていない。「あちゃー」という顔でペシッと額を叩《たた》くエンマ。

「確かに、光魔法なら、己の魂を代償にするような術があってもおかしくない……！　なんでそれをもっと早く言わなかったんだい！」

ぺしぺしと俺の肩を叩きながら、エンマが非難がましく言う。

「いや、すまない。アイツが何か仕掛けてくる前に首を刎《は》ねたから、大丈夫かなって思ってたんだ」

……これも嘘じゃない。ただ、さっきとは時系列が違うだけで。

「うぅん……気持ちはわかるけれども……」

「師匠ー、そうは言ってもファラヴギで何かしようなんて言い出したの、ついこの前じゃないですか」

クレアがひょこっと話に入ってきて、俺の肩を持つ。文字通り、エンマにぺしぺしされていた肩に、馴《な》れ馴《な》れしく手を載せて。

「まさか教材にするなんて、あの時まで王子様も思ってなかったでしょうし」

「……そして、あの段階で言われてても、手遅れだった可能性が高い、か」

エンマは残念そうに溜息《ためいき》をついた。

「しまったなぁ、今日はファラヴギの魂で遊ぶ気満々だったから、何も用意してないよ。……それにしても、ジルくん、ホントに強いんだね？　ドラゴンの族長に、そんな禁術まで使わせたなんて」

「……さあな、相手が何を考えてたかなんて、本当のところはわからないさ」

俺は素っ気なく答える。『呼び出せていたら考えも聞けたかもな』などと言いかけたが、『嘘つきは口数が多い』という格言もある。せっかく今のところ真実しか言っていないのだ。ボロが出る前に口を閉ざすことにした――せいぜい残念そうな顔をしながら。

そのまま解散、というのも何なので、座学の時間となった。

「うっほほーい！」

資料室に突撃して本を読み漁《あさ》るソフィアが、嬉《うれ》しそうで何よりだぜ。それにしても酒乱事件以降、なんか言動が雑じゃない？　大丈夫？

「――そうだ、次の講義なんだけど、ちょっと遅くなるよ」

座学のさなか、ふと思い出したようにエンマが告げた。

「ほう、なんでまた？」

「前線に用事ができてね」

何の気なしに飛び出た言葉に、俺は硬直する。

――『人形作家』のエンマが、前線へ？

「なんて顔してるんだい。戦いに行くわけじゃないよ、死体の片付けさ」

「あたしも行くよー」

テーブルに頬杖《ほおづえ》をついて魔術書を読んでいたクレアも、ひらひらと手を振る。どうやらクレアをはじめとした、配下のアンデッドたちの監督としてエンマも同行するらしい。

「指揮官級のまともな爵位を持っている死霊王《リッチ》はボクだけだからね」

「なるほど……」

死体の片付けは、戦場では常に悩みのタネだ。労働力は割かれるし、士気は下がるし、かといって放置すれば疫病の原因になるし。

その点、死体が勝手に動いてくれるなら——これほど楽な片付けもあるまい。

「そんなに出たのか、死体が」

死霊術師部隊を動員するほどに。そして死体の多くは、人族だろう……

「キミの兄上、エメルギアス殿下率いる部隊が破竹の勢いで進撃しているらしいよ」

「……へえ、兄が先走ったのか？」

「いや、そういう話は聞かないね。普通に作戦通りらしいけど」

……おかしいな。ゆっくりじっくり攻めるのが今の魔王国の方針じゃなかったか？

エメルギアスに手柄を立てさせるためだけに、魔王が快進撃を許すとも思えない。どういう風の吹き回しだ……？　レイジュ族は医療系だから、この手の軍事戦略情報は遅れて入ってくることが多いんだよな……

「どうしたんだい、そんな——焦るような顔をして」

エンマがニンマリと笑いながら、からかうようにして問う。

「そりゃ、兄のひとりが出世しそうなんだ。焦りもするさ」

俺は頬をぺたりと撫《な》でながら、はぐらかすように答えた。

「……前々から考えていたんだけど、さ」

ずい、と距離を詰めてくるエンマ。近い近い。

「キミは――やっぱり魔王を目指しているのかな」

……踏み込んできたな。

「ご想像にお任せしよう」

当の魔王子たちに対してさえ、まだ明確に立場を表明してはいないんだ。エンマに話せるわけがない。

「……ボクは、キミが魔王になってくれたら嬉しいな。キミが一番、ボクらに理解がありそうだからね」

とだけ言っておくよ、とエンマは楽しそうにニタニタしていた。俺が明言しなかったのと同様、ハッキリとは支持しない。

まあ、お互いに言ったも同然だったが。

†　†　†

死霊術の講義を終え、地上に戻れば、プラティとの鍛錬の時間だ。

ここ最近、我ながら思い詰めてやっていたので、今日の肩の力が抜けた様子にプラティも「おや」という顔をしていた。

「今日は手ぬるいわね」

「そうとも限りませんよ」

なんだかんだ、呪いを振り払ったり無視したりするコツは摑《つか》めてきた。あとは地力の勝負だ！　プラティの三槍流《さんそうりゅう》は脅威だが、俺は俺で、人族の兵士たちの頭蓋骨を防具のように使うことで、臨機応変に防御できるようになってきた。

遺骨の彼らもまた――俺の戦友だ。

そうしてプラティとほぼ五分五分の戦いを繰り広げ、朝が近づいてきたあたりで鍛錬は終了。最近、プラティと戦ってもなかなか決着がつかないせいで、鍛錬の時間がどんどん延びつつある……俺もキツいけどプラティだって相当キツいはずだ。やっぱ大公妃はダテじゃないな。

「じゃあ、レイラ」

「はい」

鍛錬のあとは、レイラの飛行訓練で〆《しめ》るのが常だ。

だが、今日は――いつもと違うはず。

するするとメイド服を脱いでいくレイラだったが、ふと俺の方を気にして。

「…………」

今さらのように、本当に今さらのように、不意に頬を赤らめて、俺の視界からそそくさと逃れるように服を持って移動した。

……えっ、今さら!?っていうか、いっつも一切恥じらいなく脱いでくから、なんか俺も慣れちゃって普通に見てたわ！　最初のように目を逸《そ》らしておくべきだった……！

……えっ、でもなんでホント今さら!?

レイラは人の姿の羞恥心に疎い。俺たちが犬猫に変身して、そのままの姿で恥ずかしく感じるかどうか、という次元の話だと理解してたんだが……

「……やっぱり……」

「……昨日ご主人さまに何かされたんだにゃ……」

「……ずいぶん長時間、ふたりで部屋に閉じこもって……」

ひそひそと、ヴィーネやガルーニャたちの囁《ささや》きが背後から。

ウッ……ち、違う、誤解！　誤解だ……!!

『いたいけな娘と秘め事に及び、ヒイヒイ泣かせておったからのぅ』

言い方ァ!!

「えっと、じゃあ……」

俺の背後で人化を解いたレイラが、おずおずと。

「あの、……飛んでみます」

だがその声から、おどおどした色が吹き飛んだ。

バサッ、と翼を広げ——軽く地を蹴った。

羽ばたく。力強く。

それでいて——今までとは違う、なめらかな動きで。

「ああ……」

俺は溜息のような声を漏らした。

バサッ、バサッと、羽ばたくごとに、高度が上がっていく。

「わぁ……！」

背後で、ガルーニャたちが声を上げた。

レイラは——もう、地に落ちなかった。

「すごぉい!!」

空中を泳ぐようにして。

「わたし、飛べてる!!」

大はしゃぎで、練兵場の上空を旋回していた。

嬉しそうに——楽しそうに——

『飛んだのぅ』

どこかしみじみとした口調で、アンテがつぶやいた。

……そう、だな。あれが、彼女の本来あるべき姿なんだ……

俺は練兵場に寝転がって、レイラを眺めながら、背景の白みつつある空を見上げた。

……俺が前線から離れてもう7年か。死霊術師が必要とされるほどの、死体の山が築かれたという。前線では今、何が起きているんだろう。

これまでの国家戦略とは裏腹な、エメルギアスの快進撃。

……魔王国で何かが起きている。あるいは、何かが起きようとしている。

俺はそんな予感に、ぎゅっと拳を握りしめた。

今もなお血を流しているであろう同盟の兵士たちも、また——

この夜明けを、朝日を、眺めているのだろうかと——想《おも》いを馳《は》せながら。

番外編・大公妃の悪夢

大公妃プラティフィアは、魔王城でも随一の癒者《ヒーラー》だ。

そしてレイジュ族の有力者として、転置呪の治療に用いられる人族の奴隷を管理する地位にもある。ジルバギアスがリリアナを手中に収める前まで、鍛錬のために大量の奴隷を手配できていたのも、そういった背景があってのことだ。

「今年はストックの消費が激しいわね……里の方にも、もう少し増産するよう働きかけるべきかもしれないわ」

自室で統計資料をめくりながら、人族奴隷の生産計画について考えを巡らせるプラティフィアだったが――

「母上、失礼します。折り入ってお話が……」

珍しく、ジルバギアスが部屋を訪ねてきた。

「あら、どうしたの」

ソファに座り直して応対するプラティフィアだったが、何やら息子の様子がおかしい。

というか、よく見たらひとりではなかった。

傍らにフードを目深に被《かぶ》った――女？　を連れている。

ぞわ、と嫌な予感がした。あるいは、そのフードの人物から、どろどろとした闇の魔力を感じたせいかもしれない。

「初めまして、お義母様」

バッとフードを取り去る人物。血色の悪い人族の女が顔を出した。やはりアンデッドか!? いやその前に、『お義母様』とは何事!?

混乱するプラティフィアをよそに、ジルバギアスとその女が腕を組んで同時に叫ぶ。

「「私たち、結婚します！」」

「はぁ!?」

はぁぁ!?

「な、何を言っているのジルバギアス！」

「母上。これは熟考してのことです」

ジルバギアスは真面目くさった顔で答えた。

「鍛錬に打ち込んで忘れようとしましたが、やはり、これは一時の気の迷いなどではないと確信したのです。俺は彼女を愛しています。もう結婚するしかないのです」

「何を——何を馬鹿なことを！ そんなの、認められるわけないでしょう!!」

プラティフィアは絶叫した。当然の反応だ。ジルバギアスはまだ5歳……まだ5歳だ！ いくら体が育っているからって、結婚には早すぎる！

いや、というか、人族と、しかも死体なんかと、結婚なんて認められるはずがない！

プラティフィアは息子が死霊術を学ぶことには同意したが、宗教的にはアンデッドを忌避している。それでも認めたのは、傑物たるジルバギアスを常識の枷《かせ》で縛らぬよう、配慮してのことだ！

なのに、まさか！　それが裏目に出るなんて！　前回の鍛錬で、憑《つ》き物《もの》が落ちたようにジルバギアスが穏やかになっていたのは、結婚を決心したからだったのか!?　そんな！

「とにかく、わたしは許しませんからね！」

キッと睨《にら》みつけるプラティフィアだったが――

「それと母上、もうひとつお話があります」

いつの間にか、ジルバギアスの隣には、レイラまで立っていた。

ジルバギアスに、ひしっと抱きついたレイラが。

「「私たちも、結婚します!!」」

「何を!!　言っているの!?」

プラティフィアの叫びはもはや悲鳴のようだった。

「母上。これも、魔族とドラゴン族の未来を熟考してのことです」

またしても、真面目くさった顔で続けるジルバギアス。

「少しばかり時期尚早かと思いましたが、レイラに白竜派の構想について話しました。俺の考えに深く共鳴してくれた彼女と、意気投合してしまったのです。確かに、彼女の父の件は残念でしたが、それを超える運命を感じました。俺たちは愛し合っています」

「ジルバギアス様！　すき！」

「ほら、見ての通りです」

「絶対騙《だま》されてるわよあなた!!　目を覚ましなさい!!」

プラティフィアは息子の横面をひっぱたこうとしたが、なぜか体がうまく動かなかった。そんなプラティフィアを、レイラがニヤニヤと見つめてくる。おのれ、悪女め！　よくも息子をたぶらかしてくれたな――

「あと母上、さらにもうひとつお話があるのですが」


いつの間にか、ジルバギアスはリリアナを抱えていた。

しかも、いつものワンピースではなく、花嫁衣装をまとったリリアナを。


「俺たち、結婚します！」「わん!!」

「何を言っているの――ッッ！？！？」

プラティフィアはもはや、呼吸困難を起こしていた。

「近頃のリリアナの献身ぶりは、もはやペットの域を超えております。なので、それに相応《ふさわ》しい待遇を――すなわち、ペットからより踏み込んだ関係に進展するべきかと――」

「わんわん!!」

「いい加減にしなさい!!　ジルバギアス!!」

まるで水の中をもがくような心地で、息子に詰め寄るプラティフィア。

「わたしは、そんなこと許さないわよ――ッ!!」

ばんっ、と机を叩《たた》いて。


プラティフィアは、目を覚ました。


「…………」

目を瞬かせて周りを見回せば、部屋には自分ひとりきり。ソファではなく、書斎机の前の椅子に座っていた。机の上には、統計資料などが散らばったままになっている。

「……夢？」

どうやら、疲れからか、書類仕事をしながら居眠りしていたらしい。

「…………はぁ〜〜〜」

大きく溜息《ためいき》をついたプラティフィアは、額の汗を拭いながら、椅子にもたれかかった。

なんという夢を見てしまったのだ……

「あの、奥方様……何か大きな音が聞こえましたが……」

と、部屋の外から、使用人が恐る恐ると言った様子で声をかけてきた。

「いえ……何でもないの。気にすることはないわ」

そうだ、冷静に考えれば、息子が使用人も介さずに直接訪ねてくることはありえない。

それにすら気づけないとは、全くどうかしていた……

「さ、左様にございますか。それとたった今、ご子息様が訪ねてこられたのですが」

「ジルバギアスが？……珍しいわね。通してちょうだい」

夢見が悪かっただけに、そしてあまりのタイミングのよさに、妙な胸騒ぎを感じたが、何事もなかったかのようにプラティフィアは告げる。

あれは夢。悪い夢だったのだ。気にすることはない……！

「母上。お忙しいところ失礼いたします」

ほら、息子はいつものように礼儀正しく、落ち着いている。あれは夢……

「実は折り入ってお話があるのですが……」

……なぜ、そんな緊張したような顔をするの？　ジルバギアス……？

「レイラとの関係についてなのですが――」

「わたしは！　そんなこと許さないわよ!!」

「えっちょっとまだ何も――」

その後、錯乱するプラティフィアをなだめるのに、けっこうな時間がかかったのはまた別の話――そしてプラティフィアがレイラを見る目が、しばらく厳しくなってしまったのも、また別の話。

第七魔王子ジルバギアスの魔王傾国記 Ⅱ

発　行　2023年1月25日　初版第一刷発行

著　者　甘木智彬
発行者　永田勝治
発行所　株式会社オーバーラップ
〒141-0031　東京都品川区西五反田 8-1-5
校正・DTP　株式会社鷗来堂
印刷・製本　大日本印刷株式会社

Printed in Japan ISBN 978-4-8240-0389-8 C0193

オーバーラップ　カスタマーサポート
電話：03-6219-0850／受付時間 10:00～18:00（土日祝日をのぞく）